Sandra Brown
Resplandor secreto

Editado por Harlequin Ibérica.
Una división de HarperCollins Ibérica, S.A.
Núñez de Balboa, 56
28001 Madrid

© 1983 Sandra Brown. Todos los derechos reservados.
RESPLANDOR SECRETO, N° 31
Título original: A Secret Splendor
Publicada originalmente por Silhouette® Books.
Traducido por Sonia Figueroa Martínez.

Todos los derechos están reservados incluidos los de reproducción, total o parcial. Esta edición ha sido publicada con permiso de Harlequin Enterprises II BV.
Todos los personajes de este libro son ficticios. Cualquier parecido con alguna persona, viva o muerta, es pura coincidencia.
El logotipo TOP NOVEL es marca registrada por Harlequin Enterprises Ltd.
®™ son marcas registradas por Harlequin Enterprises Limited y sus filiales, utilizadas con licencia. Las marcas que lleven ™ están registradas en la Oficina Española de Patentes y Marcas y en otros países.

I.S.B.N.: 84-671-4448-3

«Otra vez está aquí», pensó Drew McCasslin mientras golpeaba la pelota con su raqueta; era la tercera vez aquella semana que ella estaba sentada en la misma mesa, la más cercana al antepecho que daba a las pistas de tenis. La sombrilla de colores vivos ocultaba parcialmente su rostro.

No estaba allí cuando Gary y él empezaron a jugar, pero Drew supo el momento exacto en que pisó la terraza, una extensión de la cafetería al aire libre del club; incluso había fallado un golpe al permitir que su atención se desviara hacia los gráciles movimientos de la mujer mientras ella se alisaba la falda bajo las caderas y los muslos antes de sentarse.

–Cada día mejor –dijo Gary cuando ambos se acercaron a la red para recuperar el aliento, beber un poco de agua y secarse los ríos de sudor que unas muñequeras saturadas no podían absorber.

–No lo suficiente –contestó Drew antes de tomar un gran trago del refresco de limón.

Por encima de la botella, dirigió la mirada hacia la mujer sentada en la terraza. Desde el primer día que la había visto allí, había despertado su curiosidad.

Estaba inclinada sobre la mesa, dando golpecitos con un lápiz en un bloc de papel en un gesto que ya asociaba con ella. ¿Qué era lo que siempre estaba escribiendo?

Drew bajó la botella lentamente, y sus ojos azules se entornaron con sospecha; ¿sería otra condenada periodista? Dios, esperaba que no, aunque no sería extraño que alguna revista sensacionalista enviara un cebo así para atraparlo en una entrevista.

—Drew, ¿me has oído?

—¿Qué? —volvió la mirada hacia su adversario en la cancha; por una vez, se trataba de un contrincante amistoso—. Lo siento, ¿qué decías?

—Que tu resistencia ha mejorado desde la semana pasada; estás haciendo que corra de un lado a otro de la pista, y tú ni siquiera te has quedado sin aliento.

Las comisuras de los ojos de Drew se arrugaron cuando sonrió, y las pequeñas líneas blancas en su bronceado rostro se oscurecieron. Era una sonrisa semejante a las de los días antes de que aprendiera la definición de lo que era una tragedia.

—Eres bueno, pero no eres Gerulaitis, Borg, McEnroe o Tanner. No te lo tomes a mal, pero tengo que ser mucho mejor que tú antes de volver a estar listo para jugar con los grandes; y aún me falta un largo camino por recorrer para eso.

La amplia sonrisa que tiempo atrás había sido famosa volvió a aparecer bajo el sol de Hawái.

—Gracias —dijo Gary con tono seco—; espero ansioso el día en que tenga que ir arrastrándome por la cancha mientras a ti aún te quede la energía suficiente para saltar la red al acabar el partido.

Drew le dio una palmada en el hombro, y bromeó:

—¡Así me gusta!

Tomó su raqueta, volteándola con una soltura distraída resultado de años de considerarla una extensión de su mano, y un grupo de espectadoras prorrumpió en un caluroso y entusiasmado aplauso. Estaban apiñadas al otro lado de la valla que rodeaba las pistas, y su entusiasmo se acrecentó cuando Drew se dirigió hacia la línea de fondo.

—Tus seguidoras parecen muy animadas hoy —dijo Gary con cierta inflexión burlona en la voz.

—Condenadas fanáticas —gruñó Drew.

Se volvió y miró con enojo a las mujeres que se aferraban a la valla como animales hambrientos a la hora de la comida... y él era el festín. Les dirigió una mirada llena de enfado, con el ceño fruncido, pero en vez de aplacarlas, el gesto pareció enardecerlas aún más; le lanzaron palabras escandalosas, y coquetearon de forma desvergonzada. Una de ellas, que vestía un diminuto top, apartó la parte lateral de la prenda para exhibir un generoso pecho con su nombre tatuado en él, decorado con flores, corazones y tórtolos. Otra llevaba un pañuelo atado en la parte superior del muslo, igual que los que él llevaba en la frente cuando jugaba, con la marca de sus patrocinadores. Drew apartó la vista con repulsión.

Se obligó a concentrarse en la pelota mientras la botaba sin prisa y planeaba su estrategia; pensaba servir con potencia hacia la esquina de la zona de saque, con efecto hacia la izquierda, el punto débil de revés de Gary. Una de las «admiradoras» de Drew gritó una invitación lasciva, y él apretó los dientes. ¿Acaso no sabían que lo último que quería en ese momento era una mujer? Dios, Ellie había muerto hacía sólo...

«Maldita sea, McCasslin, no pienses en Ellie», se dijo. No podía pensar en ella mientras intentaba jugar, o iba a perder el control...

—¿El señor McCasslin?
—Al habla —había contestado a la llamada telefónica con voz alegre; era un día soleado en el paraíso, cuando lo último que un hombre esperaría era que su mujer falleciera en la maraña de metal y cristal de un accidente de tráfico.
—¿Está solo?
Drew había apartado el auricular de su oreja y lo había mirado con una diversión perpleja; entonces se rió.
—Sí, estoy solo con mi hijo. ¿Se trata de una llamada obscena? —lo dijo como una broma, sin saber lo obscena que realmente llegaría a ser.
—Señor McCasslin, soy el teniente Scott, de la policía de Honolulu. Ha ocurrido un accidente.

No recordaba mucho después de aquello...

Drew tomó la pelota y la lanzó varias veces al aire, como si estuviera comprobando su peso; de hecho, estaba intentando aclarar su mente, borrarla de recuerdos que hacían que se le retorcieran las entrañas. Sus ojos volaron hasta la mujer sentada en la terraza del bar; su mejilla descansaba en una mano, mientras miraba al vacío con expresión ausente. Parecía ajena a todo lo que la rodeaba; ¿es que no sentía el alboroto de las mujeres en la valla?, ¿no sentía un poco de curiosidad hacia él?

Al parecer, no, ya que ni siquiera había echado un vistazo a la cancha. Sorprendentemente, su indiferencia le molestó, aunque aquella reacción fuera del todo irracional, ya que en el año que había transcurrido desde la muerte de Ellie sólo había querido que lo dejaran solo.

—¡Oye, Drew! —exclamó una de las admiradoras desde la valla—, ¡cuando acabes de jugar con tus bolas, puedes entretenerte con algo mío!

El doble sentido era tan descarado y tan grosero, que Drew sintió que le hervía la sangre, y cuando sirvió, la pelota rasgó el aire a una velocidad de vértigo; siguió jugando de aquella forma agresiva durante el resto de aquella manga, y cuando acabó, sólo había cedido dos puntos. Gary se puso una toalla alrededor del cuello y jadeó:

—Si hubiera sabido que todo lo que necesitabas para jugar a nivel de campeonato era una sugerencia lasciva de una de tus seguidoras, las habría contratado por horas hace semanas.

Drew ya había recogido su bolsa de deporte, había metido la raqueta en su funda, y se dirigía hacia las escaleras que llevaban a la terraza.

—Estoy seguro de que la mayoría podrían contratarse por horas.

—No seas tan duro con ellas, son tus admiradoras.

—Preferiría tener más admiradores que fueran cronistas o comentaristas deportivos; no tengo ningún seguidor en ese ámbito. Lo único que dicen es que soy un fracasado, que estoy acabado y que siempre estoy borracho.

—Siempre *estabas* borracho.

Drew se detuvo en el escalón por encima de Gary y se volvió hacia él con enfado, para mirarlo de frente; el rostro de su amigo era sincero y condenadamente honesto. Además, sus palabras eran ciertas. La ira de Drew se desvaneció ante aquella clara muestra de amistad.

—Sí, es cierto, ¿verdad? —preguntó con un suspiro avergonzado.

—Pero eso ha quedado atrás; hoy has sido el Drew de antes, con unos servicios demoledores. ¡Cada vez que uno relampagueaba cerca, mi vida pasaba ante mis ojos!

Drew rió, y Gary continuó diciendo:

—Movimientos bien pensados, y una estrategia para sacar partido de mi punto débil, los golpes de izquierda.

La expresiva boca de Drew se curvó en una gran sonrisa.

—Creía que no te habías dado cuenta —dijo.

—Venga ya.

Subieron riendo los últimos escalones hasta llegar a la terraza, y Drew se dio cuenta de inmediato de que ella seguía allí, con un montón de papeles esparcidos en la mesa y una botella de agua en la mano derecha, escribiendo enérgicamente en un bloc de notas amarillo. Iba a pasar junto a su mesa, ya que estaba de camino a los vestuarios, y evitar pasar por su lado sólo serviría para llamar la atención.

Ella levantó la cabeza cuando estaban a punto de pasar junto a ella; fue un acto reflejo, como si hubieran interrumpido sus pensamientos y la mujer estuviera mirando involuntariamente para descubrir qué la había molestado. Pero lo miró directamente a él, de lleno a los ojos, y el impacto de su mirada hizo que se centrara completamente en ella y que dejara de oír lo que iba diciendo Gary.

Aunque la mirada de la mujer volvió a descender de inmediato hacia los papeles, Drew había podido darse cuenta de que sus ojos eran de un increíble tono verde, y de que estaban rodeados por unas pestañas oscuras y densas.

En ese momento, tomó la decisión: si aún seguía allí cuando él saliera de los vestidores, hablaría con ella; si no estaba... bueno, no habría perdido nada; no estaba realmente interesado en conocer a ninguna mujer, pero aquella lo intrigaba. Para ser honesto, debía admitir que la razón principal que le llamaba la atención era que, aparentemente, ella no mostraba curiosidad alguna hacia él.

Lo dejaría en manos del azar; si seguía allí cuando saliera de los vestuarios, la saludaría al menos. No había nada malo en ello.

«Ah, y otra cosa», se dijo, «no tardes demasiado en ducharte».

El corazón de Arden le martilleaba en el pecho.

Hacía ya cinco minutos desde que él había pasado tan cerca que podría haberlo tocado, desde que había visto su rostro con tanta proximidad y en carne y hueso por primera vez, y su corazón aún no se había calmado. Se secó las manos en la servilleta húmeda que tenía apretada en el puño, y los cubitos de su agua con lima golpetearon contra el vaso cuando tomó un trago.

Él la había mirado directamente, sus ojos se habían

encontrado. Había sido un contacto breve, no más de un segundo. Y, sin embargo, al ver por primera vez a Drew McCasslin, consciente del lazo que los unía, había sentido como si la golpeara un rayo. Eran perfectos desconocidos, y sin embargo guardaban un secreto que compartirían por el resto de sus vidas.

Bajó la mirada hacia la pista, donde él acababa de jugar de forma magistral; varios meses atrás, ella sabía muy poco sobre tenis, en especial sobre el tenis profesional, pero en ese momento sus conocimientos sobre el tema la convertían en casi una experta. Y su especialidad era la carrera deportiva de Drew McCasslin.

Cuatro mujeres entraron en la cancha, ridículas con ropa deportiva de diseño y llamativas joyas de oro y diamantes. Les dedicó una sonrisa indulgente al recordar la insistencia de Roland en que se apuntara a las competiciones tenísticas de su club en Los Ángeles.

—Eso no es para mí, Ron, no soy atlética. No me gusta participar en las competiciones.

—Preferirías quedarte sentada todo el día en casa, escribiendo esos versos que guardas bajo llave y no dejas ver a nadie. Por el amor de Dios, Arden, no tienes que jugar bien, no me importa si sabes jugar al tenis o no; pero es bueno para mi imagen profesional, por no hablar de los valiosos contactos que podrías conseguir si fueras un miembro activo del club. Relaciónate con las mujeres de los otros médicos.

Se había conformado con que jugara al bridge. Nunca había jugado demasiado bien, pero al menos había sido lo bastante buena para que la invitaran a las competiciones que organizaba el club de campo; aquello había satisfecho las exigencias de Ron de que tratara con las mujeres que él consideraba las amigas adecuadas para la esposa de un médico importante.

Entonces había llegado Joey, y le había dado una excusa creíble para interrumpir sus actividades sociales; Joey le había proporcionado excusas para muchas cosas, algunas de las cuales prefería olvidar. ¿Habría entendido su hijo, su adorable, dolorosamente dulce e inocente hijo, la crucial decisión que había tomado? ¿Habría perdonado lo que ella no podía perdonarse?

Había suplicado su perdón el día en que aquel ataúd desoladoramente menudo era introducido en la pequeña tumba. También había pedido el perdón de Dios, por la amargura que sentía al ver cómo un hermoso e inteligente niño se apagaba en la cama de un hospital mientras otros, fuertes y sanos, jugaban, corrían y hacían travesuras.

Arden se obligó a dejar de lado sus dolorosos recuerdos, tomó otro trago de agua y se felicitó mentalmente por haber sabido jugar sus cartas con Drew McCasslin. Era del dominio público que, desde que se había retirado a su celosamente protegida casa en la isla, el hombre evitaba las entrevistas y rehuía cualquier clase de publicidad.

Arden había pensado durante días en la forma de acercarse a él; durante el largo viaje en avión, e incluso después de su llegada a Maui, había ido descartando un plan tras otro. Lo único productivo que había hecho había sido conseguir una habitación en el club donde él entrenaba a diario. La dirección del centro le había garantizado una privacidad total, y aquél era el primer día que no accedía a los vestuarios por la puerta metálica que daba directamente a las pistas.

No le había quedado otra opción que actuar con sutileza, dejarse ver y esperar a ver lo que pasaba. Fingiría ignorarlo, ya que no era difícil darse cuenta de que sus admiradoras más descaradas lo irritaban.

Ese día se había fijado en ella, lo sabía de forma instintiva. Ella había aparentado un desinterés despreocupado, pero había sido consciente de cada movimiento del hombre. Él había mirado en su dirección varias veces, sobre todo después de realizar algún golpe especialmente bueno, pero nunca la había sorprendido mirándolo. Un personaje famoso como Drew McCasslin no estaba acostumbrado a ser ignorado.

En su caso, su arrogancia estaba justificada; su cabello rubio era demasiado largo, pero combinaba a la perfección con su atractivo demoledor, y su poderoso cuerpo no mostraba los estragos de sus recientes problemas con el alcohol. Sus brazos y piernas, bronceados por el sol tropical, se movían con la precisión y la fuerza de una máquina bien engrasada, y eran la personificación de la elegancia masculina; la piel morena contrastaba con el atractivo color castaño del vello que la cubría. Su pecho era un poco más ancho que el de la mayoría de los jugadores de tenis, pero cualquiera que observara el movimiento de aquellos músculos bajo las camisetas blancas hechas a medida se vería obligado a perdonar aquel defectillo.

Era obvio que, desde la muerte de su esposa, Drew McCasslin hubiera preferido que las mujeres no se dieran cuenta de su viril atractivo, así que estaba segura de que su estrategia era la adecuada. Ese día la había mirado, quizás al día siguiente...

—Debe de tener un montón de amigos y parientes.

Arden se giró en redondo, sobresaltada por la voz masculina; consternada, se encontró de frente con la bragueta de unos pantalones cortos de color blanco. El marcado bulto que se ocultaba tras la tela sólo podía deberse a una ropa interior diminuta y apretada, o a un suspensorio; ambas posibilidades hacían que se sintiera acalorada.

Apartó los ojos de la entrepierna de Drew McCasslin y subió la vista por el largo torso, cubierto por una cazadora de nylon azul marino medio abrochada, que revelaba un pecho cobrizo cubierto de vello dorado. Su sonrisa de dientes blancos y perfectos era el sueño de cualquier dentista, y su fuerte mandíbula evidenciaba un carácter testarudo; los ojos azules eran tan deslumbrantes como se decía.

—¿Disculpe? —preguntó, con la esperanza de que su voz no dejara entrever el abrumador nerviosismo que sentía.

—Está ocupada escribiendo en un montón de papeles, y pensé que serían postales; «ojalá estuvieras aquí», y cosas así.

Su voz límpida, con un tono de verdadero barítono y sin acento, resultaba extrañamente íntima. Arden recordó que debía actuar con fingida indiferencia, y dijo con una sonrisa:

—No, nada de postales; en casa no hay nadie que pueda echarme de menos.

—Entonces, a nadie le importará que me siente con usted.

—Quizás me importe a mí.

—¿De veras?

Arden no se atrevió a mostrar su euforia; tras un segundo, dijo:

—No, la verdad es que no.

Él dejó caer su bolsa de deporte bajo la silla enfrente suyo, y se sentó; alargó una mano por encima de la mesa cubierta de papeles, y se presentó:

—Soy Drew McCasslin.

Ella tomó la mano, y contestó:

—Arden Gentry.

¡Lo estaba tocando! Arden miró sus manos unidas, la piel del hombre contra la suya, y se maravilló de lo asombroso que era que aquél fuera su primer contacto, teniendo en cuenta que...

—¿Está aquí de vacaciones? —preguntó él con amabilidad.

Ella soltó su mano y se recostó en la silla, intentando sobreponerse a una súbita sensación vertiginosa.

—En parte. Es una mezcla de negocios y placer.

Drew hizo un gesto hacia el camarero que estaba tras la barra del bar al aire libre.

—¿Quiere otro? —preguntó, señalando el vaso de Arden.

—Esta vez tomaré un zumo de piña —contestó ella con una sonrisa.

—Está claro que no es de por aquí; aún no ha tenido tiempo de aborrecer esa bebida.

Arden deseó que él no fuera tan atractivo al sonreír; su flagrante atractivo sexual la distraía de la razón principal por la que había querido conocerlo, ganarse su confianza y, de ser posible, llegar a ser su amiga.

—La señora quiere un zumo de piña, y yo quiero unos cuatro vasos de agua, por favor —le dijo al camarero.

—Sí, señor McCasslin. Hoy ha jugado bien.

—Gracias. Apresúrese con el agua, estoy deshidratado.

—Sí, señor.

—Es cierto que ha jugado bien —dijo Arden cuando el camarero se apresuró a ir a buscar lo que Drew había pedido.

Él la miró por unos segundos antes de decir:

—Pensaba que ni siquiera se había dado cuenta del partido.

—Tendría que haber sido ciega y sorda para no darme cuenta; no sé mucho de tenis, pero está claro que está jugando mejor que hace un par de meses.

—Entonces, ¿sabía quién era yo?

—Sí, lo he visto por televisión una o dos veces.

Él pareció decepcionarse como un chiquillo, y la sonrisa de Arden se ensanchó. Con tono tranquilizador, susurró:

—Es usted toda una celebridad, señor McCasslin; su nombre es conocido en el mundo entero.

—Pero la mayoría de la gente no tiene ningún problema en mirarme directamente cuando aparezco en público —dijo él, en un desafío velado.

—¿Como sus admiradoras de ahí abajo?

Arden señaló con la cabeza hacia la parte exterior de la valla, donde se habían congregado las seguidoras de Drew; al parecer, ya se habían dispersado. Él dijo con un gemido:

—¿Puede creer que empecé a entrenar aquí porque me prometieron que disfrutaría de privacidad y anonimato? Y porque es la mejor cancha de Maui, claro. Pero no tuvimos en cuenta que los clientes del centro de vacaciones también tienen acceso a las pistas, y cuando se corre la voz de que estoy entrenando... —suspiró con exasperación—, bueno, ya ve lo que pasa.

—La mayoría de los hombres se sentirían halagados ante tal adoración.

Él hizo una mueca sarcástica y se apresuró a cambiar de tema.

—En fin, ¿qué es todo esto? —dijo, señalando los papeles esparcidos por la mesa.

—Son notas; soy una escritora independiente.

Él se echó atrás inmediatamente de forma visible, aunque no se movió; sus ojos se volvieron fríos e implacables, y la sensual curva de sus labios se convirtió en una fina línea indignada. Sus dedos se tensaron con furia alrededor del vaso de agua que el camarero acababa de servirle.

—Ya veo —dijo con voz cortante.

Ella bajó la mirada y tomó la servilleta de papel que había debajo de su vaso de zumo.

—Creo que no. No soy una periodista, sino una escritora, y no busco una entrevista. Fue usted el que inició esta conversación, señor McCasslin, no yo.

Al ver que él no contestaba, Arden levantó sus largas y oscuras pestañas y lo miró; la postura del hombre no había cambiado, seguía sonriendo ligeramente, aunque con cierta cautela, igual que ella.

—Por favor, llámame Drew.

Él había establecido las condiciones de la tregua, y ella las aceptó.

—De acuerdo, y tú puedes llamarme Arden.

—¿Qué clase de escritora eres, una novelista?

Ella rió.

—Aún no, quizás algún día llegue a serlo. En este momento, estoy intentando hacer un poco de todo hasta que encuentre mi propio hueco; siempre había querido visitar las islas, pero nunca se presentó la ocasión, así que conseguí varios encargos para poder costearme el viaje. Así puedo estar más tiempo y ver más cosas sin tener que preocuparme de que mi cuenta bancaria se quede a cero.

A Drew le gustaba el sonido de su voz, la forma en que inclinaba la cabeza a un lado y a otro mientras hablaba, de forma que su cabello oscuro se movía contra su cuello y sus hombros desnudos. El aire del océano levantaba mechones teñidos de rojo por el sol, y los soltaba juguetonamente sobre su rostro antes de dejarlos descansar; su piel llevaba allí el tiempo suficiente para haber adquirido un hermoso tono albaricoque, lejos del aspecto ajado y correoso que él consideraba repulsivo. Arden Gentry tenía una piel muy atractiva... igual que su cabello y que sus labios. Se aclaró la garganta y dijo:

—¿Qué clase de encargos?

Ella le explicó que tenía que escribir un artículo para la sección de viajes de *Los Angeles Times*, y otro para una revista de moda; también iba a entrevistar a un botánico de la zona, para una revista de jardinería. Él apenas la escuchaba.

Por primera vez desde que conoció a Ellie, sentía interés por una mujer; era algo que lo sorprendía, ya que había creído que no querría volver a tener una relación seria. Aquello no iría más allá de tomar un par de copas juntos y conversar de cosas insustanciales, pero conocer a Arden le daba esperanzas de poder llegar a superar la muerte de Ellie en el futuro y buscar a otra pareja.

Drew no podía evitar ser muy consciente de Arden Gentry desde un punto de vista físico; tendría que ser un eunuco ciego para que no fuera así, ya que era una mujer hermosa. Además, desprendía un aire de serenidad que él encontraba muy atractivo; intentó concentrarse en eso y en la suave voz femenina, e intentar alejar su mente de otras características de ella.

Desde que se había sentado, había evitado mirar sus pechos y especular si la turgente forma se debía a que llevaba un sujetador sin tirantes bajo el fino vestido verde de algodón, o era su figura natural. «Qué demonios, adelante, echa un vistazo».

Definitivamente, apostaba por la segunda opción; gracias a la caricia de la brisa fresca, podía detectar que los pezones estaban ligeramente fruncidos. Sintió que se despertaban en él deseos que había enterrado con Ellie, y no estaba seguro de si se avergonzaba o se alegraba de ello.

No había admirado el cuerpo de una mujer desde la última vez que había hecho el amor con Ellie; no sentía nada al ver burdas exhibiciones de carne desnuda. Sentía el mismo interés por el cuerpo de una mujer que cualquier hombre, pero aquello... aquello era diferente. No sólo le gustaba el cuerpo de Arden, también le atraía su personalidad, su evidente inteligencia, la cierta indiferencia que mostraba hacia su fama.

Sintió resurgir una chispa de su antigua picardía, y se preguntó lo que haría si se inclinaba hacia ella y le decía: «Por favor, Arden, no te ofendas, pero, por primera vez desde la muerte de mi esposa, no me repugna la reacción de mi cuerpo hacia una mujer».

Había habido mujeres... cuerpos, nada más. Se los habían proporcionado amigos bienintencionados que creían que unas manos y unas bocas versadas en los placeres sexuales podrían curarle todos sus males. Si podía recordar los encuentros cuando volvía a estar sobrio, enfermaba por el asco que sentía de sí mismo.

Una noche en París, después de desacreditarse con una humillante derrota en la cancha, él mismo había buscado a una mujer, la prostituta más sórdida que pudo encontrar. Era el castigo que se infligió, su penitencia. Después, cuando estuvo lo suficientemente sobrio, lloró y rogó a Dios no haberse infectado con algo humillante.

Aquél había sido el punto de inflexión, el último capítulo de la disipada etapa suicida de Drew McCasslin; sólo él podía salvarse a sí mismo. Además, tenía que pensar también en Matt.

—¿Cuánto hace que vives en las islas?

La pregunta de Arden lo devolvió a un momento mucho más halagüeño.

—Llevo aquí la mayor parte de mi vida adulta; cuando empecé a ganar partidos y a ganar dinero con los patrocinios, me pareció el lugar ideal para un soltero. Vivía en Honolulu cuando conocí a Ellie, ella...

Se detuvo bruscamente y bajó la mirada hacia su vaso de agua; sus hombros adoptaron una postura defensiva.

—Sé lo de tu mujer, Drew —dijo Arden con suavidad—; no tienes que sentirte mal por mencionarla.

Él vio en los ojos femeninos una compasión muy diferente a la curiosidad morbosa que estaba acostumbrado a ver en los rostros de los fisgones; aquello fue lo que lo impulsó a continuar:

—Su padre era un oficial de marina destinado en Pearl. Eleanor Elizabeth Davidson. Le dije que para una mujer de su tamaño... era bastante menuda... era exagerado llamarse como una primera dama y una reina.

—Así que la apodaste Ellie —dijo Arden con una sonrisa de ánimo.

Él respondió con una ligera risita, y dijo:

—Sí, a pesar de la indignación de sus padres —bebió un trago de agua, y con el dedo dibujó círculos en la condensación del vaso—. En fin, cuando murió quise cambiar de ambiente, así que me trasladé a Maui, que es un sitio mucho más tranquilo. Quería salvaguardar mi privacidad y proteger a Matt de los curiosos.

El cuerpo entero de Arden se tensó.

—¿Matt?

—Mi hijo —dijo él con orgullo.

La garganta de Arden palpitaba con el latido de su corazón, pero consiguió responder:

—Ah, sí, también he leído algo sobre él.

—Es un niño increíble, el más listo y guapo del mundo. Esta mañana, ha... —Drew se detuvo en seco a media frase—, perdóname, no hay quien me pare cuando hablo de él.

—No me aburrirás en absoluto —se apresuró a decir ella.

—Sí, si me das rienda suelta; baste con decir que, en los últimos tiempos, es lo único en mi vida de lo que puedo enorgullecerme; vivimos justo enfrente de la playa, le encanta.

Arden fijó la vista en el horizonte mientras intentaba controlarse; el sol era un reflejo cobrizo en la superficie del océano, y deslumbraba a cualquiera que lo mirara desde aquel ángulo. La isla de Molokai era una sombra color gris azulado hacia el noroeste, las palmeras se mecían rítmicamente en la suave brisa, y las olas de espuma blanca avanzaban hasta besar la arena de la playa antes de retirarse.

—Entiendo por qué quieres vivir aquí, es muy hermoso.

—Ha sido ideal para mí, un lugar en el que sanar tanto mental como físicamente.

Drew se preguntó por qué estaba hablando con tanta naturalidad con aquella mujer, aunque sabía la respuesta: Arden inspiraba confianza e irradiaba comprensión. Una idea súbita hizo que arqueara una ceja aclarada por el sol.

—Has dicho antes que no tienes a nadie en casa que te eche de menos, ¿no estás casada?

—Lo estuve. Estoy divorciada.

—¿No tienes hijos?

—Uno, Joey —lo miró directamente—, murió.

Él murmuró una palabrota antes de suspirar y decir:

—Lo siento, sé lo doloroso que puede llegar a ser que de repente se lo recuerden a uno sin querer.

—No te preocupes, lo único que detesto es cuando mis amigos evitan hablar de él, como si nunca hubiera existido.

—Sí, también he sufrido eso; la gente procura no mencionar a Ellie, como si temieran que me derrumbe en un mar de lágrimas y los deje en evidencia, o algo así.

—Sí —dijo Arden—, yo quiero que Joey sea recordado; era un niño hermoso, dulce y alegre.

—¿Qué pasó, tuvo un accidente?

—No, cuando tenía cuatro meses contrajo meningitis, y sus riñones resultaron afectados. Desde entonces tuvo que someterse a diálisis, y yo creí que llevaría una vida razonablemente normal, pero...

Su voz se fue atenuando hasta apagarse del todo, y ambos permanecieron callados largo rato; ni siquiera eran conscientes de los sonidos que los rodeaban: las risas de una mesa en el otro extremo de la terraza, el zumbido de la coctelera del camarero, una alegre exclamación desde las pistas por debajo de ellos.

—Empeoró. Hubo complicaciones, y murió antes de que encontraran un órgano compatible para realizar un transplante.

—¿Y tu marido? —preguntó él con suavidad.

¿Cuándo la había tomado de la mano? Arden no lo recordaba, pero de repente fue consciente de ello, de cómo acariciaba sus nudillos con el pulgar.

—Nos divorciamos antes de que Joey muriera, se podría decir que dejó al niño a mi cargo.

—Parece que el señor Gentry es un verdadero malnacido.

Arden se echó a reír; su ex marido no se apellidaba Gentry, pero no podía estar más de acuerdo con Drew.

—Tienes razón, lo es.

Rieron en voz baja durante unos segundos, ajenos a todo lo demás, hasta que fueron conscientes de lo que estaban haciendo; en cuanto se dieron cuenta, el aire se cargó de un nerviosismo avergonzado. Él se apresuró a soltar su mano y se inclinó a tomar su bolsa de deporte.

—Ya te he mantenido apartada bastante tiempo de tu trabajo; además, le prometí a mi ama de llaves que esta tarde yo me ocuparía del niño para que ella pudiera ir de compras.

—¿Un ama de llaves se ocupa de Matt? Se porta... ¿se porta bien con él? —la preocupación que sentía hizo que su voz sonara jadeante.

—No sé lo que haría sin ella; la señora Laani ya trabajaba con nosotros antes de que llegara Matt, y cuando Ellie murió, ella se hizo cargo de todo y se vino a vivir conmigo. Tengo plena confianza en ella.

Arden sintió cómo sus tensos músculos se relajaban con alivio.

—Es una suerte que cuentes con alguien así.

Él se levantó y alargó una mano.

—Lo he pasado muy bien, Arden.

Ella estrechó la mano y contestó:

—Yo también.

Se sentía reacio a soltarla, y cuando lo hizo, sus dedos rozaron la palma de la mano de ella. Quería hacer lo mismo a su mejilla, a la parte inferior de su brazo, a su hombro. Como su cabello, quería recorrer la piel de su cuello y de su pecho con seductoras caricias.

—Espero que disfrutes del resto de tu estancia aquí.

Los latidos del corazón de Arden se habían acelerado, y sentía un ligero cosquilleo en la parte posterior de la garganta cuando contestó:

—Estoy segura de que será así.

—Bueno, adiós.

—Adiós, Drew.

Él se alejó tres pasos antes de detenerse, y sopesó su decisión por unos segundos antes de volver atrás; iba a hacer algo que no había hecho desde que conoció a Ellie Davidson. Le iba a pedir una cita a una mujer.

—Eh... oye, me preguntaba si estarías por aquí mañana.

—No lo sé —dijo Arden con prudencia; en realidad estaba conteniendo el aliento, rezando para sus adentros—. ¿Por qué?

—Bueno, Gary y yo jugaremos por la mañana —movió su peso de un pie al otro—, y estaba pensando que, si vas a estar por aquí, quizás podrías ver uno o dos juegos y después podríamos ir a comer a algún sitio.

Ella bajó los ojos, cerrándolos casi en gesto eufórico.

—Si no te apetece... —empezó él.

—No —dijo ella rápidamente, volviendo a levantar la cabeza—; quiero decir, sí, eso sería... me gustaría mucho.

—¡Genial! —dijo él, recuperando la seguridad en sí mismo.

¿Por qué le importaba tanto que hubiera aceptado? Podía conseguir una mujer en cuanto quisiera, y no para comer precisamente. Pero que Arden dijera que sí había sido condenadamente importante para él.

—Entonces, ¿nos vemos aquí a eso del mediodía? —preguntó, mientras intentaba echar una mirada furtiva a las piernas que ella mantenía decorosamente cruzadas bajo la mesa. A lo mejor sus tobillos eran demasiado gruesos.

—Aquí estaré.

Sus tobillos eran una maravilla.

—Adiós —los labios de Drew se curvaron en una amplia sonrisa devastadora.

—Adiós —Arden esperaba que el temblor de su propia boca no fuera visible cuando devolvió el gesto.

Él cruzó la terraza con pasos fluidos y enérgicos, y ella lo observó mientras se alejaba, admirando la forma desenvuelta en que se movía y el contorno atlético de su cuerpo. Le gustaba, y se alegraba tanto de ello... era una persona agradable; un hombre extraordinario, pero humano al fin y al cabo. Ya no era un signo de interrogación sin rostro ni nombre en su mente, sino un hombre con una identidad y una personalidad, que había experimentado amor y dolor, y había sabido sobreponerse.

Sintió una punzada de culpa por haberse ganado su confianza; ¿la habría invitado a comer si hubiera sabido quién era ella? ¿Se mostraría tan ansioso de volver a verla si supiera que ella era la mujer que había sido inseminada artificialmente con su semen? ¿Habría confiado tan abiertamente en ella si le hubiera dicho, sin más, «soy la madre de alquiler que Ellie y tú contratasteis, yo di a luz a tu hijo»?

2

En su ausencia, la camarera había limpiado la habitación y había puesto el aire acondicionado al máximo. Tras dejar su bolso y su bloc de notas sobre una mesa, Arden ajustó el termostato de la pared y abrió la amplia puerta corredera de vidrio que daba a su terraza privada con vistas al océano. La habitación era desorbitadamente cara, pero el paisaje valía cada penique.

Inhaló hondo y al soltar el aire susurró un nombre: Drew McCasslin. Su objetivo. Al fin lo había conocido, le había oído pronunciar el nombre de su hijo. Matt.

No tardó nada en quitarse el vestido y ponerse una bata de felpa; salió a la acogedora calidez hawaiana, y se sentó en una de las dos sillas de la terraza. Apoyó los talones en el asiento y dejó que su barbilla descansara sobre sus rodillas mientras contemplaba la vista marina.

Drew había supuesto que Gentry era su nombre de casada, pero no sabía que ella se había despojado del apellido de su ex marido, como un animal que mudara la piel, en cuanto había rellenado los papeles del divorcio. No quería tener nada en común con Ronald Lowery, ni siquiera su odioso apellido.

Justo cuando pensaba que la rabia se había desvanecido por fin, la tomaba por sorpresa y volvía a corroerla, como en ese momento. Era silenciosa e intangible como la niebla, pero igual de envolvente, de cegadora, igual de sofocante.

¿Podría llegar a olvidar la humillación de la noche en que él había sacado el tema por primera vez? Ella estaba en la cocina de su casa de Beverly Hills, preparando la cena. Era una ocasión fuera de lo común, ya que Ron iba a ir directamente al salir del trabajo; aquella tarde la había llamado para decirle que no había ningún nacimiento previsto, que había acabado pronto sus rondas en el hospital y que saldría de la consulta a tiempo para cenar con ella. En un matrimonio que no había tardado en decepcionar a Arden, incluso compartir una cena era todo un acontecimiento. Si Ron estaba intentando arreglar las cosas, ella pondría de su parte.

—¿Celebramos algo? —había preguntado ella cuando su marido apareció con una botella de un vino muy caro.

Él la había besado con gesto enérgico en la mejilla, y había contestado con desparpajo:

—Podría decirse que sí.

Sabía por experiencia propia que le gustaba mantener secretos, no por el placer que finalmente producirían en los demás, sino porque le daban una sensación de superioridad. Había aprendido mucho tiempo atrás a no presionarlo para obtener información; la mayoría de las veces, las sorpresas de Ron eran desagradables.

—La carne estará lista enseguida, ¿por qué no vas a ver a Joey? Está en su cuarto, viendo *Barrio Sésamo*.

—Por el amor de Dios, Arden, acabo de llegar. Lo último que quiero es oír el parloteo de Joey. Prepárame algo para beber.

Estúpidamente, ella había obedecido, tal y como acostumbraba a hacer.

—Es tu hijo, Ron —le dijo mientras le daba su whisky con agua—. Te adora, pero hacéis juntos muy pocas cosas.

—No puede hacer cosas normales.

Arden odiaba la manera en que él había apurado la bebida en un par de tragos, y cómo había alargado el vaso en su dirección, indicándole sin palabras que volviera a llenarlo.

—Por eso es aún más importante que encuentres...

—¡Dios! Debería haber sabido que si venía a casa con buenas noticias, tú tendrías que estropearlo con tus gimoteos. Estaré en el salón, llámame cuando esté lista la cena. Nuestra cena. Quiero hablar contigo de algo importante, así que dale la comida a Joey y acuéstalo antes.

Tras decir aquello, había salido de la habitación, y Arden se había sentido inmensamente complacida al ver que sus pantalones hacían bolsas en la parte trasera. Cuando conoció a Ron, era un joven estudiante de medicina que se enorgullecía de su físico atlético; demasiadas fiestas después, su estómago ya no era plano y musculoso, su trasero era cada vez más chato y sus caderas cada vez más anchas. No era ni mucho menos tan afable y elegante como antes, y él lo sabía; sólo tenía a su favor la consulta ginecológica por la que había sacrificado todo lo demás, incluso el amor de su mujer.

Aquella noche, Arden se esforzó por mostrarse atractiva y afectuosa; había acostado a Joey después de que recibiera un apresurado y poco sincero beso de su padre, y la cena que había preparado era opulenta. En aquellos días, disfrutaba cocinando.

—Bueno —dijo, sonriendo a su marido desde el lado opuesto de la mesa, mientras él se servía una segunda ración de pastel de manzana—. ¿Vas a decirme lo que estamos celebrando?

—El fin de todos nuestros problemas —contestó él de forma ambigua.

El fin de todos sus problemas sería ver a Joey completamente recuperado, viviendo como un niño de tres años normal. Pero preguntó con amabilidad:

—¿Qué problemas? La clínica va bien, ¿verdad?

—Sí, pero... —Ron soltó un suspiro, y siguió diciendo—: Arden, sabes que últimamente he necesitado... relajarme, pasarlo bien. Todo lo que oigo un día tras otro son mujeres quejándose de los calambres, o vociferando al dar a luz.

Arden se tragó una áspera respuesta; su padre no había sentido lo mismo por la consulta que había tardado toda una vida en convertir en una de las mejores de Los Ángeles. No se había mostrado intolerante ante el dolor de sus pacientes, ya fuera imaginario o no, de la forma en que lo hacía Ron.

—He estado apostando un poco y, bueno... —se encogió de hombros, y la miró con una sonrisa que él pensaba que era adorable—; estoy en la quiebra, con deudas hasta el cuello.

Ella tardó uno o dos segundos en asimilar lo que le estaba diciendo, y un minuto entero en controlar el pánico. Lo primero en que pensó fue en Joey, ya que su tratamiento médico era desorbitadamente caro.

—¿Cuánto... a cuánto ascienden las deudas?

–Lo suficiente para verme obligado a vender la consulta, o a usarla como garantía para pedir un préstamo tan grande que jamás podría liquidarlo, sin importar cuántos mocosos ayude a nacer.

Arden estuvo a punto de devolver la cena que acababa de comer.

–Oh, Dios mío, la consulta de mi padre.

–¡Maldita sea! –rugió Ron, y dio un puñetazo tan fuerte en la mesa, que la vajilla y las copas resonaron estrepitosamente–; no es suya, es mía. Mía, ¿me oyes? Era un médico pueblerino con técnicas desfasadas hasta que convertí esa clínica en una moderna...

–Fábrica. Así la gestionas, sin compasión ninguna hacia las mujeres a las que tratas.

–Las ayudo.

–Oh, eres un buen médico, eso está claro; uno de los mejores. Pero no tienes sentimientos, Ron, no ves a la mujer que tratas como a una persona, sólo te interesa su talonario.

–No te importa vivir aquí, y pertenecer al mejor club...

–Tú querías la casa y el club, no yo.

–Cuando una mujer sale de mi consulta, se siente en la cima del mundo.

–Sé perfectamente bien que tus modales son impecables, Ron, no soy tonta; puedes engatusar a una persona para que crea que te preocupas por ella.

Él se acomodó en su silla, con las piernas extendidas frente a él y los tobillos cruzados. Su expresión era taimada.

–¿Hablas por experiencia propia? –dijo, arrastrando las palabras.

Ella bajó la mirada hasta su plato; después de casarse,

no había tardado demasiado en darse cuenta de que los gestos románticos y las declaraciones de amor de Ron se debían a que quería conseguir una consulta de renombre y con buenos dividendos, no una amante esposa.

–Sí, sé por qué te casaste conmigo, querías la clínica de mi padre; de hecho, creo que lo importunaste a propósito hasta que sufrió el derrame cerebral y murió. Ahora ya tienes lo que querías –su ira se había ido avivando, y terminó de hablar gritando–: ¡y me estás diciendo que estás a punto de perderlo todo, porque te lo has jugado!

–Como siempre, estás sacando conclusiones precipitadas y no estás escuchando ni la mitad de lo que te digo –se sirvió un generoso vaso de vino, y se lo bebió en un par de tragos–. Me ha surgido una oportunidad para conseguir un montón de dinero.

–¿Cómo, con drogas?

Él la fulminó con la mirada, pero dijo:

–¿Recuerdas que el año pasado conseguí aquel bebé para que una pareja lo adoptara? No querían líos ni papeleos, sólo un niño con los papeles en regla.

–Sí, me acuerdo –contestó ella con cautela. ¿En qué estaba pensando?, ¿en el mercado negro de niños? Estremeciéndose, Arden pensó que no descartaría que él fuera capaz de tal cosa.

–Hoy me he reunido con unos amigos suyos; ha sido en secreto, de forma muy discreta, porque son gente famosa.

Se detuvo con dramatismo, y ella supo que quería que le preguntara de quién se trataba; tiempo después, se arrepentiría de no haberlo hecho.

–Esta pareja desea tener un hijo más que ninguna otra

que yo haya visto, y lo han intentado todo para que ella se quede embarazada. Nada ha funcionado, pero él ha pasado varias revisiones y no hay duda de que tiene la pistola cargada —comentó de forma lasciva.

Arden escuchó estoicamente, con una expresión imperturbable.

—Les dije que intentaría encontrar un bebé para que lo adoptaran de forma discreta, pero la mujer se opuso. Quiere que su marido sea el padre.

—No sé si te sigo.

—El fruto de su entrepierna, de su simiente —entonó de forma teatral—. Quieren que les encuentre una madre de alquiler adecuada, que la insemine con su esperma, y... *voilà!* Tendrán un bebé.

—He oído hablar de las madres de alquiler; ¿crees que puede funcionar?, ¿lo harías por ellos?

Él se echó a reír.

—Claro que lo haría, ofrecen cien mil dólares. Cincuenta para la madre, y cincuenta para mí.

Arden dio un respingo, y comentó:

—Cien mil... deben de ser famosos millonarios.

—Sólo piden un niño sano y absoluta confidencialidad; todo en secreto, Arden, así que estamos hablando de dinero negro. Dijeron que me pagarían en efectivo.

Era poco ético, por no hablar de ilegal; no podía creer que ninguna mujer se prestara a tales chanchullos.

—¿Dónde vas a encontrar a una mujer dispuesta a tener un niño sólo para entregártelo?

Los ojos de Ron se clavaron en los de ella, y Arden sintió que un escalofrío recorría su espalda. Durante unos tensos segundos, se miraron desde lados opuestos de la mesa.

—No creo que tenga que buscar demasiado —dijo él.

Arden empalideció; no podía estar refiriéndose a ella, ¡su propia esposa!

—Ron —dijo, maldiciendo la nota de desesperación y pánico en su propia voz—, no estarás sugiriendo que yo...

—Exactamente.

Ella se levantó de un salto de la silla y se volvió como un rayo para salir de allí, pero él ya estaba justo tras ella, y casi le desencajó el hombro cuando la hizo girarse hacia él. Tenía el rostro enrojecido, y la bañó en saliva cuando gruñó:

—Piensa por una vez, Arden. Si haces esto por mí, conseguiremos todo el dinero que necesito; no tendré... no tendremos que compartirlo con nadie más.

—Intentaré olvidar que hemos tenido esta conversación, Ron. Por favor, suéltame el brazo, me estás haciendo daño.

—Aún te hará más daño el que te saquen a patadas de esta casa en la que tanto te gusta recluirte. Además, ¿qué pasa con Joey? Sus tratamientos nos están desangrando. Y el legado de tu padre, ¿vas a permitir que se vaya a pique por tus preciosos principios?

Ella se zafó de su agarre y estuvo a punto de salir corriendo para alejarse de él, pero sus palabras la hicieron pensar a pesar de la locura de la situación. No podía permitir que Ron destruyera con sus deudas de juego el trabajo de toda una vida de su padre; y Joey... ¿qué harían si no podían afrontar las facturas de su tratamiento?

—Estoy segura de que esta... esta pareja no tenía en mente a la esposa de su médico cuando se puso en contacto contigo.

—Nunca lo sabrán; no quieren conocer a la madre, ni

que ella los conozca. Pretenden hacer pasar al niño como suyo, y sólo quieren una mujer sana para que dé a luz a un bebé robusto para ellos, un recipiente.

—¿Es eso todo lo que soy para ti, Ron? ¿La oportunidad de que soluciones tus problemas, un *recipiente* con el que conseguir dinero?

—No utilizas tu equipamiento para nada más, eso lo sé de primera mano; por lo menos podrías usarlo para tener un bebé.

Su cuerpo entero se derrumbó bajo el peso del insulto; era cierto, la poca frecuencia de sus relaciones sexuales era objeto de discusión constante entre ellos. Arden no tenía aversión al acto sexual, había crecido con la educación franca de su padre sobre el tema, respetando su importancia y anticipándolo de forma sana. Lo que le causaba aversión era el sexo que le gustaba a Ron; carecía de caricias previas o ternura, de amor. Ella se había sometido durante años hasta que no pudo soportarlo más y empezó a poner excusas cada vez más frecuentes.

En vez de empezar de nuevo aquella discusión estéril, que siempre daba lugar a que él estuviera a punto de violarla, Arden dijo:

—No quiero tener un bebé, el hijo de otro hombre; tengo que pensar en Joey. La mayor parte del tiempo estoy agotada cuando vuelvo del hospital, no creo que sea físicamente capaz; además, no estoy preparada desde un punto de vista psicológico.

—Estarás preparada si te mentalizas; y olvídate de todas esas tonterías sobre el hijo de otro hombre, no es más que un proceso biológico. Esperma, óvulo y ¡pam!, aparece un niño.

Ella se volvió, asqueada. ¿Cómo podía hablar de forma

tan insensible de un milagro que presenciaba a diario? No sabía por qué aún seguía allí discutiendo aquello... quizás fuera porque ella también empezaba a verlo como su posible salvación.

—¿Qué le diríamos a la gente? Me refiero a cuando volviera del hospital sin el bebé.

—Les diríamos que el niño había nacido muerto, que estábamos destrozados y que no queríamos funeral ni ceremonia alguna, nada.

—Pero, ¿qué pasa con el personal del hospital? Hay normas muy estrictas que prohíben que los médicos traten a sus familiares; ¿cómo te las ingeniarás, cómo le darás mi... bebé a una mujer que no estaba embarazada?, ¿cómo conseguirás que crean que el mío murió?

—No te preocupes por nada de eso, Arden —dijo él con impaciencia—. Yo me ocuparé de todos los detalles, el dinero cierra la boca de la gente. Las enfermeras de la sala de partos me son leales, harán lo que yo les diga.

Al parecer estaba acostumbrado a tales intrigas, a llegar a toda clase de acuerdos; todo aquello le resultaba ajeno a Arden, y el alcance de las posibles repercusiones la hacían sentirse incómoda.

—¿Cómo lo... hacemos?

Creyendo que iba a aceptar, la excitación de Ron aumentó.

—Primero, tenemos que asegurarnos de que no estás embarazada —la miró con una sonrisa repugnante, y dijo—: pero eso sería casi imposible, ¿verdad? Les enseñaré tu historial médico, que es impecable; no tuviste ningún problema con tu primer embarazo. Firmamos un contrato, y yo te trato en la consulta.

—¿Qué pasa si no concibo?

—Lo harás, yo me ocuparé de ello.
Arden se estremeció.
—Tengo que pensarlo, Ron.
—¿Qué hay que pensar...? —empezó a gritar; cuando vio que la barbilla de su mujer se levantaba con tozudez, suavizó su estrategia y recurrió a su encanto—; claro, por supuesto, tómate un par de días, pero quieren una respuesta a finales de semana.

Le comunicó su decisión a la mañana siguiente, y él se mostró entusiasmado; entonces ella expuso sus condiciones.

—¿Que tú qué? —gruñó Ron.
—He dicho que quiero la mitad del dinero en cuanto te paguen, además de los papeles del divorcio firmados, sellados y entregados. No tendremos relaciones íntimas hasta que dé a luz, y en cuanto salga del hospital con el dinero, no quiero volver a verte en mi vida.

—No vas a dejarme, cariño, ¡si alguien va a recibir la patada aquí, ésa serás tú! Te importa demasiado la reputación de la clínica para dejarme.

—Me importaba antes; cuando mi padre la dirigía, era lo que se suponía que debía ser. Creo que bajo tu dirección irá desmoronándose gradualmente, y yo no estaré aquí para verlo. Ya no es algo de lo que pueda enorgullecerme —se irguió aún más, y continuó diciendo—: me utilizaste para conseguir la clínica, ahora haz con ella lo que quieras; tendré este bebé porque el dinero nos liberará a Joey y a mí de ti. Me has utilizado por última vez, doctor Ronald Lowery.

Él había aceptado todas sus condiciones, y Arden supuso que sus acreedores lo estaban presionando. Un hombre desesperado no tenía otra opción que aceptar los términos que se le exigieran, fueran los que fuesen. Cuando salió del hospital sintiéndose sucia, utilizada y vacía, pero libre, no se arrepintió de su decisión. El dinero que había ganado por aquellos nueve meses le permitiría cuidar mejor de Joey.

Pero en ese momento, casi dos años después, tenía sentimientos contradictorios sobre su decisión de tener al hijo de un desconocido. Los McCasslin habían conseguido lo que deseaban cuando ella dio a luz a un niño; había enriquecido sus vidas, y había sido un apoyo al que Drew había podido aferrarse, una razón para vivir cuando el resto de su mundo se había derrumbado. ¿No era eso suficiente para expiar su culpa?, ¿por qué seguía fustigándose? En todo caso, ya era demasiado tarde para cambiar lo sucedido.

No se había movido mientras recordaba los acontecimientos que finalmente la habían llevado hasta aquella hermosa isla; finalmente se levantó y estiró los músculos, rígidos por haber estado tanto tiempo en la misma postura. Pasó una tarde tranquila en su habitación, escribiendo un poco, pero sobre todo preguntándose cuándo le diría a Drew McCasslin quién era, y cómo podría pedirle que le dejara ver a su hijo.

—Hola —Drew se acercó hasta el borde de la pista y levantó la mirada hacia Arden, que estaba sentada en la mesa de siempre—. Pareces fresca como una rosa.

—Y tú estás al rojo vivo.

Él se echó a reír, sorprendido.

—Así es exactamente como me siento, Gary me lo está poniendo muy difícil.

—Yo diría que tú tampoco se lo estás poniendo nada fácil.

Arden había visto los dos últimos e intensos juegos, y sabía que Drew estaba al mismo nivel que antes de que el dolor y demasiado alcohol dañaran su juego. Él pareció satisfecho de que ella se hubiera dado cuenta.

—Sí, bueno, he conseguido algunos golpes bastantes buenos —admitió con humildad—; a la hora de la comida, estaré hambriento.

—No te des prisa por mí, estoy disfrutando de la exhibición.

Él la saludó con una reverencia y volvió a la pista mientras le gritaba a Gary, que parecía exhausto, que se había acabado el descanso. Drew ganó el siguiente juego sin ceder ni un solo punto, pero cuando Gary sirvió, lo hizo fenomenal, y el juego se igualó varias veces antes de que Drew consiguiera dos puntos seguidos y ganara el partido.

Ignorando a las chicas que de nuevo se habían congregado en la valla como vistosas mariposas para animarle, se acercó tambaleándose cómicamente hasta la pared y levantó la vista hacia Arden.

—¿No se supone que el torero debe lanzarle a la dama la oreja del toro, la cola o alguna cosa para dedicarle la corrida?

—Creo que sí, pero, por favor, no le cortes la oreja a Gary —rió ella.

—Sólo tengo una pelota de tenis... o una toalla sudada.

—Prefiero la pelota.

Drew se la lanzó, y tras atraparla hábilmente, ella inclinó la cabeza con un gesto regio de aprobación.

—Pídeme cuatro vasos de agua, estaré contigo en un minuto.

Arden lo vio echarse la bolsa de deporte al hombro y alejarse a buen paso hacia los vestidores; la saludó con la mano antes de desaparecer tras las puertas metálicas.

Mientras le hacía un gesto al camarero y pedía el agua y otro vaso de té helado para ella, se preguntó si él habría pensado alguna vez en la mujer que había dado a luz a su hijo. ¿Se habría preguntado cómo se sentía, llevando una parte de él dentro de su cuerpo? Intimidad sin intimidad.

Tras varios días tomándole la temperatura con un termómetro especial, Ron había anunciado que había llegado el momento, y le dijo que fuera a la consulta después de cerrar. Desnuda y vulnerable, se había tumbado en la mesa de reconocimiento con los pies levantados en unas abrazaderas, mientras él insertaba lo que había llamado un capuchón cervical; después había inyectado el líquido seminal congelado en el receptáculo, que mantendría el líquido contra la entrada del útero hasta que ella lo extrajera de forma indolora en casa. Con suerte, los resultados serían positivos.

—No te estás excitando más con esto que cuando lo haces de verdad, Arden —dijo él, mirándola maliciosamente.

—Date prisa y acaba de una vez —contestó ella con cansancio; sus chistes de mal gusto ya no tenían el poder de provocarla.

—¿No sientes un poco de curiosidad al menos?, ¿no te preguntas el aspecto que tiene el padre, quién es? Debo admitir que es un tipo atractivo. ¿Quieres excitarte un poco antes, para que parezca más real? —agarró uno de sus pechos y lo apretó dolorosamente–, podría hacerte el favor, todo el mundo se ha ido a casa.

Ella apartó la mano de un manotazo, y él rió con crueldad; ¿de veras creía que aquella sonrisa insinuante de labios mustios iba a volverla loca de deseo? Desvió la mirada mientras una lágrima solitaria se deslizaba por su mejilla.

–Acaba ya, por favor.

–Volveremos a hacerlo mañana –dijo cuando ella se incorporó.

–¿Mañana?

–Y al día siguiente; tres días seguidos mientras exista la posibilidad de que estés ovulando –se apoyó contra la mesa, acarició su muslo y añadió–: entonces nos sentaremos, esperaremos, y veremos qué pasa.

Ella rezó quedarse embarazada en aquel primer intento; después de soportar el trato vejatorio de Ron, no creía poder volver a pasar por lo mismo al mes siguiente. Sus plegarias tuvieron respuesta: después de seis semanas, Ron estaba seguro de que había concebido. Informó a la pareja que la madre de alquiler iba a tener un bebé, y le dijo a Arden que se habían mostrado extáticos.

–Asegúrate de cuidarte como es debido –le dijo en tono de advertencia–; no quiero que nada lo estropee.

–Yo tampoco lo quiero –había contestado ella, antes de cerrarle la puerta del dormitorio en la cara.

No pensaba en la vida que llevaba dentro como un niño, una persona, un ser humano, sino únicamente como una manera de conseguir una vida mejor para Joey y para ella, lejos de la codicia y del egoísmo de Ron.

Durante las semanas de malestares matinales, y en los

largos y agotadores días en que llevaba a Joey al hospital, intentó no verter su resentimiento en el feto que jamás podría permitirse amar. Cuando sus amigos les daban la enhorabuena por el embarazo, se obligaba a sonreír y a aceptar sus felicitaciones y el brazo posesivo de Ron sobre sus hombros.

La primera vez que sintió al niño moverse en su interior, sintió un instante de alegría indescriptible, pero lo reprimió de inmediato, lo ignoró y lo escondió en algún rincón apartado de su mente. Sólo de noche, sola en su habitación mientras se aplicaba loción calmante en su vientre dilatado, se permitía pensar en el bebé. ¿Sería un niño o una niña?, ¿sus ojos serían azules o marrones?, ¿heredaría sus ojos verdes?

Fue entonces cuando empezó a preguntarse quién sería el padre, de quién era la simiente que llevaba en su seno. ¿Cómo era?, ¿era una buena persona, sería un buen padre?, ¿amaba a su mujer? Seguro que sí, al menos ella lo amaba lo suficiente para permitir que otra mujer diera a luz a su hijo; quizás yacían juntos cuando él recogió...

—Te doy un penique por ellos.
—¡Oh! —Arden dio un respingo, se llevó una mano al pecho y giró en redondo; el objeto de sus pensamientos se cernía sobre ella, sonriendo, con una mano descansando en el respaldo de la silla, cerca de su espalda desnuda.

—Lo siento —dijo él con sincero arrepentimiento—, no pretendía asustarte.

—No, no pasa nada —era consciente de que le ardían

las mejillas, y de que sus ojos reflejaban el desconcierto que sentía–. Estaba a un millón de kilómetros de aquí.

–Espero que la ensoñación valiera la pena.

Sus ojos eran increíblemente azules en contraste con su piel bronceada, y estaban enmarcados por unas densas pestañas marrones de puntas doradas. Desprendía un maravilloso aroma, mezcla de jabón y de colonia cara que no acababa de identificar; al parecer, iba a dejar que el sol le secara el cabello, ya que algunos mechones húmedos descansaban en su frente, dándole un aspecto travieso.

Después de lo que había estado pensando, Arden no quería verlo como un hombre con un rostro y un cuerpo reales... un rostro apuesto, un cuerpo sexy. Se ruborizó al recordar aquella inyección capaz de crear una vida nueva que Ron había introducido en su cuerpo, y apartó la mirada mientras se humedecía los labios con un gesto nervioso.

–No era exactamente una ensoñación –dijo, con lo que esperaba que fuera un tono despreocupado e indiferente–. Sólo estaba sumida en mis pensamientos, el entorno es realmente hipnótico; el arrullo de las olas, el suspiro del viento... bueno, ya sabes.

Él se sentó con aspecto relajado frente a ella; llevaba unos pantalones color marfil y una camisa azul marino. Tomó un largo trago de agua y dijo:

–A veces bajo hasta la playa que hay enfrente de mi casa, sobre todo por la noche, y me siento durante una hora o más, sin darme cuenta de que pasa el tiempo. Es como si estuviera dormido, sin estarlo.

–Creo que la mente puede aislarse de todo, cuando sabe que necesitamos escapar.

—¡Ajá!, ¿así que era eso lo que hacías? Estabas intentando escapar de mí.

Arden se echó a reír, pensando que ninguna mujer querría escapar de un hombre con una sonrisa tan devastadora.

—Ni hablar, al menos hasta que me hayas pagado la comida —bromeó.

—Te pareces a Matt; siempre me pide algo antes de darme un abrazo o un beso —ante la expresión sobresaltada de ella, se apresuró a decir—: Arden, eh... maldición. Arden, no he querido decir lo que parece, no espero nada de esta cita, es decir...

—Sé lo que querías decir —dijo ella, sonriendo de nuevo—. Y no me has ofendido, de verdad.

Él bajó ligeramente un párpado mientras contemplaba la boca femenina, sin intentar ocultar que le resultaba atractiva.

—Pero vale la pena pensar en ello, ¿no? Lo de besarse.

—No lo tengo claro —contestó ella con cierta brusquedad.

Había pasado toda la mañana intentando decidir qué ponerse, y en ese momento deseaba no haber sido tan atrevida. Tras la muerte de Joey se había sumido en su dolor, abandonándose totalmente. Antes de acometer aquella misión, había empezado a hacer ejercicio con regularidad, había empezado a cuidar su alimentación, sus uñas y su aspecto, se había cortado el pelo y había comprado un nuevo vestuario que había puesto al límite su presupuesto. Los resultados la habían asombrado; ¿tanto la había reprimido Ron? Tenía mejor aspecto que nunca, y ese día no era ninguna excepción.

El corpiño negro sin tirantes que llevaba se ajustaba

provocativamente a sus pechos, revelando su forma al detalle. La falda blanca tenía un corte moderno, con botones en la parte izquierda desde la cintura hasta el dobladillo; la había dejado desabrochada hasta medio muslo, y sus piernas contrastaban, bronceadas y sedosas, contra la tela blanca. Llevaba también unas sandalias de cuero negras y planas que se abrochaban con correas alrededor de los tobillos, y las únicas joyas que lucía eran una pulsera y unos pendientes de aro blancos.

De pie ante el espejo de su habitación, había pensado que su aspecto era elegante y a la moda, ¿por qué se sentía seductora en ese momento?

Porque los ojos de Drew la hacían sentirse así al recorrer su cuerpo entero con una mirada de evidente admiración; incluso podía sentir cómo se le endurecían los pezones. Jamás se había considerado una persona sensual, pero en ese momento, con aquellos ojos azul celeste recorriéndola lánguidamente, todos los receptores sensoriales de su cuerpo parecían haber enloquecido.

–Quizás deberíamos empezar con la comida, y después ya veremos –dijo él cuando su mirada volvió finalmente a los ojos de ella.

–De acuerdo.

La llevó a uno de los restaurantes del complejo; con una deferencia reservada a las personalidades, el maître los sentó en una mesa con vistas al océano. Aunque la mayoría de los comensales vestían de forma informal, la sala rezumaba elegancia, con una decoración en colores verde menta y melocotón, sillas lacadas en blanco, y jarrones de flores naturales repartidos por todas partes.

–¿Querrán algo para beber los señores? –preguntó el camarero.

–¿Arden?

–Un bloody Mary sin vodka, por favor.

–Perrier con lima –dijo Drew.

Cuando el camarero se fue, Drew tomó un colín, lo partió en dos y le ofreció una de las mitades.

–¿Has pedido eso por mí? –preguntó con sequedad.

–¿El qué? –ella se puso en guardia ante aquel tono cortante–; ¿la bebida?

–La bebida que no es una «bebida de verdad». Si quieres otra cosa, pídela –parecía tenso, a punto de estallar–;

te prometo que no te la quitaré para bebérmela yo, ya he superado la fase de los sudores y los temblores —como si quisiera probar lo que decía, untó con mantequilla su mitad del colín con un cuidado exagerado.

Arden dejó su trozo de pan en el plato y puso los puños apretados en su regazo.

—Pediré lo que me plazca, señor McCasslin.

Su gélida afirmación hizo que él levantara la cabeza para mirarla. Ella continuó diciendo:

—Cualquiera que sepa tu nombre sabe que has tenido problemas con el alcohol, pero, por favor, no me hables como si fuera una especie de misionera empeñada en rescatarte del demoníaco ron. Si creyera que no has superado la fase del sudor y los temblores, no estaría aquí contigo.

—He hecho que te enfades.

—Sí. Y te agradeceré que no vuelvas a pensar por mí.

El camarero apareció con las bebidas, y les ofreció la carta con el menú. Arden miró a Drew con firmeza; estaba molesta, y no hizo ningún esfuerzo por ocultarlo.

—Lo siento —dijo él cuando el camarero se hubo retirado—; soy muy sensible a las críticas, aunque últimamente me las merezca. Me he convertido en el clásico paranoico, creyendo ver ofensas donde no las hay.

Ella tenía la vista fija en los cubiertos, y se enfadó consigo misma por ser tan susceptible; ¿quería ganarse su amistad o ahuyentarle? Cuando volvió a levantar sus ojos verdes, éstos se habían suavizado considerablemente.

—Yo también lo siento; durante años permití que mi marido pensara y hablara por mí, y es una dinámica peligrosa para cualquiera, mujer o hombre. Creo que ambos hemos tocado puntos delicados —sonrió con diplomacia y levantó su vaso–; además, me gusta el zumo de tomate.

Riendo, Drew levantó el suyo y tocó el de Arden en un brindis.

–Por la dama más encantadora de la isla; desde ahora, confiaré sin más en todo lo que digas o hagas.

Ella deseó que hubiera dicho otra cosa, algo que no tuviera que ver con la confianza, pero le devolvió la sonrisa.

–¿Qué quieres comer? –Drew abrió la carta.

–Adivínalo.

–Hígado.

Ella se echó a reír con espontaneidad.

–Eso es algo que nunca comeré de ninguna de las maneras.

Drew respondió con una amplia sonrisa devastadora.

–Perfecto, yo tampoco lo soporto; creo que esta amistad estaba predestinada.

Mientras le echaba una ojeada al menú, Arden no pudo evitar pensar que era probable que Matt también llegara a odiar el hígado.

Pidió una ensalada de gambas, que le sirvieron en una piña natural decorada con aguacate y orquídeas; el plato casi resultaba demasiado bonito para comérselo. Por su parte, Drew tomó un pequeño filete y una ensalada verde. Durante la comida se fueron conociendo mejor; cuando él le preguntó al respecto, Arden le contó que su madre había fallecido cuando ella estudiaba Escritura Creativa en UCLA, y que su padre había sido médico y había muerto de un derrame cerebral pocos años después. No entró en detalles, sobre todo en lo que se refería a su especialización en ginecología.

Drew se había criado en Oregón, y su madre aún vivía allí; hacía varios años que su padre había muerto. Él había empezado a jugar al tenis en el primer ciclo de secundaria.

–Fue antes de que muchas escuelas públicas tuvieran equipos de tenis; cuando el entrenador se dio cuenta de que se me daba bien, me pidió que me uniera al nuevo equipo que estaba formando. La verdad es que yo prefería el baloncesto, pero continuó insistiendo hasta que accedí. No tardé en obsesionarme con mejorar, y para cuando empecé el bachillerato, ya ganaba campeonatos locales.

–Pero fuiste a la universidad.

–Sí, muy a pesar de mi entrenador y representante, Ham Davis, que empezó a trabajar conmigo en mi segundo año. Los exámenes siempre daban problemas con el entrenamiento y los partidos, pero sabía que mi cuerpo no me permitiría jugar al tenis por el resto de mi vida, al menos a nivel de competición, así que pensé que era mejor prepararme para hacer otras cosas.

–Pero no tardaste en alcanzar el nivel de los demás, ¿verdad? Fuiste un ganador en cuanto empezaste a jugar en los campeonatos más serios.

Arden se llevó el último trozo de papaya a la boca; habían pedido compotas de fruta fresca de postre, y estaban saboreándolas mientras tomaban el café.

–Tuve unos cuantos años bastante buenos –dijo con modestia–. Tuve la ventaja de ser varios años mayor y más maduro, y no me pasaba noches enteras de fiesta como hacen algunos jugadores en el primer año –tomó un sorbo de café, y continuó–: El sistema no es equilibrado; cuando empiezas es carísimo, tienes que costearte el transporte, el alojamiento, la comida... pero cuando lo consigues, cuando estás ganando dinero con los premios y te ofrecen contratos de patrocinadores, todo es gratis.

Se encogió de hombros, riendo.

—Me expuse a perder unos contratos muy jugosos cuando ni siquiera las mejores zapatillas de tenis podían evitar que entrara tambaleándome en la pista después de emborracharme.

—Los recuperarás.

Él levantó la cabeza y la miró a los ojos.

—Eso es lo que dice Ham; ¿de verdad lo crees?

¿Le resultaba tan importante su opinión, o simplemente necesitaba que lo animaran?

—Sí, lo creo. En cuanto te vean jugar como lo estás haciendo, cuando hayas ganado uno o dos premios, volverás a estar en la cima.

—Cada día salen chicos más jóvenes que pueden ocupar mi lugar.

—No tienen la más mínima posibilidad —dijo ella con un gesto desdeñoso de la mano.

—Ojalá tuviera tanta confianza —comentó él con una sonrisa irónica.

—Eh... perdone, señor McCasslin...

El ceño de Drew se arrugó con gesto airado cuando se giró y vio a la pareja de pie tras él con apariencia cohibida. Vestían unas camisetas hawaianas con unas chillonas flores estampadas, y mil y un detalles inconfundibles dejaban claro que eran turistas.

—¿Sí? —El saludo de Drew fue, como mínimo, gélido.

—Queríamos... es decir... —la mujer dudó, y por fin dijo—: nos preguntábamos si nos daría su autógrafo para nuestro hijo. Somos de Alburquerque, está aprendiendo a jugar al tenis, y cree que es usted fantástico.

—Tiene un póster suyo en su habitación —dijo el hombre—, incluso...

—No tengo dónde escribir —dijo Drew, y les dio la espalda de forma descortés.

—Yo sí —intervino Arden al ver la mezcla de vergüenza e incomodidad en sus rostros quemados por el sol. Sacó de su bolso la pelota de tenis que Drew le había lanzado desde la cancha, y se la ofreció mientras sugería con tono calmado—: ¿Por qué no les firmas esto, Drew?

Al principio sus ojos relampaguearon con intransigencia y obstinación, y ella pensó que le diría que se metiera en sus propios asuntos, pero cuando él vio el suave reproche en sus ojos, sonrió y tomó la pelota. Tras aceptar el bolígrafo que la mujer le ofrecía, firmó en la desdibujada superficie amarilla.

—Muchísimas gracias, señor McCasslin, no tengo palabras para decirle lo que va a significar este recuerdo para nuestro hijo, le...

—Vamos, Lois, deja que disfrute de su comida; lamentamos haberlo molestado, señor McCasslin, pero queríamos que supiera que estamos deseando volver a verle jugar. Buena suerte.

Drew se levantó, le dio la mano al hombre y besó la de la mujer; si el rápido pestañeo que el gesto causó podía servir de indicación, la señora había estado a punto de desmayarse.

—Espero que su hijo también tenga suerte, y que pasen unas agradables vacaciones.

Se alejaron mientras contemplaban su valioso recuerdo, murmurando lo amable que había sido, y que los periodistas que afirmaban que era antipático y violento estaban equivocados.

Drew miró a Arden, y ella se preparó para recibir un comentario mordaz; sin embargo, la voz de él era ronca cuando le preguntó:

—¿Has acabado?

Cuando Arden asintió, él la tomó del codo y la ayudó a levantarse; salieron del restaurante, y no volvieron a hablar hasta que tomaron uno de los caminos ajardinados que unían las instalaciones del complejo turístico.

—Gracias —dijo él simplemente.

Ella se detuvo y lo miró.

—¿Por qué?

—Por avisarme de forma sutil de que me estaba portando como un necio.

Sus ojos la atraían demasiado para mirarlos directamente, así que Arden fijó la vista en el tercer botón de su camisa; sin embargo, el vello que asomaba por encima la distrajo de inmediato.

—No debería haber interferido.

—Me alegra que lo hicieras; verás, es que se trata de otro punto delicado para mí. Tras la muerte de Ellie, los periodistas me persiguieron durante meses, pidiéndome «un comentario» cada vez que me asomaba a la calle. Al poco tiempo, bastaba que alguien me reconociese para que me enfureciera.

—Imagino que ser tan conocido puede llegar a resultar muy difícil.

¿Qué textura tendría aquel vello al tacto? Era de un fascinante color dorado contra su piel bronceada.

—En el mejor de los casos, es difícil; en el peor, es un auténtico infierno. Cuando toqué fondo, hubo gente que me abucheó desde las gradas, y llegaron a tirarme cosas por lo mal que jugaba. De forma irracional, los culpé a ellos. Mis seguidores me estaban dando la espalda porque bebía, y bebía porque mis seguidores me estaban dando la espalda; era un círculo vicioso. Aún me muestro cauteloso cuando alguien se me acerca, porque creo que a lo mejor quieren lanzarme algún insulto a la cara.

—Lo que acabo de presenciar era idolatría hacia un héroe —Arden se obligó a arrancar la mirada del pecho masculino y su mente de los eróticos pensamientos que éste despertaba, y lo miró a la cara—. Aún tienes miles de admiradores esperando que vuelvas a competir.

Drew contempló largo rato su rostro sincero, y estuvo a punto de perderse en las profundidades de aquellos ojos verdes. Olía a flores. Reflejaba tranquilidad y seguridad en sí misma, pero también calidez y generosidad. Levantó la mano con la intención de tocar el cabello negro que ondeaba delicadamente contra su mejilla, pero cambió de opinión y volvió a dejarla caer. Finalmente, dijo:

—Conocerte es una de las mejores cosas que me han pasado últimamente, Arden.

—Me alegro —dijo ella con sinceridad.

—Te acompañaré a tu habitación.

Atravesaron el vestíbulo del edificio principal, y cuando llegaron al ascensor, él dijo:

—Espérame aquí, ahora mismo vuelvo.

Antes de que Arden pudiera preguntarse qué estaba haciendo, él ya se había ido; apretó el botón, pero tuvo que dejar que se fueran dos ascensores vacíos antes de que Drew regresara corriendo con algo envuelto en papel blanco.

—Perdona —dijo sin aliento—. ¿A qué planta?

Mientras subían, la curiosidad la estaba matando, pero los ojos de él brillaban de entusiasmo; si era una sorpresa, no quería estropeársela. Cuando llegaron a su planta, ella alargó la mano.

—Gracias por la comida, lo he pasado muy bien.

En vez de contestar, Drew desenvolvió el paquete y sacó una guirnalda de plumerias y orquídeas; dejó caer con descuido el papel al suelo, y sostuvo las flores sobre su cabeza.

—Probablemente te habrán dado docenas de éstas desde que llegaste, pero quería regalarte una.

La fragancia embriagadora de las flores y de la cercanía de él hacían que el oxígeno pareciera escasear, y Arden se sintió un poco mareada; la garganta se le contrajo a causa de la emoción, pero consiguió decir:

—No, es la primera que me dan. Gracias, las flores son preciosas.

—Tú realzas su belleza.

Deslizó el anillo de flores perfectas por encima de su cabeza y lo colocó con suavidad sobre sus hombros desnudos, y ella sintió contra su piel la humedad y el frescor de los frágiles pétalos. En vez de retirar las manos de inmediato, Drew las dejó sobre sus hombros, y ella sintió confusión y una miríada de sensaciones contradictorias, que hicieron que apartara la mirada.

Se sentía abrumada por aquel hombre, y por todo lo relacionado con él; inundaba su mente y su corazón, provocaba en ella una letargia desconocida pero maravillosa, que hacía que ansiara rendirse y apoyarse en su dureza. Las flores que descansaban contra su pecho temblaron con los latidos erráticos de su corazón, y las tocó tentativamente con dedos entumecidos.

Por el rabillo del ojo, vio que los dedos de él se acercaban a los suyos hasta que se rozaron y se tocaron, hasta que quedaron entrelazados; los dedos masculinos estaban oscurecidos por el vello dorado que salpicaba los nudillos y eran cálidos, seguros y fuertes. Ella levantó la cabeza y lo miró con ojos que, como las flores, parecían brillar por el rocío.

—*Aloha* —susurró él. Se inclinó y, tras besarla primero en una mejilla y después en la otra, posó sus labios en la comisura de su boca. Con una mejilla un tanto áspera por la barba incipiente rozando ligeramente la de ella, susurró su nombre—: Arden...

Los pulgares de Drew se deslizaron hasta su clavícula, y su aliento bañó su sien y cosquilleó en su oreja.

—Ahora que ya hemos comido...

«¡Oh, no!», gimió ella para sus adentros, mientras sentía que se le encogía el corazón. «Ahora es cuando llega la proposición indecente».

Él se separó de ella y soltó sus hombros.

—¿Te apetece cenar conmigo?

Mientras se arreglaba para la velada, Arden era consciente de que debería haber rechazado la invitación de Drew. Habría sido lógico que hubiera contestado algo así como «lo siento, me encantaría, pero esta noche tengo que trabajar en un artículo».

Pero en vez de eso, había oído su propia voz decir «me encantaría, Drew». Él había sonreído y se había vuelto hacia el ascensor, y ella había entrado en su habitación en una nube de romanticismo; sin embargo, no había tardado mucho en recordar por qué había querido conocer a aquel hombre.

Por unos segundos, mientras las manos de él la tocaban

y su aliento abanicaba su cabello, ella se había olvidado de su hijo. Había estado pensando en Drew como hombre, no como padre, y se sentía peligrosamente atraída hacia él.

Tras su horrible matrimonio y la repugnante vida sexual con Ron, había creído que jamás querría volver a tener una relación, así que le resultaba chocante lo mucho que deseaba pasar un par de horas más con Drew... por las razones equivocadas.

Le hubiera convenido más que no fuera tan atractivo sexualmente, que no hubiera enviudado, que no se sintiera tan solo. ¿No sería todo mucho más fácil si los padres de su hijo estuvieran vivos y felices, si él fuera sólo un hombre agradable? Un tipo bajo y gordito, con una calva incipiente, o algo así. Al principio, el aspecto físico y la personalidad de la pareja no había tenido importancia; lo único que quería era localizar al hijo que había tenido, pero al que nunca había visto. No había sido fácil.

Cada vez que recordaba el gris, lluvioso día que había enterrado a Joey, sentía como si una herida volviera a abrírsele. Jamás, ni siquiera tras la muerte de sus padres, se había sentido tan sola. Después de conseguir el divorcio, se había entregado en cuerpo y alma al cuidado de su hijo; había estado hospitalizado durante los últimos meses de su vida, y ella había visto cómo se iba deteriorando día a día, luchando contra el impulso de rogar que otro niño muriera para que el suyo consiguiera el riñón que necesitaba. Dios nunca respondería a una petición así, de modo que jamás había llegado a pronunciarla.

Cuando llegó la hora, murió tan dulcemente como había vivido, pidiéndole que por favor no llorara, diciéndole que le guardaría una cama a su lado en el cielo. Después de que exhalara su último aliento, ella había sostenido su delgada manita en la suya y había contemplado su plácido rostro, memorizándolo.

En el funeral, Ron había interpretado toda una escena de angustiado dolor de cara a los escasos amigos suyos que habían asistido, y su hipocresía la había enfermado. Joey había ocultado su decepción con valentía cada vez que Ron incumplía sus promesas de ir a verlo al hospital.

Después del funeral, la había arrinconado.

—¿Aún tienes el dinero que me sacaste?

—Eso no es de tu incumbencia; me lo gané.

—Maldita seas, lo necesito.

Arden no había podido evitar darse cuenta de que los signos de disipación eran cada vez más evidentes; su desesperación era casi palpable, pero ella no sintió la más mínima compasión.

—Ése es tu problema.

—Por Dios, Arden, ayúdame. Sólo esta vez, te lo prometo...

Ella había cerrado de golpe la puerta de la limusina en su cara, y le había pedido al conductor que saliera de allí de inmediato; incluso en el funeral de su hijo, Ron pensaba sólo en sí mismo.

En los meses que siguieron, estuvo tan inmersa en su dolor que los días pasaban sin que se diera cuenta; sólo podía expresar sus sentimientos sobre el papel, sólo escribir la ayudaba a buscar resignación. Obtuvo un gran éxito con un artículo que vendió a una revista femenina sobre lo que significaba la pérdida de un hijo, y aunque le pidieron que escribiera más, no había sentido ningún interés en hacerlo. Sentía que sólo estaba llenando las horas hasta su propia muerte, que no le quedaba nada por lo que vivir.

Excepto aquel otro niño.

Un día, la idea apareció en su mente. Sí que tenía una razón para vivir: en alguna parte del mundo, había otro hijo suyo. Fue entonces cuando tomó la decisión de encontrarlo; no quería alterar la vida del niño, no podía ser tan cruel con unos padres que habían llegado a tales extremos para tenerlo. Sólo quería verlo, saber su nombre, si era un niño o una niña. Le había pedido a Ron que la anestesiara para no recordar el parto, para no enterarse sin querer de algo relacionado con un bebé que había dado a luz para otras personas.

—¿Cómo puede ser que no tenga el historial?

El rostro del gerente había permanecido impertérrito.

—Lo que quiero decir, señora Lowery, es que al parecer su historial se ha traspapelado, y aún no he podido encontrarlo. Este tipo de cosas pueden ocurrir en un hospital tan grande como éste.

—Sobre todo cuando un médico influyente le pide que lo «traspapele»; ¡y mi apellido es Gentry!

En todas partes sucedía lo mismo; incluso las partidas de nacimiento del ayuntamiento y del hospital habían desaparecido misteriosamente. Pero Arden no tenía ninguna duda de quién era el responsable de tan sorprendente falta de eficiencia.

No sabía qué abogado había redactado los documentos oficiales, pero lo había contratado Ron, y por lo tanto no le diría nada aunque lo encontrara; el mismo Ron había supuesto que tras la muerte de Joey ella intentaría encontrar a su segundo hijo, y se le había adelantado, alertando a todos los implicados para que no le facilitaran ninguna información.

Su último recurso había sido la matrona que la había

asistido durante el parto; la encontró en una clínica con fines benéficos especializada en abortos. Arden había notado de inmediato el temor de la mujer en cuanto la vio al salir de su trabajo.

—¿Se acuerda de mí? —había preguntado sin preámbulos.

Los ojos de la enfermera recorrieron el aparcamiento furtivamente, como si estuviera buscando una vía de escape.

—Sí —respondió con tono temeroso.

—Usted sabe lo que pasó con mi bebé —era una suposición, pero Arden sabía de forma instintiva que era cierto.

—¡No!

Aunque la respuesta pareció sincera, supo que la mujer estaba mintiendo.

—Señorita Hancock —dijo con tono suplicante—, por favor, dígame cualquier cosa que sepa, un nombre. Por favor. Eso es todo lo que le pido, sólo un nombre.

—¡No puedo hacerlo! —exclamó la mujer, y se cubrió el rostro con las manos—, no puedo, él... él me vigila, me dijo que si le decía algo a usted, dejaría al descubierto mi implicación.

—¿Quién la vigila?, ¿mi ex marido?

La mujer afirmó con la cabeza con movimientos convulsivos. Arden le preguntó:

—¿Con qué la está chantajeando? No tenga miedo de él, yo puedo ayudarla; podemos denunciarlo a la policía...

—¡No! Dios mío, no, no se imagina... —la mujer intentó contener los sollozos que sacudían su cuerpo, y consiguió añadir—: no lo entiende, tuve... tuve algunos problemas con tranquilizantes, y él se enteró. Hizo que me despidieran del hospital, pero me consiguió un trabajo aquí, y... —sus delicados hombros se sacudieron—, y me dijo que si alguna vez le decía algo a usted, me denunciaría.

—Pero si ya está limpia, si... —la voz de Arden se apagó cuando leyó la culpabilidad en el rostro desencajado de la mujer.

—No se trata sólo de mí, mi padre moriría sin... sus medicinas. Las necesito para él.

Era inútil seguir intentándolo, y Arden había vuelto a sumirse en un pozo negro de autocompasión y desesperanza. Los días se fundían unos con otros, sin nada que los diferenciara; por eso había estado sentada en el salón un domingo por la tarde, mirando la televisión con expresión vacante. No sabía el tiempo que llevaba allí, ni lo que estaba viendo.

Pero, de repente, algo captó su atención. Un rostro, una cara familiar que la cámara estaba enfocando cada vez más de cerca. De forma similar, su cerebro se centró en ella. Sacudiéndose la depresión que la aprisionaba, subió el volumen del programa deportivo. Estaban retransmitiendo un torneo de tenis... ¿Atlanta? No importaba. Los individuales masculinos.

¡Conocía aquel rostro! Atractivo, rubio, gran sonrisa perfecta. ¿Dónde?, ¿cuándo?... ¿el hospital? ¡Sí, exacto! El día que había salido de allí con sólo un bolso con cincuenta mil dólares. Había un gran revuelo en las escaleras, reporteros con micrófonos y cámaras, equipos de televisión en los peldaños de mármol, intentando encontrar mejores ángulos de visión.

Estaban allí por la hermosa pareja que salía del hospital con su nuevo bebé; el hombre, alto y rubio, rodeaba protector con el brazo a su menuda e igualmente rubia esposa, que llevaba un bulto de franela que no dejaba de moverse. Arden recordaba la felicidad que irradiaban, y había sentido una punzada de envidia por el amor en la mirada del hombre al contemplar a su mujer y a su hijo. Sus ojos se habían inundado de lágrimas mientras se abría paso entre la multitud, de camino hacia el taxi que la esperaba. Había rechazado la oferta de Ron de llevarla a casa.

No había vuelto a pensar en aquella escena hasta aquel momento, y ése era el hombre. Prestó atención a las palabras del comentarista mientras el cuerpo masculino se arqueaba al servir.

—Drew McCasslin parece estar haciendo un esfuerzo heroico hoy, tras su contundente derrota en Memphis la semana pasada. Su juego ha sufrido un continuo declive durante los últimos meses.

—Eso se debe sobre todo a la tragedia personal que ha sufrido este año —otro comentarista dijo caritativamente.

—Por supuesto.

Drew McCasslin perdió el punto, y Arden leyó en sus labios un fuerte exabrupto que no debería salir por televisión; al parecer, el realizador pensó lo mismo, porque optó por otro ángulo de cámara que mostraba al tenista en la línea de saque, concentrándose en la pelota que estaba botando metódicamente. El servicio fue muy bueno, pero un juez de línea lo cantó fuera.

McCasslin estrelló su raqueta de aluminio contra el suelo, y fue hacia el juez de silla lanzando improperios e insultos; los responsables del canal de televisión fueron sensatos y dieron paso a publicidad. Después de un anuncio que detallaba todas las virtudes de un coche fabricado en Estados Unidos, volvieron al partido.

Arden escuchó con atención mientras los comentaristas disculpaban con tono condescendiente la actitud del tenista, afirmando que se debía a su dolor por haber perdido a su mujer en un terrible accidente de tráfico en Honolulu, donde la pareja vivía con su pequeño hijo. McCasslin siguió jugando con actitud beligerante y malhumorada, y perdió el partido.

Aquella noche, Arden se acostó pensando en aquel jugador, y preguntándose por qué la intrigaba tanto si sólo lo había visto una vez. En medio de la noche, recordó que lo había visto en otra ocasión. Se incorporó de golpe en la cama, con el corazón a punto de salírsele del pecho y la cabeza dándole vueltas. Era incapaz de atrapar los recuerdos antes de que se desvanecieran.

Saltó de la cama y se paseó por la habitación, mientras se daba golpecitos en las sienes con los puños.

–Piensa, Arden, piensa –por alguna razón, era de vital importancia que recordara.

Con una lentitud angustiosa, las piezas empezaron a encajar. Había sentido dolor, veía luces, luces en movimiento... ¡eso era! La llevaban en camilla por un pasillo del hospital, y por encima de su cabeza las luces pasaban relampagueando; iba de camino a la sala de partos, todo estaba a punto de acabar. Sólo tenía que dar a luz al bebé, y se liberaría de Ron para siempre.

Había visto a la pareja por el rabillo del ojo al pasar por delante de un vestíbulo; la luz realzaba las dos cabezas rubias, y ella había vuelto ligeramente la cabeza. Ninguno de los dos la vio; estaban sonrientes, aferrándose el uno al otro con felicidad, susurrando excitados de forma íntima. ¿Qué era lo que no encajaba? Había algo extraño, pero ¿qué era?

—Recuerda, Arden —murmuró mientras se dejaba caer en el borde de la cama y ponía la cabeza entre las manos—. Estaban felices, como cualquier otra pareja a punto de tener un hijo; parecían...

Todo se detuvo. Su respiración, el latido de su corazón, sus pensamientos turbulentos. Y entonces todo se reinició, lentamente, ganando velocidad mientras el punto de luz al otro lado del oscuro túnel se iba agrandando, hasta que la solución estalló en su mente. *¡La mujer no estaba embarazada!*

No estaba a punto de dar a luz, estaba hablando excitadamente con su marido; tenían un cierto aire de secretismo, como niños planeando una fantástica travesura.

Los McCasslin tenían mucho dinero, eran famosos en todo el mundo; él era atractivo, y Ron había dicho que el padre de su hijo lo era. Habían salido del hospital con un niño recién nacido el mismo día que ella se había ido de allí.

Había tenido el bebé de aquella pareja.

Arden se rodeó con los brazos y se meció hacia delante y hacia atrás en la cama, en una silenciosa celebración; sabía que tenía razón, debía ser así. Todo encajaba.

Se serenó considerablemente al recordar lo que había oído por televisión; la señora McCasslin había muerto. Su hijo... los comentaristas habían dicho que el tenista tenía un niño, estaba creciendo sin el amor de una madre, y con un padre que no era estable ni mental ni físicamente.

Drew McCasslin se convirtió en su obsesión. Durante meses leyó todo lo que encontraba sobre él, ya fuera pasado o presente, y pasó horas en la biblioteca, leyendo páginas y páginas que relataban historias de sus años de gloria. Día a día, leyó sobre su declive.

Un día, leyó que se había retirado durante un tiempo; al parecer, su representante había dicho: «Drew sabe que su juego no es el que era; va a concentrarse en recuperar su nivel de juego, y en pasar el máximo tiempo posible con su hijo en Maui».

En ese momento, Arden empezó a planear su viaje a Hawai para conocer a Drew McCasslin.

—Y ahora que lo has conocido, ¿qué piensas hacer? —preguntó a su reflejo en el espejo.

Pero la imagen la miró burlona; no parecía una mujer intentando conservar la imparcialidad. El vestido color jade de seda sin mangas enfatizaba su figura; el cinturón fucsia rodeaba su esbelta cintura, y destacaba las curvas redondeadas por debajo y por encima de él. La chaqueta color crema que se había puesto sólo conseguía que los hombros desnudos que cubría parecieran aún más sugestivos. Se había echado el pelo hacia atrás en un moño perfecto, pero su aspecto severo quedaba suavizado por unos mechones ondulados que habían escapado; algunos descansaban sobre su cuello, otros formaban un sedoso flequillo. Además, había optado por la guirnalda en vez de joyas, y las flores conjuntaban con el color del cinturón.

La mujer de ojos verdes que le devolvía la mirada parecía lista para una aventura apasionada.

—Dios mío —suspiró, presionando sus dedos fríos y temblorosos contra su frente—, tengo que dejar de pensar así en él, lo echaré todo a perder. Y tengo que hacer que deje de pensar en mí como una... como una mujer.

Tendría que hacer que él desistiera, se lo advertían todos sus instintos femeninos. Aunque había amado a su mujer, y probablemente aún la amara, era poderosamente viril; no era el tipo de hombre que pudiera vivir sin una compañía femenina a su lado por mucho tiempo.

La electricidad que había entre ellos, cuya existencia ya no podía negar, amenazaba su plan. Su intención había sido conocerlo y ganarse su confianza como amiga; cuando hubiera probado que no representaba ninguna amenaza para él ni para su hijo, le diría quién era y le haría su petición: «te estaría eternamente agradecida si me dejaras ver a mi hijo de vez en cuando».

«Recuerda», se dijo cuando oyó que llamaban a la puerta, «tienes que ser objetiva»; debía olvidarse de cualquier otro sentimiento en lo concerniente a Drew McCasslin.

Sin embargo, le fue imposible mantener aquella promesa en cuanto lo vio aparecer con unos pantalones azul marino, un chaquetón deportivo de un color parecido al del cabello que le rozaba el cuello, y una camisa azul celeste que hacía juego con sus ojos.

Unos ojos que también estaban ocupados mirándola; la recorrieron desde la punta de la cabeza hasta los tacones de sus sandalias, y cuando volvieron a ascender, se detuvieron en su rostro y en la guirnalda. Arden tuvo la clara sensación de que no estaba mirando las flores, sino el contorno de sus pechos bajo ellas.

—Realzas la belleza de las flores —dijo con una voz ronca que confirmó sus sospechas.

—Gracias.

—De nada —sólo entonces su mirada se cruzó con la de ella—; ¿estás lista?

Cenaron juntos las tres noches siguientes; Arden sabía que estaba haciendo imposible lo difícil, pero era incapaz de rechazar sus invitaciones. Drew y ella tenían una relación cada vez más estrecha, pero en el sentido equivocado. En su plan no había lugar para el romanticismo, por lo que la cuarta noche se disculpó con la tenue excusa de tener que trabajar en un artículo sobre la supervivencia de las plantas tropicales en climas menos benignos, un artículo que ya había entregado.

En vez de olvidarse de Drew, pasó aquella noche preguntándose dónde y con quién estaría cenando. ¿Estaría en casa con Matt?, ¿con un amigo?, ¿con otra mujer? Dudaba lo último, ya que, cuando estaban juntos, ella centraba su atención por completo.

—¿Voy demasiado deprisa, estoy monopolizando tu atención o metiéndome en territorio ajeno? —había preguntado él cuando ella declinó la invitación.

Lo preguntó con tono despreocupado, casi bromeando, pero Arden supo por su entrecejo ligeramente fruncido que hablaba en serio.

—No, Drew, ya te dije el día que nos conocimos que no tengo que rendirle cuentas a nadie. Pero creo que deberíamos pasar una noche sin vernos, y realmente tengo trabajo que hacer.

Escéptico, a regañadientes, él había aceptado la negativa.

Arden se sentía aterrorizada de lo que sentía cada vez que estaban juntos; sabía que estaba coqueteando con el desastre, pero las horas que pasaba sin él eran desvaídas y monótonas. La única vez que la había besado fue cuando le dio la guirnalda, y nunca la tocaba más allá de lo estrictamente cortés. Y, sin embargo, la hacía sentirse joven y hermosa. Aquellas emociones eran síntomas de que se estaba enamorando, algo simplemente imposible. Había ido a Maui a ver a su hijo, ése era su objetivo principal, y Drew McCasslin era sólo un medio para tal fin.

Aun así...

A la mañana siguiente de la velada que habían pasado separados, Arden se dirigía hacia las pistas de tenis, jurándose que no iba allí para verlo. Quizás ni siquiera estuviera jugando.

Drew estaba bebiendo agua cuando la vio, y tras pasarle la botella a Gary, fue hacia ella.

—Hola. Iba a llamarte luego, ¿cenamos juntos hoy? Por favor.

—Sí.

Su fulminante invitación y la aceptación espontánea de ella hicieron que ambos se sorprendieran, encantados. Rieron juntos suavemente, con timidez, mientras saboreaban el uno la presencia del otro.

—Pasaré a recogerte a las siete y media.

—De acuerdo.

—¿Te quedas a verme jugar?

—Un rato, después tengo que volver a mi habitación para trabajar.

—Y yo le prometí a Matt que iría a jugar con él a la playa.

Siempre que él mencionaba al niño, el corazón de Arden daba un vuelco de anhelo.

—No te quito demasiado tiempo de estar con él, ¿verdad?

—No salgo por la noche hasta que está acostado; no me echa de menos, se asegura de que yo sea el segundo en despertarse por la mañana.

Arden se echó a reír.

—Joey también lo hacía. Venía a mi habitación, me levantaba las pestañas y me preguntaba si ya estaba despierta.

—¡Pensaba que Matt era el único que conocía ese truco! —volvieron a reír juntos, y él añadió—: tengo que volver o perderé el ritmo de juego, te veré esta noche.

—Juega bien.

—Estoy intentándolo.

—Sí, eso es verdad.

Él le guiñó el ojo y se alejó hacia el paciente Gary, que no había perdido el tiempo y estaba coqueteando con el grupo de seguidoras. Arden se preguntó si cualquiera que la observara con Drew pensaría que era una de ellas, y la idea la hizo sentir incómoda. ¿Era eso lo que era, sólo una admiradora más?

Aún no estaba lista del todo cuando Drew llamó a la puerta; aunque había pensado en él toda la tarde subconscientemente, se había sentido inspirada y había estado trabajando con ahínco en uno de sus artículos. Apenas había podido bañarse y lavarse el pelo antes de que él llegara, y aún estaba abrochándose la cremallera del vestido cuando corrió a abrirle.

—Lo siento —dijo sin aliento.

Drew estaba apoyado con indolencia en el quicio de la puerta, como si no lo hubiera hecho esperar ya más de un minuto entero, y sonrió al ver sus mejillas arreboladas, los pies cubiertos sólo por unas medias, y su apariencia desarreglada.

—Ha valido la pena esperar.

—Entra, estaré lista en cuanto me ponga los zapatos y los complementos; ¿tienes reserva? Espero que no perdamos...

Él cerró la puerta tras de sí, la asió por los hombros y dijo:

—Arden, no pasa nada, tenemos mucho tiempo.

Ella respiró hondo y contestó:

—Bien, ya me calmo.

—Perfecto —rió él, y la soltó.

Drew paseó la mirada por la habitación antes de que sus ojos volvieran a centrarse en Arden mientras ella se ponía unas sandalias de tacón alto. Apoyando una mano contra la pared, levantó un esbelto pie para ajustarse la correa en un elegante y femenino movimiento que resultaba inconscientemente provocativo.

Miró admirativamente aquellas suaves piernas cubiertas de seda; los músculos de las pantorrillas femeninas quedaban suavemente definidos mientras ella estaba de puntillas, y Drew pensó que encajarían perfectamente en su propia mano.

Al vislumbrar el adorno de encaje que bordeaba la

combinación bajo el vestido, la feminidad del detalle hizo que sonriera. Y cuando ella se inclinó hacia delante, no pudo evitar darse cuenta de cómo sus pechos llenaban y tensaban el corpiño del vestido. El amplio escote en forma de uve revelaba el aterciopelado valle en sombras entre sus pechos, y mentalmente posó los labios contra la plenitud a lado y lado. Se excitó de inmediato, y obligó a sus reticentes ojos a posarse en territorio más seguro.

El cabello de Arden siempre parecía sedoso y atrayente, incluso cuando se lo recogía hacia atrás; aquella noche lo llevaba suelto, y los dedos de Drew cosquillearon por el deseo de acariciar los oscuros mechones, de probar su textura sedosa, de comprobar si era tan suave como parecía... en todo el cuerpo.

—Esto ya está —dijo ella, y fue hasta el largo tocador bajo que había frente a la enorme cama.

Drew no se había permitido pensar en la cama, en el seductor cuerpo que estaba observando con tanta atención tumbado en ella.

—Ahora los complementos —comentó Arden mientras rebuscaba en un joyero de raso.

Su vestido sin mangas era de algún tipo de tela ceñida de color aguamarina que se ajustaba a unas caderas hermosamente redondeadas sin llegar a ser demasiado grandes. Todo lo que vestía le sentaba fenomenal, ya fuera sofisticado o informal; podría vestir unos vaqueros y una sudadera y hacer que parecieran ropa de alta costura. Claro que también estaría fantástica sin nada de ropa.

¡Maldición! Sus pensamientos estaban tomando una dirección que se había prometido evitar.

Con dedos hábiles, Arden se puso unos pendientes de oro, y Drew fantaseó con tocar con la lengua los lóbulos de sus orejas. Su corazón empezó a martillearle en el pecho cuando ella levantó los brazos para ponerse un collar de oro alrededor del cuello, y sus pechos se levantaron sobre el escote.

—Déjame a mí —dijo él con voz poco firme.

Se colocó tras ella, y por un momento, antes de que tomara los extremos de la cadena, sus miradas se cruzaron en el espejo. Los brazos de ella aún estaban levantados, sus pechos permanecían elevados y voluptuosos, y la suave parte interna de sus brazos estaba al descubierto en una pose tanto atrevida como vulnerable.

Arden bajó lentamente los brazos cuando él tomó el collar e inclinó la cabeza para ver bien el intrincado cierre. Cuando lo hubo abrochado, ella se apresuró a alejarse unos pasos de él.

—Espera —Drew la detuvo agarrándola suavemente—, tu cremallera está atascada.

—Ah —apenas le quedó aliento para murmurar aquello, que sonó como una pequeña exclamación.

Drew bajó la cremallera con una lentitud hipnótica, y ella sintió cómo el aire refrescaba la acalorada piel de su espalda; inmóvil, sin atreverse a respirar y romper el sensual hechizo, Arden permitió que él abriera el vestido hasta la altura de la espalda. Los ojos de Drew siguieron el movimiento descendente con una lentitud similar a la de sus manos; por la superficie de piel desnuda al descubierto, supo que no había sujetador entre ella y el corpiño del vestido.

Sus ojos, oscurecidos y ardientes como la llama azul más pura, volvieron a encontrarse con los de ella, que brillaban de deseo.

El tenso cuerpo masculino irradiaba silenciosos mensajes eróticos, y Arden sabía que si se movía lo más mínimo hacia atrás y permitía que sus caderas rozaran el frente de sus pantalones, sentiría su dureza henchida de deseo. Dudaba que fueran a cenar, y ella sabía que la decisión estaba en sus manos.

Pero acostarse con Drew era impensable, ya que añadir una relación sexual a aquella situación que ya de por sí era insostenible sería una locura. Y en algún rincón oscuro de su mente temía llevarse una decepción o, aún peor, que fuera él quien se decepcionara. La mordacidad con la que Ron había despreciado su sensualidad aún la atormentaba.

Era mejor dejar la relación como estaba, puramente amigable; ¿por qué no podían una mujer y un hombre ser sólo amigos platónicos?, ¿no era eso lo que había querido en un principio de Drew McCasslin?

Juiciosamente, con sensatez pero cobardía, Arden bajó la cabeza y la sacudió ligeramente; Drew entendió el mensaje y subió la cremallera.

–Un hilo la había atascado, ya está lista.

–Gracias –dijo ella, y se apartó un poco de él.

Pero no iba a escapar tan fácilmente.

–¿Arden?

Ella tomó su bolso antes de girarse hacia él.

–¿Sí?

–Hace mucho tiempo que no estoy rodeado de artículos femeninos, que no veo vestirse a una mujer que me importa. No me había dado cuenta hasta ahora de lo mucho que he echado de menos vivir con una mujer.

Ella eludió sus ojos y su mirada se perdió en el paisaje más allá de la ventana, donde las palmeras eran unas siluetas negras contra el cielo añil.

—Vivir sola también tiene desventajas para una mujer.
Él dio un paso hacia ella.

—¿Como cuáles? —dijo en un susurro cargado de urgencia.

Había que detener aquello, y era ella quien debía encargarse de hacerlo. Tras levantar la mirada hacia él, se forzó a aparentar una alegre despreocupación y a sonreír pícaramente.

—Como no tener a nadie cerca para desatascar una cremallera.

La leve relajación de sus hombros reveló que estaba decepcionado, pero Drew le ofreció una sonrisa de rendición en un intento de aligerar la tensión que se había creado.

—¿Lo ves?, ¿qué haríais las mujeres liberadas sin nosotros?

Siguieron con aquel ambiente distendido y animado mientras Drew conducía su Cadillac Seville por las estrechas carreteras de Maui; la playa de Kaanapali era una de las pocas áreas desarrolladas de la isla, rebosante de elegantes hoteles, restaurantes y clubs.

Drew detuvo el coche bajo la entrada cubierta del Hyatt.

—¿Has estado alguna vez aquí? —le preguntó él al llegar a su lado, después de que un empleado la hubiera ayudado a bajar.

—No, pero quería venir antes de volver a casa.

—Prepárate, no hay ningún hotel igual en el mundo.

Aquello resultó obvio de inmediato; la mayoría de los vestíbulos de hoteles tenían techos, pero aquél no. El cielo estrellado cubría el edificio de varios pisos, y el vestíbulo era una auténtica selva tropical, con árboles exóticos y plantas en todo su esplendor; cuando llovía, el efecto parecía completamente real. Las zonas cubiertas estaban elegantemente decoradas con enormes jarrones chinos que empequeñecían incluso a Drew; alfombras de un valor incalculable y antigüedades orientales daban al hotel un aspecto palaciego sin alterar la atmósfera informal y hogareña.

Cruzaron el inmenso vestíbulo, pero Drew no le dio el tiempo que ella hubiera deseado para poder contemplar las elaboradas tiendas y galerías, y la hizo bajar por unas escaleras curvadas hasta el patio de los cisnes.

–Me siento como una pueblerina recién llegada a la ciudad; ¿tengo la boca abierta de par en par?

–Me gustan los productos del campo –dijo él, y le dio un ligero apretón en la cintura–; y tu boca, como el resto de tu cuerpo, tiene un aspecto delicioso esta noche.

Arden se sintió aliviada cuando el maître eligió aquel momento para conducirlos hasta una mesa iluminada con velas, justo al lado del estanque, donde los cisnes se deslizaban por la superficie con un altivo desdén propio de la realeza; como la mayoría de restaurantes de la isla, la sala estaba al aire libre. Parecía un pequeño lago, con una catarata y rocas volcánicas.

Los comensales vestían de etiqueta, y Arden se alegró de haber elegido su traje más elegante; Drew pareció adivinar sus pensamientos.

–Que no te impresione demasiado –le susurró desde detrás de su carta del menú–; por las mañanas, esta sala está llena de gente en traje de baño y chanclas para disfrutar del bufé.

Arden dejó que el ambiente de la habitación la empapara, y sólo fue vagamente consciente de que Drew le hacía un gesto al camarero.

—¿Quieres vino, Arden?

Ella devolvió la mirada desafiante de Drew sin parpadear.

—Sí, gracias.

Pidió una cara botella de vino blanco, y ella se negó a mostrar su sorpresa; en todo el tiempo que llevaban juntos, él no había bebido ni una gota de alcohol.

—A veces bebo un vaso de vino en la cena —dijo Drew.

—No te lo he preguntado.

—No, pero seguramente te estás preguntando si voy a poder resistirme.

—Ya te pedí una vez que no pensaras por mí; eres un chico grande, sabes si puedes resistirte o no.

—¿No tienes miedo de que me emborrache y cause un escándalo? —la provocó.

Ella arrojó su propio guante; inclinándose hacia él, susurró:

—Quizá quiera que hagas alguna cosa escandalosa.

Las polillas iban instintivamente hacia las llamas.

—No necesitaría ni un solo sorbo de vino para hacer alguna travesura contigo —contestó él, entornando los ojos seductoramente.

Ella se echó atrás antes de quemarse las alas.

—Pero confío en que no la harás.

Él aceptó su retirada, y por el tono de su voz Arden supo que estaba dispuesto a cambiar de tema.

—Tienes todo el derecho a preocuparte; este año, he estado más tiempo borracho y fuera de control que sobrio. No creo que pueda superar mi comportamiento —apretó los dientes con la misma fuerza con la que apretó el puño con el que golpeó suavemente la mesa—. Dios, daría lo que fuera por deshacer algunas de las cosas que hice.

Arden conocía bien la frustración y el disgusto consigo mismo que él sentía; se tomaban decisiones que después se lamentaban, y muchas de ellas eran irrevocables.

—Todos cometemos errores, y después desearíamos rehacer las cosas, pero no podemos; tenemos que vivir con nuestras decisiones —su voz se volvió dolorosamente reflexiva cuando añadió—: Algunas veces por el resto de nuestra vida.

Él soltó una risa ligera y dijo:

—Eso suena derrotista, definitivo; ¿no crees que se nos ofrecen segundas oportunidades para intentar arreglar las cosas?

—Sí, gracias a Dios; de hecho, creo que somos nosotros los que creamos nuestras segundas oportunidades. Podemos intentar corregir nuestros errores, o aprender a vivir con ellos.

—Eso es lo que hacen los perdedores, rendirse.

—Sí. Y tú eres un ganador.

—No podía seguir con el desastre en que había convertido mi vida, tenía que hacer algo.

—Yo también —murmuró ella para sí.

—¿Perdona?

¿Debería decírselo en ese momento? Drew había sacado el tema de los fracasos personales y los intentos de rectificar, él mismo lo estaba haciendo; seguramente entendería el deseo que ella sentía de corregir sus errores, ¿no? Pero, ¿qué pasaba si no era así?, ¿y si se marchaba furioso y la dejaba sola, y no volvía a verlo? Entonces, tampoco vería nunca a Matt. No, era mejor esperar hasta que al menos hubiera visto una vez a su hijo, entonces le diría que era la madre del niño.

Se enderezó y lo miró con una radiante sonrisa.

—¿Por qué hablamos de cosas tan sombrías? Aquí viene el vino, no insistamos en recordar pasados errores esta noche.

La ternera estaba deliciosa, al igual que el resto de platos; sólo pidieron una botella de vino, y la mitad aún estaba intacta cuando acabó la cena de dos horas. Llena y satisfecha, pero sintiéndose ligera como una pluma, Arden pareció flotar al subir las escaleras. No estaba borracha por el vino, sino por la romántica atmósfera y por el magnetismo del hombre junto a ella.

En el bar del vestíbulo, un músico estaba interpretando baladas de amor en un pequeño piano de cola. La brisa oceánica agitaba las hojas de los árboles y transportaba el perfume de pikakis y plumerias.

Se detuvieron bajo la suave luz de una lámpara. Drew tomó sus manos en las suyas y las balanceó hacia adelante y hacia atrás.

—¿Has disfrutado de la cena? —preguntó.

—Sí.

Arden estaba contemplando su cabello, preguntándose lo que sentiría al recorrerlo con sus manos, al enredarlo en sus dedos enloquecida de pasión. Entonces fijó la mirada en su boca. La escena más erótica que jamás había visto en una película había sido un primer plano de la boca de un hombre en el pecho de una mujer. Recordaba vivamente el movimiento de la lengua mientras se movía en círculos alrededor de una oscura areola, la flexión de las mejillas cuando chupaba el pezón con ternura, la húmeda caricia de los labios sobre la suave piel. La boca de Drew le hacía recordarlo, y su cuerpo entero ardió con la fantasía.

Ron nunca se había tomado el tiempo de acariciarla

así, y jamás le había preguntado lo que le gustaba; probablemente no lo habría disfrutado con él, pero hacerlo con Drew sería maravilloso.

–¿Qué?

–¿Qué?

–¿Has dicho algo? –preguntó él. Sus ojos recorrían su rostro, deteniéndose en cada detalle antes de pasar al siguiente.

–No –susurró ella–; no he dicho nada.

–Oh. Pensaba que sí.

En ese momento él estaba contemplando sus labios, y si Arden se había ruborizado por lo que estaba pensando, se habría desintegrado de vergüenza si hubiera sabido dónde había puesto su boca en la fantasía de él. Para salvaguardar su cordura, Drew corrió un tupido velo sobre la eróticamente detallada imagen mental.

–¿Qué te gustaría hacer?

–No lo sé, ¿qué quieres hacer tú?

«¡Oh, Dios, no me preguntes eso!».

–¿Quieres que vayamos a bailar?

–Suena divertido –dijo ella, alisándose innecesariamente el frente de su vestido.

Actividad, eso era lo que necesitaban. Cuando se quedaban quietos, se perdían el uno en el otro y no existía nada más.

–Hay un club abajo; no he estado nunca, pero podríamos ir a ver qué tal está.

–De acuerdo.

Descendieron por una escalera con barandilla de latón que recordaba a finales de siglo, y al abrir la puerta forrada de cuero, les dieron la bienvenida una empleada sonriente, el ensordecedor sonido de la música disco, el murmullo de las conversaciones y las risas, y una nube de humo de tabaco.

Drew bajó la vista hacia ella, con una pregunta muda en los ojos. Ella lo miró con la misma expresión. Se dieron la vuelta al unísono y subieron las escaleras. Para cuando llegaron al vestíbulo, reían a carcajadas.

—Debemos de estar envejeciendo —dijo Drew—. La música de ese piano me suena mejor.

—Sí, a mí también.

—Y no quiero tener que gritar para que me oigas —se inclinó hacia ella y acercó los labios a su oído antes de susurrar—: A lo mejor digo algo que no quiero que oiga nadie más.

Cuando se enderezó, el ardiente brillo de sus ojos subrayaba el carácter íntimo de sus palabras, y Arden sintió que un escalofrío recorría su espalda.

—¿Quieres beber algo?

Ella negó con la cabeza.

—¿Por qué no me enseñas la piscina?

Drew la tomó de la mano y entrelazó sus dedos con los de ella antes de conducirla hacia los senderos empedrados que atravesaban un verdadero jardín del Edén. Los caminos estaban iluminados por antorchas bastante espaciadas, cuyas llamas se agitaban con el viento. Las piscinas constituían una obra de arte arquitectónica; estaban construidas a diferentes niveles, alrededor de una gruta de piedra volcánica.

Arden respondía apreciativamente a cada comentario de él, pero lo cierto era que no le importaba lo que dijera o le enseñara; era maravilloso oír su voz cerca de su oído, oler la fragancia de su cálido aliento, sentir la protectora fuerza de su cuerpo mientras él dirigía sus pasos con sutiles movimientos. El pulso de Arden parecía latir al ritmo de las olas que barrían la playa a pocos metros de allí.

Las parejas se escondían entre las sombras, abrazándose, hablando en susurros; se daba por sentado que el objetivo de cualquiera que paseara por el jardín a aquellas horas de la noche era encontrar algo de privacidad. Y, cuando Drew se detuvo y la llevó tras el abrigo de una roca cubierta de enredaderas, Arden no protestó.

—¿Me concede este baile? —preguntó él con una formalidad juguetona.

Arden rió, e intentó permanecer seria al responder:
—Por supuesto.

Se fundió en sus brazos, y por primera vez desde que lo conoció, disfrutó de la emoción de abrazarlo, de que la abrazara.

Se colocaron en la posición tradicional del vals; él rodeó su cintura con el brazo, sus palmas unidas subieron hasta la altura de los hombros, y Arden posó la otra mano en el hombro de él. No podían moverse demasiado sin sacrificar su preciado espacio privado, y ambos sabían que él la había invitado a bailar para tener una excusa para poder abrazarse, así que se mecieron al ritmo de la música que les llegaba desde el piano en el bar del vestíbulo.

Las canciones fueron sucediéndose mientras pasaban los minutos; ellos siguieron aferrados, sin apartar la mirada el uno del otro. Sus cuerpos aparentaban una engañosa calma, pero por dentro ardían, clamaban por un contacto más íntimo, se movían anhelantes hasta que finalmente los senos de ella rozaron el pecho masculino.

Drew dejó escapar un pequeño gemido y cerró los ojos ante el exquisito placer. Cuando volvió a abrirlos,

los de ella estaban cubiertos por los párpados más frágiles y de pestañas más perfectas que jamás hubiera visto. Quería besarlos, pero en vez de hacerlo deslizó la mano de la cintura hacia arriba e incrementó la presión sobre la espalda de ella, hasta que aquellos senos plenos estuvieron aplastados contra él.

Los ojos de Arden se abrieron con languidez, y tras colocar una mano en su nuca, enredó los dedos en aquel cabello rubio adorablemente despeinado. Sin apartar la mirada de sus ojos, Drew se llevó la otra mano a los labios, y rozó los nudillos con la boca; acarició los delicados montículos, humedeciéndolos con su aliento.

Poco a poco, fue levantando el brazo de ella hasta colocarlo alrededor de su cuello, y entonces su mano descendió por la piel femenina, pasando por las costillas hasta rodearla por la cintura y atraerla hacia él.

–Sabes lo mucho que me ha costado mantener las manos apartadas de ti, ¿verdad?

–Sí –dijo ella con un tono gutural, mientras arqueaba su cuerpo contra el de él.

–He deseado tanto abrazarte, Arden...

–Y yo he deseado tanto que me abrazaras...

–Sólo tenías que pedírmelo –susurró él antes de enterrar el rostro en su cabello y acariciarla con su nariz, con su barbilla y su boca–. Hueles tan bien, y tocarte es maravilloso; tienes un cuerpo hermoso. He imaginado cada centímetro de él, he deseado verte, tocarte, saborearte.

Arden dejó escapar un trémulo suspiro que la sacudió, y su rostro se acurrucó en la curva de la garganta masculina; tensó las manos alrededor de su cuello, y se apretó un poco más contra él. Drew gimió en éxtasis, con la mandíbula apretada; una de sus manos bajó por la espalda de ella, se detuvo un momento en su cintura, y continuó hasta abarcar la curva del trasero femenino. Sin apartarse, consiguió mover los pies hasta que una de sus piernas descansó entre las de ella.

Era duro y cálido, tan cálido... Arden sentía que el ardor masculino atravesaba sus ropas y la abrasaba, fundiendo sus cuerpos. Cuando Drew la sujetó con una mano en la cadera y se restregó contra ella, Arden dejó escapar una exclamación sobresaltada que quedó ahogada contra la camisa de él.

—Lo siento, no quería perder el control, pero Dios, es una sensación tan increíble...

—Drew...

—¿Quieres que pare?

—Drew —echó la cabeza hacia atrás para mirarlo con valentía a los ojos—, no —se estremeció—, no —entonces, con una pizca de histeria, otra de delirio y bastante desesperación, le rogó—: Bésame.

La boca de Drew cubrió la suya con la misma desesperación que había teñido sus palabras; fue un beso violento, una liberación explosiva de deseo acumulado y emociones contenidas. Los labios de él se apretaron contra la boca femenina de forma casi brutal, pero ella aceptó con placer la ruda caricia, ya que nunca se había sentido tan viva. Era como una mariposa saliendo de una opresiva crisálida, una prisionera desesperada e infeliz que veía la luz de la vida por primera vez.

Él levantó la cabeza y la miró con ojos brillantes y respiración tan entrecortada como la de ella. Arden podía sentir su rígida virilidad contra aquella parte de su cuerpo que parecía palpitar de gozo.

Con un esfuerzo titánico, Drew consiguió controlar

su fiero deseo, y levantó una mano para acunar con ternura la mandíbula de ella. Recorrió con la yema del pulgar el dolorido labio inferior femenino y frunció el ceño, pero Arden le mostró su perdón con una sonrisa.

Drew volvió a besar su boca, pero esa vez fue con el más ligero de los roces; la acarició con labios húmedos y suaves, y el contacto reconfortante fue aumentando lentamente en intensidad.

–Drew –su nombre brotó como una plegaria desde el fondo de su alma.

–No era mi intención ser tan brusco.

–Ya lo sé.

–Me haces enloquecer de deseo.

–Toma lo que quieras.

El pecho masculino reverberó con un gemido animal cuando su boca volvió a descender; su lengua se movió con dulce agresividad mientras recorría el labio inferior de Arden, bañándolo con el néctar de su propia boca. Ella lo recogió con su lengua y murmuró un sonido apreciativo. Drew cubrió la boca de ella con la suya y abrió los labios lentamente. Ella hizo lo mismo. Durante un largo momento permanecieron así, saboreando la expectación, sus pulsos acelerados, la excitación de sus cuerpos.

Finalmente, él introdujo la lengua en la boca femenina, la sacó, volvió a meterla una y otra vez, hasta que Arden estuvo segura de que iba a morir; podía sentir cómo su cuerpo florecía y se abría, preparado para unirse al de él. Sus pezones se habían endurecido, increíblemente sensibilizados contra la ligera y sensual tela del vestido.

El beso se volvió juguetón; Drew exploró el interior

de la boca femenina provocativamente, cambiando las cadencias y los ángulos con tanta habilidad que ella se aferró débilmente a él y susurró su nombre cuando tuvo que apartarse un poco para respirar.

Las manos de él ascendieron hasta rodear sus pechos, y los juntó con una suave presión; cuando estuvieron a punto de desbordar el escote, Drew murmuró un sinfín de halagos y besó con ardor la fragante piel. Su lengua se introdujo en el profundo escote, y la caricia fue tan evocativa que un delicioso sentimiento de vergüenza inundó el cuerpo de Arden.

Había necesitado aquello durante toda su vida adulta, a un hombre que le enseñara lo que era sentirse adorada, amada por sí misma, admirada por su feminidad. No se había considerado una mujer atractiva hasta que conoció a Drew; cada mirada y cada gesto de él le habían revelado que la encontraba extremadamente sexy y deseable, había sido honesto y directo desde el primer momento.

Pero ella no.

Lo que sentía era puro y sincero, pero ¿lo creería él cuando supiera la verdad? Cuando se enterara de que era la madre de Matt, ella tendría que dar muchas explicaciones; ¿quería añadir a sus problemas haberlo provocado sexualmente? La idea la enfermó. Tenía que detener aquello de inmediato, o sería objeto de su menosprecio.

—Drew —murmuró contra sus labios, que volvían a cubrir su boca.

—¿Mmm? —estaba inmerso en la caricia.

—Drew —repitió con más firmeza, y se aferró a sus hombros—. No...

Una mano masculina se deslizaba bajo la tela de su

vestido, arrastrándolo hacia abajo, y Arden se dejó llevar por el pánico. Si no detenía aquello de inmediato, no sería capaz de hacerlo. La única solución que le quedaba era lograr que él se enfadara, ya que era imposible hacerlo razonar.

—¡No sigas! —apartó su mano de una bofetada y se zafó de su abrazo.

El rostro de él mostraba un asombro total; parpadeó rápidamente hasta que pudo enfocar su mirada en ella. Arden vio cómo su desconcierto inicial se transformaba en irritación.

—Vale —dijo él con voz tensa—, no tienes que tratarme como si fuera un niño desobediente, tenía todo el derecho de pensar que estabas disfrutando con mis besos.

Ella evitó mirarlo a los ojos.

—Me ha gustado que me besaras, pero no soy una de esas seguidoras tuyas que...

—¿Crees que es eso? —se pasó una mano por el pelo, intentó arreglarse con movimientos frustrados y dedos torpes la corbata, e insistió—: ¿Lo crees de verdad?

Ella había querido que se enfadara, pero no había tenido en cuenta que tendría que lidiar con un carácter tan volátil. Dijo con voz temblorosa:

—Creía... creía que...

—Vale, de acuerdo, ¿por qué vas a ser diferente de las demás?, ¿por qué? Has estado más que disponible, y no nos une ningún tipo de compromiso; ¿qué otra cosa iba a pensar? ¿O eres diferente porque no ibas a llegar hasta el final? Nada de sexo, sólo apoyo moral para mi tan publicitada alma perdida —Drew estaba furioso—. ¿Qué pasa, acaso me consideras un caso digno de tu caridad?

Arden estaba teniendo dificultades para controlar su propio genio.

—Como te señalé el primer día, fuiste tú el que se acercó a mí, y no al revés; y en lo que respecta a considerarte «un caso digno de caridad», te diré que no me importa lo más mínimo si te vas directo al infierno, o si bebes hasta matarte, o si te tambaleas y te caes en todas las pistas de tenis del mundo. La verdad es que dudo que merezca la pena salvarte.

Él la ignoró y ladeó la cabeza, como si estuviera viéndola bajo una nueva luz.

—Quizás no seas tan diferente, después de todo. Hay seguidoras obsesionadas con acostarse con una persona famosa, para alimentar sus egos; ¿ibas a hacerlo tú para recuperar tu confianza destrozada tras un matrimonio fallido? —acercó el rostro hasta que estuvo a centímetros del de ella, y añadió—: ¿Qué pasa, te has acobardado?

La furia hizo que Arden se saliera de sus casillas.

—¡Escucha, cerdo presuntuoso, no soy ninguna divorciada frustrada! Estuve encantada de librarme de mi marido, y lo pensaré largo y tendido antes de estar con otro hombre. Y si mi confianza estuviera destrozada, cosa que no es cierta, haría falta mucho más que acostarme con un estúpido tenista acabado para recuperarla. Puede quedarse con lo que tiene debajo de los pantalones, señor McCasslin, he vivido treinta y un años sin ello, creo que puedo vivir otros treinta y uno más.

Se giró en redondo y se alejó a trompicones por el camino apenas iluminado, pero él la alcanzó y gruñó:

—Vas en la dirección equivocada.

Arden intentó liberar su brazo, pero él no se lo permitió. Como no estaba dispuesta a enzarzarse en un indigno estira y afloja, dejó que la guiara a través del vestíbulo, y esperaron a que les llevaran el coche inmersos en un silencio hostil. Ninguno dijo una palabra en el viaje de vuelta.

—No necesito que me acompañes, gracias —dijo Arden al abrir la puerta del vehículo en cuanto llegaron. Sin mirar atrás, se apresuró a tomar el ascensor y a entrar en su habitación. Él no la siguió.

Sólo se dio cuenta de lo que había hecho cuando al fin se disipó su enfado tras dar varios enérgicos portazos, cerrar de golpe un par de cajones y desahogarse murmurando imprecaciones.

¡Matt!

Había arruinado cualquier posibilidad de conocer al niño. Las lágrimas inundaron sus mejillas, y Arden se dijo una y otra vez que no era por Drew, sino sólo porque había vuelto a perder a su hijo.

A la mañana siguiente, Arden sintió que sus ojos hinchados ardían al intentar abrirlos. Se volvió y escondió el rostro en la almohada. Cuando volvieron a llamar con fuerza a la puerta, gimió:

—¡Váyase, no necesito nada!

Un tercer golpe, aún más imperioso, sacudió la habitación, y Arden maldijo la insistencia del servicio de limpieza. Se dio cuenta de que su única opción era ir hasta la puerta y decirle a la camarera que volviera más tarde.

Salió de la cama y fue tanteando las paredes, ya que sus ojos parecían haber quedado sellados con las lágrimas; sin embargo, los abrió de par en par cuando echó un vistazo por la mirilla y vio a Drew de pie al otro lado. Vio cómo volvía a golpear la puerta, y lo oyó decir:

—Arden, abre esta puerta.

—Ni lo sueñes.

—Así que estás despierta.

Su tono alegre la reconfortó tanto como una astilla bajo la uña.

—No quiero verte, Drew.

—Bueno, pues yo sí quiero verte a ti, para disculparme. Ahora, abre la puerta antes de que todos los huéspedes de esta planta oigan una disculpa capaz de despertarlos más rápido que una taza de café bien cargado.

Arden se mordisqueó el labio inferior mientras sopesaba sus opciones; no estaba preparada para verlo, la noche anterior la había insultado y aún no podía perdonárselo. Incluso si pudiera, sabía que tenía un aspecto horrible. Sus ojos probablemente estaban enrojecidos además de hinchados, y tenía el cabello completamente enredado. Quería enfrentarse a él con la cabeza alta y su mejor aspecto.

Por otra parte, ella lo había enfadado de forma deliberada; ningún hombre, sin importar lo amable que fuera, se tomaría con humor aquella frustración sexual. Ella había pasado la mitad de la noche maldiciéndose entre lágrimas por permitir que su relación con Drew hubiera hecho peligrar sus posibilidades de ver a Matt. Tragarse el orgullo era un pequeño precio que pagar, ¿no?

Descorrió el cerrojo y entreabrió la puerta.

—No estoy vestida.

—Sí que lo estás —dijo él al ver el cuello y las mangas de su camisón a rallas blancas y azules.

—Si insistes en verme, me reuniré contigo en el vestíbulo. Dame...

—No tengo tiempo —su sonrisa era traviesa y ganadora—. Vamos, Arden, déjame pasar.

Con gesto reacio, abrió la puerta y fue hasta el centro de la habitación. Tras cerrar la puerta tras él, Drew recorrió su cuerpo con una lánguida mirada, y Arden se sintió incómoda y nerviosa por tener las piernas y los pies desnudos; el camisón no era revelador, pero de pronto deseó que le llegara más allá de medio muslo. Un tanto cohibida, cruzó los brazos sobre el pecho e intentó parecer aburrida.

—Tienes razón, soy un cerdo presuntuoso.

Drew pasó por su lado y se acercó a la ventana; abrió las cortinas sin pedirle permiso, y la habitación se inundó con una luz cegadora que la hizo entrecerrar los ojos.

—Me estaba comportando como un adolescente, toqueteándote y manoseándote en la oscuridad; Dios... —suspiró y se masajeó la nuca—, no me extraña que pensaras que te considero una fan más, te estaba tratando así. Y no sé por qué dije aquellas cosas cuando te negaste a seguir; no hablaba en serio, lo que te dije no era cierto, y yo lo sabía.

Drew miró por encima del hombro, y al ver que la postura rígida de ella no se había relajado ni un ápice, continuó diciendo:

—La única excusa que puedo ofrecerte es que, cuando Ellie murió, me vi rodeado de mujeres que creían que podían curar mi dolor; daban la impresión de creerse algo así como trabajadoras sociales desde el punto de vista sexual, dispuestas a salvarme de mi propia destrucción. Para ellas yo no hubiera sido más que otra muesca en la cabecera de sus camas.

Arden bajó los brazos y se relajó un poco; ella había percibido la misma actitud en los hombres después de su divorcio. Amigos de Ron, también separados, habían empezado a llamarla por teléfono para ofrecerle su «ayuda». Su respuesta siempre había sido de forma invariable «no, gracias», hasta que finalmente se habían dado por vencidos.

—En fin —seguía diciendo Drew—, por eso tenía que verte hoy a primera hora. En cuanto me fui de aquí anoche, supe que me había portado como un estúpido. Tendrías que haberme dado una patada en la entrepierna, o algo así.

—Pensé en ello.

Él se echó a reír y comentó:

—Bueno, a lo mejor no me habrías hecho cambiar de opinión enseguida, pero habrías conseguido acaparar toda mi atención.

Arden rió también, y Drew juntó las manos con una palmadita y se apresuró a decir:

—Ahora que volvemos a ser amigos, ¿por qué no vienes un par de días conmigo a Oahu?

—¿Qué...?

—Espera un momento —dijo él, levantando ambas manos para impedir cualquier objeción—; no hay compromiso ninguno, sólo voy a estar allí unos días. Tengo una suite de varias habitaciones reservada, y puede que consigas alguna idea para otro artículo —era un argumento bastante flojo, pero estaba desesperado por convencerla.

—Pero no puedo renunciar a esta habitación, tengo...

—No estoy sugiriendo que lo hagas, llévate sólo lo

que vayas a necesitar; le diremos al gerente que vas a estar fuera un par de días, pero que quieres conservar la habitación.

Drew se acercó a ella y la tomó de las manos.

—Me gustas mucho con ese camisón —dijo, arrastrando las palabras con un tono muy sexy—; me encanta ver tu cabello revuelto, y tus mejillas ruborizadas. Tienes la boca más dulce que jamás haya probado, y no puedo creer que permitiera que algo tan fantástico como lo de anoche acabara tan mal.

—Eres un bravucón, ¿lo sabías? Eres muy atrevido al venir aquí esta mañana después de lo que me dijiste anoche, y al insinuar que tengo buen aspecto cuando sé muy bien que debo de estar horrible.

Su arrebato hizo que él sonriera, y eso avivó la indignación de Arden.

—¿Te sales siempre con la tuya?

—Soy un competidor nato, Arden, y me gusta ganar.

Por el fiero brillo de sus ojos, ella supo que era su siguiente objetivo. Mientras permanecía presa de su atractivo personal y de la intensidad de su mirada, él insistió suavemente:

—Ven a Honolulu conmigo, nos conoceremos mejor.

No había nada que ella deseara más, pero sabía que sólo conseguiría meterse en más problemas. Respiró hondo y negó con la cabeza.

—Drew, no creo que...

—Por favor. Además, así podrás conocer a Matt.

Ella se quedó unos segundos mirándolo boquiabierta, y el arsenal de razones que había ido enumerando en su mente para no ir con él se derrumbó. Finalmente, consiguió decir:

—Matt... ¿Matt también va?

—Sí, él es la principal razón del viaje; le toca una revisión con el pediatra, hay que vacunarlo. Y el otro día la señora Laani se quejó de que está creciendo tan rápido, que la ropa se le está quedando pequeña. Quiere ir a comprarle todo lo necesario.

La mente de Arden estaba sumida en el caos. ¡Iba a suceder! Iba a ver a su hijo, a pasar *días enteros* con él. Había esperado aquel momento durante meses, había soñado con él, se había imaginado cómo se sentiría. Pero no había previsto el pánico que la atenazaba. Eso era lo que sentía... un pánico helado y ciego; cuando llegaba el momento por el que había rezado, estaba aterrada.

Intentó encontrar excusas para no ir.

—Es un viaje en familia, y no me gustaría inmiscuirme.

Él... a lo mejor no le caigo bien a Matt, y la señora... ¿Laani? A la señora Laani quizás no le guste que lleves a una... que me lleves con vosotros.

—Sí, es un viaje en familia, y el cabeza de dicha familia soy yo. La señora Laani me regaña por todo, incluida la falta de una buena... y subrayo el «buena»... mujer en mi vida. Está deseando conocerte. Y Matt sólo tiene veinte meses, adora a quienquiera que le dé de comer —su voz se profundizó de forma perceptible cuando añadió—: No quiero estar lejos de ti ni siquiera unos cuantos días.

Oh, Dios, ¿por qué no estaba dando saltos de felicidad?, ¿por qué dudaba?, ¿acaso se sentía culpable? Arden no reconocía la sensación que aferraba su corazón y no dejaba sitio para nada más. Drew la estaba mirando con expresión anhelante, la contemplaba como a una mujer con la que tuviera una relación sentimental, no como a la madre biológica que su amada esposa y él habían contratado. ¿Cuánto tiempo más podría seguir engañándolo?

—Drew, no estoy segura de que ir contigo sea una buena idea.

—¿Aún estás enfadada por lo de anoche?

—No, pero...

—No te culpo por enfadarte, dije unas cosas terribles e insultantes —acarició su pómulo con el pulgar—, estaba equivocado, pero todas tus palabras fueron ciertas. Estoy acostumbrado a salirme con la mía, y si no es así soy capaz de montar un número. Soy un estúpido tenista acabado.

—No, eso no es verdad. Lo dije deliberadamente para herirte, nada más.

Él suspiró.

—Aún está por ver si es verdad o no. Pero sí soy un hombre que se siente atraído hacia una mujer, aunque jamás pensó que volvería a sentirse así. Te tengo muchísimo miedo, Arden, a ti y a mis sentimientos. No me lo pongas tan difícil. Estoy intentando acostumbrarme a volver a ser una persona, a actuar como un ser humano, y no como un animal herido; a veces tengo lapsos, y anoche fue una de esas ocasiones.

—No estoy jugando contigo, Drew.

—Ya lo sé.

—Anoche tampoco.

Él la besó con ternura y admitió:

—Eso también lo sé.

—Hay una razón por la que no debería ir.

—No me has dado ninguna buena razón y no creo que exista ninguna, al menos que sea válida. Ven con nosotros, el avión sale dentro de una hora.

—¿Qué? —Arden dio un respingo, lo apartó a un lado y echó un vistazo al reloj digital que había sobre la mesita de noche—. ¡Una hora! Oh, Drew, no puedo... por qué no me has dicho antes... no conseguiré estar lista... —se detuvo en seco cuando se dio cuenta de que aún no había aceptado.

Él se echó a reír al ver su expresión sobresaltada, se sentó en la cama y descolgó el teléfono.

—Será mejor que te des prisa, yo pediré un café.

Cuando salió de la ducha, él estaba llamando a la puerta del cuarto de baño.

—Servicio de habitaciones.

Arden entreabrió la puerta y tomó la taza que le ofrecía.

—Treinta minutos —dijo él—. ¿Quieres que vaya metiendo algunas cosas en la maleta por ti?

La idea de que él tocara su ropa íntima inició una reacción en cadena que acabó con una sensación acalorada entre sus piernas.

—No, enseguida salgo.

Arden tomó un sorbo de café e intentó controlar el temblor de sus manos mientras se maquillaba. Se dijo que sus nervios se debían a lo poco que había dormido la noche anterior; su tensión no tenía nada que ver con el hecho de estar desnuda a pocos metros de Drew, de que sólo los separaba una puerta. No, sólo se debía a que en menos de una hora conocería al hijo que había llevado en su vientre durante nueve meses, pero al que nunca había visto.

Drew vestía unos pantalones informales color caqui y una camiseta blanca de algodón con mangas anchas que había doblado hasta los codos. Arden se había llevado al baño unos pantalones de seda y una camiseta a juego con mangas ajustadas, y se hizo una trenza floja; no estaba espectacular, pero era lo mejor que podía conseguir en tan poco tiempo.

Miró a Drew con nerviosismo cuando salió del cuarto de baño humeante; estaba sentado en una silla cerca de la puerta de la terraza, leyendo el periódico matinal. Bajó una esquina de papel para mirarla, y dejó escapar un largo y suave silbido.

—¿Cómo lo has hecho con tanta rapidez? Mete en la maleta ropa informal, pantalones cortos, bañadores, algo para salir a cenar, pero nada sofisticado.

Ella empezó a llenar una bolsa de viaje, con cuidado de incluir todo los complementos necesarios. Se puso muy nerviosa cuando empezó a escoger la ropa interior que necesitaría, aunque él seguía con el periódico frente a él. Pero los ojos de Drew no estaban en la letra impresa, Arden podía sentirlos observando todos sus movimientos mientras ella metía en la bolsa braguitas de encaje y sujetadores casi transparentes. Cuando le lanzó una mirada indignada, él respondió con una enorme e inocente sonrisa.

—Estoy lista —dijo al cerrar la cremallera de la bolsa, donde había conseguido embutir maquillaje, joyas y zapatos además de la ropa.

—Increíble —dijo él al levantarse y mirar su reloj extraplano—. Y justo a tiempo, nos encontraremos con la señora Laani y con Matt en el aeropuerto. Mo, que se ocupa del terreno de la casa, va a llevarlos en coche. Nosotros iremos en el autocar del hotel; espero que no te importe, no quería dejar mi coche en el aeropuerto tanto tiempo.

—No hay problema —Arden se puso un sombrero de paja de ala ancha y unas grandes gafas de sol—. Recuerda que estoy acostumbrada a viajar con un presupuesto limitado.

—La verdad es que no lo aparentas —dijo él, y fue hacia el ascensor con la bolsa de ella al hombro; mientras lo esperaban, notó todos los lujosos detalles que los rodeaban, y añadió con voz suave—: Tienes toda mi aprobación.

—Gracias —contestó ella en un susurro.

Una vez dentro del espacio cerrado, Drew dijo:

—Se me ha olvidado algo.

—¿Te has dejado algo en la habitación?

—No, se me ha olvidado esto —dobló las rodillas para

ponerse a su altura, inclinó la cabeza bajo el ala del sombrero y cubrió la boca de ella con la suya.

Los labios masculinos apenas se movieron, pero Arden sintió la dulce presión en todo el cuerpo. La punta de la lengua de él rozó la de ella, pero parecía que estuviera tocando sus dedos, sus pezones, los recovecos secretos de su cuerpo, porque ella sintió la enardecedora caricia en todos aquellos sitios.

Cuando él se apartó, Arden se sentía acalorada, y un hormigueo la recorría.

—Has empañado mis gafas de sol —dijo con voz ronca.

—¿Qué?

Ella sacudió la cabeza; para cuando se abrió la puerta del ascensor, estaban en medio de un segundo beso. Ruborizada, Arden dijo:

—Tengo que dejar arreglado lo de mi habitación.

—Yo reservaré plaza en el autocar.

Arden atravesó el gentío hasta llegar al mostrador de recepción. Naturalmente, a aquella hora estaba abarrotado; había huéspedes que llegaban y otros que se iban, personas que reservaban excursiones por tierra, mar o aire a otras zonas de la isla. Miró varias veces por encima de su hombro con nerviosismo hasta que por fin llegó su turno.

Explicó rápidamente que iba a pagar por los días que llevaba en su habitación, pero que quería conservarla hasta su vuelta al cabo de tres días. Después de repetir su petición varias veces, consiguió que la entendieran a pesar del ruido; el estresado empleado encontró su ficha de registro, pasó su tarjeta de crédito por la máquina, le ofreció una gran sonrisa, le deseó un feliz viaje y le expresó su gratitud por que hubiera elegido aquel establecimiento. Ella tuvo la incómoda sensación de que aquello parecía una despedida, pero antes de que pudiera volver a conseguir la atención del hombre, oyó que Drew la llamaba.

—Arden, el autocar está esperando.

—Ya voy —respondió, y avanzó entre la gente hasta que él alcanzó su mano y la llevó hasta la puerta.

—¿Algún problema?

—No.

—Bien. Vamos a llegar con el tiempo justo.

Una vez que estuvieron sentados en el vehículo de camino hacia el aeropuerto, se dio cuenta de que en sólo unos minutos iba a ver a su hijo. El corazón le martilleaba en el pecho, y su respiración era entrecortada.

—No tienes miedo a volar, ¿verdad? —le preguntó Drew, malinterpretando la causa de su obvio nerviosismo.

—No, pero prefiero los aviones más grandes.

—A mí me gustan más los pequeños, porque la visibilidad es mejor. Además, este aeropuerto está a sólo cinco minutos de casa; la compañía aérea es pequeña pero de confianza, a estas alturas conozco a casi todo el personal.

Como Drew había dicho, el aeropuerto de Kaanapali era bastante humilde en comparación con los que había en las grandes ciudades; el edificio era aproximadamente tan grande como una gasolinera, pero zumbaba de actividad. Mientras un avión aterrizaba y bajaban los nueve pasajeros, otro despegaba.

Cuando el autocar se detuvo bruscamente, Drew se echó la bolsa de ella al hombro, se adelantó y le ofreció una mano para ayudarla a bajar.

—Deben de estar por aquí... ah, allí están.

Drew levantó la barbilla, indicándole que mirara tras ella. Arden respiró hondo, cerró los ojos con fuerza por un segundo y se volvió. Tuvo que afianzar sus rodillas temblorosas para que no cedieran. Drew no se dio cuenta de nada, y estaba andando ya hacia unos árboles.

—¡Matt! —exclamó.

Arden lo vio, y le dio un vuelco el corazón.

Vestía una camisa blanca y unos pantalones cortos rojos, con peto y tirantes entrecruzados a la espalda. Calcetines blancos hasta la rodilla cubrían sus pantorrillas rechonchas, y llevaba unos zapatos cerrados. El movimiento de las regordetas piernas se detuvo en seco cuando Matt oyó la voz de su padre, y el niño se volvió, dio un chillido y corrió hacia Drew. Una mujer con un uniforme blanco, tan alta como ancha, lo siguió resoplando; sus pies eran sorprendentemente pequeños para alguien de su tamaño.

Arden sólo tenía ojos para el niñito rubio que estuvo a punto de caerse de entusiasmo; Matt se lanzó contra las piernas de su padre, y Drew lo levantó por encima de su cabeza.

—Oye, pequeña dinamo, baja el ritmo o vas a volver a hacerte daño en las piernas —dijo él mientras meneaba al niño, que llenó con su risa el aire matinal.

—¡Arriba, arriba! —gritó.

—Después —dijo Drew, bajándolo hasta la curva de su brazo—. Quiero que conozcas a una señora.

Se volvió hacia la pálida y paralizada mujer que estaba junto a él, y dijo:

—Arden, éste es Matt.

Los ojos de ella eran ávidos mientras intentaba devorar todos los detalles que pudiera. Buscó algo que le resultara familiar, pero no lo encontró; el niño tenía el mismo colorido que Drew, cabello rubio y ojos azules, aunque la forma de su barbilla le recordaba a la de su propio padre.

Arden no vio nada suyo, pero no podía estar más segura de que aquél era su hijo. Lo sabía por la forma en que se hinchaban sus pechos, como si estuvieran llenándose con la leche que no había tenido ocasión de subir hasta ellos; lo sabía por las contracciones de su útero al recordar cada vez que había notado el movimiento de un puño o de un pie, las ocasiones en que se había echado a reír cuando había sentido en su propio cuerpo un ataque de hipidos prenatales; lo sabía por el anhelo que sentía de tocarlo, de apretar su dulce, joven y saludable cuerpo contra sí.

—Hola, Matt —dio con voz ronca.

El niño la miró con inocente curiosidad.

—Di *aloha*, Matt —le dijo Drew, acariciándole el estómago.

—*Oha* —farfulló el niño antes de volverse en los brazos de su padre y esconder el rostro contra su cuello con timidez.

Drew abrazó con fuerza a su hijo, y mientras le frotaba la espalda, miró a Arden por encima de los rizos rubios del niño.

—Aún estamos trabajando en sus modales —dijo con una sonrisa de disculpa.

—Creí que sería mejor dejar que corriera para que se cansara un poco antes del vuelo, señor McCasslin —jadeó el ama de llaves cuando llegó hasta ellos.

—Buena idea. Señora Laani, le presento a la señorita Gentry, que va a ser nuestra invitada estos días.

—*Aloha*, señora Laani —dijo Arden, apartando los ojos de la suave piel de la nuca de su hijo. Solía hacerle cosquillas allí a Joey con la boca, lo llamaban «buscar azúcar».

La mujer polinesia de mediana edad la contempló con franca curiosidad; pareció gustarle lo que vio, porque en su rostro redondeado y sin arrugas apareció una amplia sonrisa.

—*Aloha*, señorita Gentry. Me alegra que nos acompañe, a veces lidiar con dos hombres es demasiado para mí.

—Perfecto —dijo Drew—, su trabajo será lidiar con Matt, deje que Arden se ocupe de mí.

Ella se ruborizó, pero la señora Laani se echó a reír, y a Arden le cayó bien de inmediato. La apariencia de la mujer era impecable; llevaba el uniforme muy almidonado, y su oscuro cabello con hebras plateadas, corto y rizado, parecía coronarla.

Uno de los empleados de la compañía aérea salió del edificio.

—Señor McCasslin, estamos listos para que embarquen cuando quieran.

—¿Han subido todo el equipaje a bordo? —le preguntó Drew al asistente, mientras el hombre marcaba sus nombres en la lista de pasajeros.

—Sí señor, estoy seguro de que sí.

—Añada esto —le dio la bolsa de Arden.

—Puedo llevarla yo —dijo ella.

—Lo siento, señora —dijo el hombre—, pero los asientos son demasiado pequeños, todo el equipaje debe ir en la bodega.

Un hombre en mangas de camisa, que Arden supuso

que era el piloto, le dio una palmadita a Drew en la espalda.

—¿Cuándo vas a volver a jugar conmigo? Por fin he podido recuperarme del último partido.

Charlando, fueron hasta el avión; Drew aún llevaba a Matt en los hombros, y Arden no podía apartar la vista del niño. Se sintió agradecida cuando, en medio de la confusión a la hora de subir al aparato, pudo observarlo sin que nadie se diera cuenta.

La señora Laani apenas logró entrar por la estrecha puerta, y se sentó en la parte trasera para no tener que ir por el pasillo.

—¿Quieres sentarte a mi lado? —le preguntó el piloto a Drew.

Él sonrió como un chiquillo.

—Ya sabes que mi asiento favorito es el del copiloto —se volvió hacia Arden, y le dijo—: ¿Te importa sentarte junto a Matt?

Ella negó con la cabeza, sin atreverse a hablar, y se sentó junto a la ventana para que el niño no se sintiera tan confinado. Drew sentó a su hijo en el asiento que estaba junto al de Arden y detrás del suyo propio, y le abrochó el cinturón de seguridad.

—Ya está, muchachote. Tú serás el comandante, ¿de acuerdo?

Matt sonrió, revelando sus ocho dientes; sin embargo, su entusiasmo se apagó un poco cuando el piloto encendió los ruidosos motores. Tensó la espalda, abrió los ojos como platos, y su labio inferior empezó a temblar. Arden le puso una mano en la rodilla, y le sonrió cuando él la miró con temor. Drew se volvió, le guiñó el ojo al niño, y alargó la mano para acariciarle la cabeza.

Matt permaneció quieto y rígido hasta que el avión ganó altura y se convenció de que no corría un peligro inmediato. Sólo había otro hombre además de ellos, y se había quedado dormido enseguida, igual que la señora Laani. Cuando Matt empezó a impacientarse y a retorcerse contra el cinturón de seguridad, Arden lo soltó tras consultarlo con Drew y con el piloto.

—Pero no dejes que vaya de un lado para otro —le dijo Drew—. Si se pone demasiado revoltoso, pásamelo.

—No te preocupes, no habrá problema.

Drew volvió a su conversación con el piloto, y ella centró su atención en Matt, tal y como deseaba. Como cualquier niño, no podía quedarse quieto; se revolvió y se giró en el asiento, intentó levantarse, se tambaleó un poco y volvió a sentarse mientras miraba todo lo que le rodeaba.

Arden observó cada movimiento, lo adoró y lo saboreó para cuando tuviera que volver a dejarlo; sus planes no habían ido más allá de ese momento, sólo había pensado en ver a su hijo. Sabía que no podía arrancarlo de la vida que tenía; no podía hacerle aquello a su padre, y tampoco sería lo mejor para Matt. En ese momento sólo quería amar a su hijo, en silencio y en secreto, pero como sólo una madre podía hacerlo.

Cuando Arden dio una palmadita en su regazo, el niño dudó sólo un segundo antes de subirse en él. La estudió con detenimiento, y alargando un brazo toqueteó los cristales de las gafas de sol con un puño húmedo.

—Gracias —bromeó ella mientras se las quitaba para limpiarlas—; entre tu papá y tú, siempre están empañadas.

El niño sonrió y señaló hacia la nuca de Drew.

—Papá.

—Sí —rió ella.

Tocó la mejilla de su hijo, maravillándose con su suavidad, y su cabello se le enroscó en los dedos; tenía un tono casi platino, pero cuando creciera iría oscureciéndose hasta llegar al color trigueño de Drew. Acarició con ternura sus brazos, y dejó que él cerrara con fuerza sus puños húmedos alrededor de sus dedos. Con una cancioncilla inventada, jugó con él presionando ligeramente sus piernecitas hasta que el niño soltó una risa encantada.

—Un niño bueno serás / no llorarás ni reirás / cuando estas cosquillas / te haga en la rodilla.

Lo atrajo contra su pecho y él no intentó apartarse, así que lo abrazó con tanta fuerza como él le permitió. Olía a jabón de bebé, a ropa limpia y luz del sol. La señora Laani lo cuidaba bien, su aspecto era impecable y tenía las uñas perfectamente cortadas. Arden adoraba la solidez de su cuerpo, Joey había sido tan terriblemente frágil... cuando dejara a Matt, se iría sabiendo que era un niño sano y normal.

Y, como cualquier niño sano y normal, pronto se rebeló ante tanto afecto; se retorció contra ella, haciendo que se le cayera el sombrero, y cuando lo puso en la cabeza de él, pareció engullirlo. Jugaron durante un rato, hasta que Arden le puso las gafas en la nariz; Matt se quedó muy quieto para que no se le cayeran, y los ojos del niño siguieron todos sus movimientos desde detrás de los cristales oscuros cuando ella sacó una polvera de su bolso. Arden sostuvo el espejo ante el rostro de Matt, y él soltó un gritito entusiasmado.

—¡Papá, papá! —gritó, poniéndose de pie en el regazo

de Arden y golpeando a Drew en la cabeza. El sombrero y las gafas se ladearon, pero Matt no se dio cuenta.

Drew se volvió y se echó a reír ante la cómica apariencia de su hijo.

—Estás peor que E.T. con el vestido de boda —exclamó.

Matt se movió agitadamente arriba y abajo, hasta que se puso demasiado nervioso y hubo que calmarlo. Cuando al fin se cansó del sombrero y las gafas, Arden los dejó en el asiento del niño y volvió a sentarlo en su regazo.

El ronroneo de los motores y las tiernas caricias en su cabello lo adormecieron, y en pocos minutos su cabeza descansaba sobre los pechos de ella. Arden no podía creer que hubiera sido bendecida con aquel momento, era más de lo que se había permitido soñar. Le gustaba a su hijo y él confiaba en ella de forma instintiva, lo suficiente para quedarse dormido contra ella.

Podía sentir el latido de su corazón contra el suyo, y pensó en el lazo irrevocable y eterno que los unía. No había ningún nexo de unión en todo el universo que se pareciera al de madre e hijo; su cuerpo lo había alimentado, había respirado por él, lo había cobijado. La inundó una emoción como no había sentido jamás.

Drew les lanzó una mirada y se detuvo, sorprendido, al ver la expresión embelesada de Arden al mirar a su hijo. Estaba absorta en la pequeña mano que sostenía en la suya, masajeando los nudillos. Como si hubiera notado su mirada, ella levantó la cabeza, y él se sobresaltó aún más al ver las lágrimas que inundaban sus ojos. Ella le sonrió trémulamente, y de nuevo bajó los ojos hasta el niño que dormía en su regazo.

El piloto aterrizó con destreza y los llevó hacia la terminal; en cuanto apagó los motores, se disculpó y fue a la parte trasera del avión para ayudar a la señora Laani. El otro pasajero bajó en cuanto encontró su maletín.

Drew se sentó al lado de Arden, y la contempló durante unos segundos con sus intensos ojos azules antes de hablar.

—Veo que os lleváis muy bien.

—Eso creo. Es precioso, Drew, simplemente encantador, un niñito maravilloso.

—Sí, lo es.

Arden acarició los rizos dorados.

—¿Fue un bebé bueno?

—Ellie y yo no teníamos nada con qué compararlo, pero creíamos que se portaba muy bien. Fue un camino difícil hasta que llegó, así que no nos hubiera importado que berreara todo el día.

La siguiente pregunta sería como lanzarse de cabeza a una piscina en llamas; la adrenalina bombeaba por sus venas.

—¿Ellie tuvo dificultades para tenerlo?

La pausa que siguió fue significativa; Arden continuó mirando al niño dormido, examinando cada pestaña que descansaba en sus mejillas sonrosadas.

—No exactamente —dijo Drew con lentitud—; tuvo dificultades para concebirlo.

—Ah —de algún modo, el hecho de que Drew también hubiera mentido aliviaba su conciencia; ¿hasta dónde podría llegar con sus preguntas sin que él empezara a sospechar?

—¿Se parece a su madre?

—Ellie era rubia —contestó él, de forma ambigua—. Pero creo que se parece más a mí.

Arden levantó la mirada hacia él y sonrió, aunque en sus ojos aún quedaban lágrimas.

—Eres su orgulloso padre, así que no eres imparcial.

—Sí, de eso no hay duda —contestó—; la verdad es que no sé decir cuánto se parece a su... madre.

Arden se apresuró a volver a apartar la mirada antes de que él notara su dolor, pero Drew vio la lágrima que se deslizó por su mejilla; levantándole la cabeza tiernamente con un puño bajo su barbilla, atrapó la lágrima con la punta de un dedo.

—¿Es por el hijo que perdiste?

Formuló la pregunta con tal ternura y compasión, que una nueva emoción desconocida floreció en el pecho de ella, dejándola aturdida... y aterrorizada.

«Ahora, hazlo ahora», se dijo; él le había ofrecido la oportunidad perfecta para decirle que acababa de encontrar a su hijo, que ella había dado a luz a aquel niño al que él adoraba. Pero las palabras se negaban a salir; era posible que Drew arrancara a su hijo de sus brazos y no le dejara volver a verlo, quizás pensara que lo había estado utilizando para llegar hasta Matt.

¿No era eso lo que había hecho?

«¡No!». En ese momento, para ella el padre era ya tan importante como su hijo; no podía herir a Drew cuando acababa de reordenar su vida, de recuperar la confianza en sí mismo. No, no podía decírselo aún. Lo haría más tarde, cuando llegara el momento oportuno.

—Sí —dijo—, es por el hijo que perdí.

Drew asintió, comprensivo; la respiración de Matt siseaba por su boca de querubín, y había manchado de saliva la camiseta de Arden.

—Te está mojando la camiseta —susurró Drew, rompiendo el silencio.

Él no sabía lo que encontraba más cautivador, la dulce boca de su hijo, o el hermoso lugar contra el que descansaba. El peso de la cabeza de Matt hacía que el pecho de Arden destacara aún más y pareciera maternal y reconfortante; Drew deseó tocarlo, acariciar su plenitud.

—No me importa.

Era cierto, no le importaba si el niño manchaba de forma irreparable toda su ropa, mientras pudiera seguir sosteniéndolo en sus brazos.

Fascinada, vio cómo el índice de Drew se acercaba a la mejilla de su hijo y la rozaba con cariño antes de bajar hasta los labios abiertos del niño y capturar las gotas que los bañaban. Fascinada tanto por lo que estaba presenciando como por el amor que sentía dentro de ella, siguió observando aquel dedo mientras avanzaba lentamente desde la boca de Matt hasta la mancha húmeda en su propio pecho. Drew la tocó, pero fue un roce tan ligero, que ella no se habría dado cuenta si no hubiera estado mirándolo. Entonces, moviéndose con una lentitud extrema, él acunó la cabeza de su hijo con las manos, dejando que el reverso de una de ellas descansara contra el pecho de Arden.

La sacudió un estremecimiento emocionado, un pequeño sollozo escapó de sus labios trémulos y quedó cegada por las lágrimas; Drew levantó la cabeza de golpe, y la perforó con la intensidad de la mirada de sus ojos azules.

—Arden, no llores más.

Moviendo sólo la cabeza, Drew unió sus bocas. Aquel beso no era contenido, como el que habían compartido aquella mañana en el ascensor; rebosaba de emociones, y una sola de ellas hubiera bastado para derribar las defensas de ambos.

La lengua de él se sumergió en la calidez de la boca femenina, y de forma inconsciente Arden levantó una mano y apretó ligeramente la cabeza de Matt contra su pecho, atrapando la mano de Drew. En ese momento los tenía a ambos contra sí, al hijo y al padre. Había soñado durante tanto tiempo con ellos, había especulado tanto sobre cómo serían... siempre elusivos. Pero en aquel instante podía sentirlos a ambos, sus sentidos podían disfrutar de los sonidos que hacían, de su aroma, de su apariencia. Sus cuerpos eran los más hermosos del mundo para ella; con uno de ellos, había creado el otro.

Drew gimió suavemente y sus labios se movieron sobre los de Arden, mientras sus dedos acariciaban la cabeza de su hijo y rozaban los pezones de ella con un ritmo que imitaba el de su lengua. El deseo de él pasó al cuerpo femenino, bajó por su garganta hacia su interior hasta que llegó a su feminidad y la bañó de calor líquido. En ese momento Arden supo cómo habría sido si hubieran concebido a Matt de forma convencional, y se sintió estafada al no haber experimentado aquel milagro en su totalidad.

—Dios —gimió Drew, y al fin se apartó de ella y levantó a Matt, que aún dormía, en sus brazos—. Si sigues besándome así, seré yo el que se eche a llorar, y por una razón completamente distinta.

La ayudó a bajar del avión, bajo la cálida luz del sol; llevaba a Matt apoyado en el hombro, y cuando la tomó de la mano, fueron hacia la terminal.

La suite en el Sheraton era espaciosa, y daba al océano con una vista perfecta del cono volcánico Cabeza de Diamante. Un saloncito separaba la habitación que compartirían la señora Laani y Matt de la de Drew, y Arden ocuparía una habitación justo enfrente de la suite.

—Aquí tienes la llave de la suite, por si la necesitas —le dijo Drew mientras subían en el ascensor—. Estás en tu casa.

Le puso la llave en la palma de la mano, dejando claro el significado implícito del gesto. Cuando Arden tuvo el valor suficiente para mirar a la señora Laani, vio que la mujer tenía una amplia sonrisa en el rostro, pero sabía que se llevarían una decepción si creían que iba a utilizar la llave.

Lo primero que hicieron fue pasar el mal trago. En cuanto comieron y Matt se despertó de su siesta, Drew y la señora Laani lo llevaron al pediatra. Él tomó la mano de Arden cuando estaban a punto de subir al coche que habían alquilado en el aeropuerto.

—Volveremos en una hora, ¿estás segura de que estarás bien?

—Sí, pero no me importaría acompañaros —de hecho, deseaba fervientemente ir con ellos, pero sabía que parecería raro insistir.

—Es muy generoso de tu parte, pero no le deseo la experiencia a nadie —rió con suavidad, y explicó—: Matt no es un paciente demasiado cooperativo. Ve a comprar y a pasear, y nos veremos en la suite a las cinco en punto.

—De acuerdo —dijo con resignación.

Él le dio un rápido beso en la mejilla y se fue.

Era obvio que Matt estaba enfurruñado con la señora Laani y con su padre cuando volvieron al hotel; los trataba como enemigos que lo hubieran sometido a una experiencia terrible, y no quiso saber nada de ellos durante la cena en uno de los establecimientos del complejo hotelero. Sólo Arden tenía permiso para ocuparse de él.

—Sólo lo estás empeorando —le dijo Drew mientras ella le daba helado de postre al niño—; pensará que eres algo así como su hada madrina.

Arden estuvo a punto de que se le cayera la cuchara, pero logró recomponerse, y miró a la señora Laani y a Drew con expresión suplicante.

—Dejadme que lo mime, ha tenido un día duro.

Para cuando la cena terminó, el niño estaba muy inquieto, así que Drew sugirió que era mejor que se retiraran ya. La señora Laani comentó:

—En cuanto Matt esté acostado, me gustaría salir un rato; mi hermana quiere que vaya a conocer al prometido de mi sobrina.

—De acuerdo —dijo Drew.

—Por qué no va ahora —se apresuró a decir Arden—; no me importa acostar a Matt, de hecho, me encantaría; no tiene sentido que tenga que posponer su visita.

—¿Estás segura de que sabes lo que te espera? —le preguntó Drew, frunciendo el ceño y mirándola con escepticismo.

—Sí —Arden se volvió hacia la mujer, e insistió—: En serio, Matt y yo estaremos bien.

La señora Laani se marchó pocos minutos después, y entre los dos, Drew y Arden consiguieron bañar y ponerle el pijama al niño, que seguía enfadado. Arden sintió que estuviera tan adormilado y rebelde, ya que hubiera querido jugar con él un poco más.

Fue ella la que lo acostó en la cuna transportable que el hotel les había facilitado, y le dio palmaditas en la espalda hasta que se durmió. Drew ya estaba en la otra habitación, pero ella se quedó junto al niño hasta que oyó que la llamaba.

Cuando Arden entró en el saloncito lo vio en el sofá, con las piernas extendidas frente a él. Se había cambiado de ropa, llevaba unos pantalones cortos y una camiseta y estaba descalzo; ella contempló con admiración la musculatura de sus brazos y sus piernas, sus marcados pectorales, la forma en que su dorado vello corporal relucía contra la piel bronceada bajo la suave luz de la lámpara.

—Ven y siéntate —dijo, extendiendo una mano hacia ella—. Me levantaría a buscarte, pero no puedo ni moverme.

Ella rió y se sentó a su lado.

—Un chico grande y fuerte como tú, derrotado por un niñito de veinte meses —bromeó.

Drew soltó un gruñido.

—Es capaz de agotarme más rápidamente que un partido de tenis. Por cierto, tengo que practicar mientras estoy aquí, ¿quieres venir a verme mañana por la mañana?

—Claro que sí.

—Nos escaparemos antes de que Matt se dé cuenta, la señora Laani puede llevarlo al parque; estoy muy celoso de mi hijo por toda la atención tuya que está acaparando.

Se volvió hacia ella, disfrutando de su apariencia desarreglada; Arden conseguía parecer elegante aun en las situaciones más domésticas.

—No tienes por qué —dijo ella, deseando tener el valor suficiente para apartar los mechones de pelo que caían sobre la frente de Drew—; me gusta tanto porque es tuyo.

—¿De verdad? —dijo él, con ojos brillantes de placer.

—De verdad.

Y era cierto: no sólo quería a Matt porque fuera su hijo, sino también porque era de Drew. Era lógico que amara a Drew, pero, ¿qué clase de amor era el que sentía hacia él? ¿Lo quería sólo porque era el padre de su hijo? No, estaba enamorada de aquel hombre, y no tenía nada que ver con su hijo.

Él la contemplaba con la misma intensidad que ella a él.

—Es la segunda vez hoy que mi hijo te moja —dijo, recorriendo con el dedo el rastro que el cuerpo de Matt, mojado por el baño, había dejado en la camisa que se había puesto aquella tarde.

La mano masculina se detuvo en la curva superior del pecho de ella, y sus miradas se encontraron.

—Desde el principio fuiste algo más que un entretenimiento momentáneo, que una aventura de una noche. Dime que lo sabes.

Arden sacudió la cabeza y cerró brevemente los ojos antes de decir:

—Sí, lo sé —volvió a mirarlo a los ojos, consciente de que se estaba equivocando. Su conciencia la estaba avisando a gritos, pero ella la ignoró porque lo deseaba demasiado—. Anoche, tuve miedo.

—¿De mí?

—De... esto.

—¿Y ahora?

Negó con la cabeza, y el rostro de él se tensó por la emoción que lo inundó; la mano masculina descendió hasta cubrir su pecho, y cuando Drew bajó la mirada para contemplar lo que estaba tocando, el gesto conmovió a Arden. Sentía tanto placer por la expresión arrobada en sus ojos azules que por sus excitantes caricias.

Los ojos de Drew ardían de deseo cuando levantó la cabeza, y la mantuvo cautiva en aquel infierno en llamas. La miró directamente a los ojos mientras rozaba con la punta de un dedo un pezón, que se endureció bajo el contacto. Exclamaron al unísono el uno el nombre del otro.

La boca masculina descendió con ímpetu sobre la de ella, y la rodeó con sus brazos. Arden entrelazó las manos en su nuca y abrió los labios, permitiendo la entrada de su lengua para que se enzarzara en una sensual danza con la suya, frotando, presionando, empujando en un íntimo y primitivo acto amoroso.

—Dios, qué dulce eres —murmuró Drew contra la garganta de ella.

Cubrió su cuello de besos, mordisqueó con cuidado la frágil piel, la probó con la punta de la lengua; tomó la generosa curva de un pecho en su mano, lo acarició con ternura, rozó el pezón con el pulgar hasta que quedó perfectamente rígido, y entonces bajó la cabeza y lo tomó entre sus labios.

A pesar de la ropa que la cubría, Arden sintió cómo la envolvía la tremenda calidez húmeda de su boca, y la cadencia sensual de la succión la enloqueció. El peso del cuerpo masculino hizo que se tumbara sobre los cojines, y se estremeció de emoción al sentir contra su muslo la rígida prueba del deseo de él. Las manos femeninas se deslizaron bajo su camiseta, y empezó a quitársela mientras él comenzaba a desabrocharle la camisa. La boca de Drew volvió a la suya para depositar en ella una serie de rápidos besos.

—Quiero amarte. Ahora, Ellie, ahora.

Arden se quedó helada.

Drew se incorporó de golpe al oír las palabras que habían salido de su boca. *¿Qué era lo que había dicho?* Una simple mirada al macilento rostro de Arden se lo dijo todo.

Se levantó de un salto del sofá, y apretó con fuerza las manos contra sus ojos mientras su rostro se transformaba en una feroz máscara de furia y agonía. Cuando no pudo contenerlo por más tiempo, un fuerte exabrupto estalló de entre sus labios.

Estaban petrificados. La salvaje maldición de Drew había dejado un vacío totalmente mudo, como la ausencia de oxígeno tras una explosión, como la descarga sulfurosa en el aire tras la caída de un rayo. Y en medio de aquel vacío silencioso como la muerte ambos permanecían quietos, paralizados.

Cuando Drew volvió a hablar al fin, su voz estaba cargada de un gran cansancio.

–Lo siento, Arden –levantó los brazos en un silencioso gesto suplicante, y continuó–: Maldita sea, ¿qué otra cosa puedo decirte? Lo siento.

Arden se levantó como si estuviera sonámbula y se tambaleó un poco, pero finalmente pudo impulsar su cuerpo hacia la puerta mientras se arreglaba la ropa.

–Arden –dijo su nombre con suavidad, con tono de disculpa, pero cuando ella no se volvió, lo repitió con más fuerza. Al ver que no se detenía, corrió hacia ella–. Arden –le aferró el brazo y la volvió hacia él–, escucha...

—Suéltame, Drew —dijo con voz acerada y gélida, manteniendo la vista apartada de él.

—No hasta que escuches mi explicación.

Ella soltó una risa sin humor, un sonido hueco y carente de vida.

—Creo que la escena se explica por sí misma —intentó librarse de su tenaz agarre; de no haber sido una persona civilizada, estaría arañándolo y dándole patadas. Necesitaba salir de allí desesperadamente—. ¡Suéltame! —gritó—, no tendría que estar aquí, no sé por qué estoy aquí. Está mal, suéltame.

Arden estaba al borde de la histeria, incapaz de controlarse, y luchó contra la mano que aferraba su brazo.

—Tienes todo el derecho a estar aquí, yo te he invitado; quiero que estés aquí con Matt y conmigo.

—¡Lo que querrías es que Ellie estuviera aquí! —exclamó ella.

El rostro de Drew, que había mostrado la rabia que sentía consigo mismo y su frustración porque ella había malinterpretado las cosas, quedó totalmente impávido; las crueles palabras de Arden borraron toda expresión. Los dedos de acero se relajaron, y el brazo del hombre cayó a su costado.

—Ellie está aquí —susurró él—, ése es el problema.

Volvió al sofá con pasos inestables, se dejó caer en él, apoyó la cabeza en los cojines contra el respaldo y cerró los ojos.

Arden hubiera dado lo que fuera por borrar sus palabras nada más pronunciarlas; cuando él se volvió, alargó una mano para intentar reconfortarlo, pero volvió a bajarla. Lo último que él desearía en ese momento sería su compasión. Pero no podía marcharse sin más.

—Lo que he dicho es imperdonable, Drew.

Él soltó un bufido cargado de la misma amargura que ella había mostrado segundos antes.

—Lo que yo he dicho sí que ha sido imperdonable; sé que te sientes insultada, pero no debería ser así. Tendrías que sentirte halagada —abrió los ojos y la miró—. Me gustaría explicarme.

—No es necesario.

—Quiero hacerlo.

Su tono era decidido, así que Arden asintió.

Drew se levantó, fue hasta la puerta de cristal y la abrió; el aroma y los sonidos del océano Pacífico inundaron la habitación, que de pronto parecía sofocante.

—Ellie y yo nos conocimos en Honolulu, vivimos juntos aquí, nos casamos aquí. Cuando vengo, un millón de sitios y detalles me recuerdan a ella, las cosas que dijo, las cosas que hicimos.

—Sé lo que es eso. A veces, después de que Joey muriera, los recuerdos eran tan vívidos que me parecía oír su voz.

Él sacudió la cabeza en un gesto impaciente.

—Ha estado en mi mente desde que hemos llegado; solíamos llevar juntos a Matt al pediatra, mañana voy a llevarlo para que vea a sus abuelos maternos.

Arden ignoró la punzada de envidia que la atravesó.

—He sentido todo el día como si... como si le estuviera siendo infiel a Ellie.

—¿Por mí?

—Sí.

Aunque se arrepentía de lo que le había dicho, Arden sintió como si él acabara de abofetearla de nuevo.

—¿Se supone que eso debe hacer que me sienta mejor? —preguntó con tono gélido.

Él se giró hacia ella, y Arden volvió a vislumbrar una sombra de impaciencia en los ojos azules, pero la prefirió a la angustiosa expresión vacía de antes.

—Quizás sería así, si no te enfadaras antes de tiempo y dejaras que me explicara antes de llegar a conclusiones precipitadas.

—Haces que parezca que soy una destructora de matrimonios sin escrúpulos.

—Maldita sea, ¿quieres escucharme? —Drew murmuró una palabrota y echó hacia atrás con gesto impaciente unos mechones que le caían sobre la frente—. Ha habido otras mujeres desde que Ellie murió, Arden, antes de conocerte.

—Cada vez me siento mejor.

Él frunció el ceño ante su tono sarcástico antes de continuar:

—Aventuras de una noche, mujeres sin nombre ni rostro que después me alegraba de no poder recordar —fue hasta ella y la miró a los ojos para enfatizar sus palabras—; no significaban nada para mí, nada —dijo, con un gesto cortante de la mano—. Mi deseo era una función fisiológica, nada más. Lo que hice con esas mujeres podría describirse en los términos más ordinarios, porque se redujo a eso. No sentí que había traicionado a Ellie, al menos a nuestro amor, porque para mí no existió ninguna implicación emocional.

Respiró hondo, y su pecho se expandió hasta rozar casi el de ella; su voz bajó tanto en tono como en volumen cuando admitió:

—Tú eres la primera mujer por la que me siento culpable.

La indignación de Arden se fue desvaneciendo, y se humedeció los labios nerviosamente.

—¿Por qué?

—Porque contigo sí que hay una implicación emocional; contigo no sería sólo... —buscó una palabra menos grosera, se encogió de hombros y dijo—: aparearse.

Tomándola de los hombros, la acercó hacia sí y añadió:

—Sería hacer el amor. Me estoy enamorando de ti, Arden, y eso es algo sorprendente para mí; de hecho, me siento consternado, y no sé cómo reaccionar.

Ella tragó el nudo que obstruía su garganta.

—Aún amas a Ellie —no era una pregunta, sino una simple afirmación.

—Siempre la amaré, formó parte de mi vida. Pero te juro que no estoy intentando reemplazarla contigo; sois muy diferentes, no tenéis nada en común. Por favor, no creas que porque pronuncié su nombre estando contigo había sobrepuesto su imagen a tu cuerpo. No estaba pensando en ella, estaba completamente inmerso en ti, sólo en ti.

Drew tomó el rostro de ella en sus manos y acarició sus pómulos con los pulgares.

—Es sólo que es la primera vez desde su muerte que mi corazón ha sido parte integral del acto sexual; pronunciar su nombre ha sido un reflejo condicionado, porque no había sentido esa conexión emocional y espiritual desde la última vez que estuve con Ellie. Y, por favor, no busques ninguna implicación freudiana.

—Mi reacción también ha sido un acto reflejo, has herido mi orgullo —dijo ella—; cualquier mujer habría sentido lo mismo.

—O cualquier hombre. No estoy quitándole importancia a mi error, sé muy bien que ha sido terrible. Sólo quería que supieras por qué ha sucedido. Por favor, dime que lo entiendes.

Arden no podía pensar cuando lo tenía tan cerca, así que fue hasta la puerta de cristal y miró hacia fuera. Se preguntó si Drew le estaría diciendo todo aquello si supiera quién era ella; ¿seguiría deseándola si le decía que era la madre de alquiler que habían contratado Ellie y él?, ¿cómo podía arriesgarse a herirlo y perderlo si le decía la verdad?

—Lo entiendo, Drew. Ellie y tú tuvisteis un matrimonio muy especial —dijo, y podría haber añadido «ella te amaba lo suficiente para permitir que otra mujer diera a luz a tu hijo».

—Sí, es verdad. Siempre fui fiel a mis votos matrimoniales —rió suavemente, y añadió—: Eso no siempre es fácil cuando uno está compitiendo; cada día surgen oportunidades, todo lo que uno desea está disponible.

Fue hasta ella, y apoyó el hombro en el marco de la puerta.

—Ellie viajaba conmigo cuando podía, pero no siempre; a veces yo necesitaba hacer el amor, y había multitud de mujeres dispuestas. Pero sabía que después me sentiría terriblemente mal, y por algo más que la culpabilidad de haber sido infiel; después de experimentar el sexo como parte del amor, no lo quería de ninguna otra manera. No quería que fuera sólo un ejercicio físico.

Mirándola a los ojos, admitió:

—No soy un santo, algunas veces estuve muy tentado; sobre todo si había jugado bien, si había ganado y quería celebrarlo. Con la adrenalina recorriendo mis venas, necesitaba... necesitaba hacer el amor.

Ella apartó la mirada, y contempló el movimiento incesante de las olas. En voz baja, dijo:

—Puedo entender que una cosa esté ligada a la otra, que tu resistencia física te dé más energía, que...

Aquella vez la risa de Drew fue sincera, y la tomó de la barbilla para hacer que lo mirara.

—Sé lo que está pensando, señorita Gentry.

—No estoy pensando en...

—Crees que, como estaba jugando bien el día que nos conocimos y tú estabas en la terraza, serena y tranquila e increíblemente tentadora, automáticamente quise acostarme contigo para quemar un poco de energía.

Arden se ruborizó, y se odió por ser tan transparente. Consciente de que había dado justo en el clavo, Drew sonrió aún más.

—Debo admitir que me atrajiste desde el primer día; he pensado muchísimo en hacer el amor contigo, sobre todo después de la primera cita. Tu apariencia era sofisticada e intocable, pero casi me volviste loco con aquel corpiño negro que se ajustaba a tus pechos como una segunda piel.

Ella dio un respingo de sorpresa, pero él continuó:

—Arden, aquí... —se tocó la cremallera de los pantalones—, he estado listo para hacer el amor contigo desde la primera vez que te vi. Aquí... —se tocó la sien—, sé que es hora de que vuelva a amar. Pero aquí... —dijo, indicando su corazón—, es donde tengo el conflicto.

—No eres el único —dijo ella, pasando junto a él al volver a entrar en la habitación—; ¿no se te ha ocurrido pensar que esto también puede ser diferente para mí?

—se volvió bruscamente hacia él, y añadió—: No salgo unos días de vacaciones con cualquier hombre que me lo pide.

Evitó mirarlo cuando admitió con tono más calmado:

—El único hombre con el que me he acostado ha sido mi marido, antes y después de que nos casáramos; y fue un matrimonio desastroso, en todos los sentidos.

Se atrevió a lanzarle una rápida mirada, y vio que él la escuchaba con atención, con los ojos fijos en ella.

—Entre nosotros no existía la clase de amor que Ellie y tú tuvisteis la suerte de compartir, y cuando el matrimonio terminó, le di todo mi amor a Joey. Cuando también lo perdí a él, me sentí vacía, carente de emociones, una cáscara sin alma. Hasta que.. —atrapó su labio inferior con los dientes, consciente de que no debía revelar demasiado, y dijo—: En fin, yo tampoco estoy dispuesta a jugar con mi corazón. He perdido a mis padres, a mi marido y a mi hijo. No sé si estoy dispuesta a arriesgarme a amar a nadie más.

—Y si la persona en cuestión es un estúpido tenista acabado con un hijo huérfano de madre, la perspectiva no es nada prometedora.

—No hables así de ti —dijo ella con fiereza—. No estás acabado, ni eres estúpido. Y Matt es...

Se detuvo en seco cuando vio la sonrisa en los labios de Drew.

—Acabas de delatarte, Arden. Te importo más de lo que quieres admitir.

Ella bajó la mirada, mortificada. Cuando volvió a levantarla, tenía los ojos arrasados en lágrimas.

—Tengo miedo, Drew.

Él fue hasta ella y la envolvió en sus brazos; su mano, grande y fuerte, acunó la cabeza de ella y la apretó contra su hombro.

—¿De qué?

«Tengo miedo de que, si descubres quién soy, no creas lo mucho que te amo; quería a mi hijo, pero ahora creo que te quiero aún más a ti, y eso no está bien, ¿verdad? No lo sé. No lo sé...».

—Tengo miedo de volver a amar.

Él se apartó lo justo para ver su rostro, levantó su mano entre sus cuerpos y la colocó sobre el corazón de ella.

—Tienes tanto amor para dar... puedo sentirlo aquí, intentando salir a la superficie. No tengas miedo de liberarlo.

Bajó la cabeza, acariciando la frente de Arden con los labios mientras su mano sostenía el pecho femenino y lo acariciaba con un movimiento circular.

—Dios, Arden, nos resultaría tan fácil amarnos, sería tan perfecto...

Sí, les resultaría muy fácil. Su cuerpo gravitaba hacia él con la misma naturalidad con la que un río fluía hacia una catarata. Y, de forma igual de peligrosa, Arden deseaba lanzarse por el acantilado de la conciencia y los principios.

Pero, ¿sería todo tan perfecto?, ¿seguiría él pensando lo mismo si supiera que su encuentro no había sido cosa del destino, que ella lo había planeado para conocer a su hijo?

Ahogando las llamas de deseo que ya estaban volviendo a cobrar vida, Arden puso los dedos sobre los labios masculinos cuando éstos se acercaron a su boca.

—No lo hagas, Drew, ahora no. Si alguna vez hacemos el amor, quiero que todo sea perfecto; con mi marido no fue así.

Antes de que pudiera añadir nada más, su boca la acalló. Era un beso que prometía que amarlo a él sería muy diferente a su experiencia anterior, y mucho mejor que incluso sus fantasías más salvajes. Cuando por fin Drew separó los labios de los suyos, Arden continuó con voz trémula:

—Hasta ese momento, tenemos que librar nuestra propia batalla; no quiero que me culpes por cualquier sentimiento de culpa que te quede en lo concerniente a Ellie.

—Tú no eres la culpable de nada, sino yo —susurró él contra su cabello.

Arden apartó su boca de la seductora persuasión de los labios masculinos.

—Sigamos siendo buenos amigos por ahora. Por favor.

Él suspiró, decepcionado, pero ella sabía que iba a aceptar. Con una sonrisa irónica, Drew dijo:

—Me lo estás poniendo muy duro —rozó la oreja de ella con la nariz, y añadió con voz pícara—: Por si no te has dado cuenta, la frase tiene un doble sentido.

—Sí que me he dado cuenta —contestó Arden con tono seco, y lo apartó con un suave empujón—. Ha sido de muy mal gusto.

—Ya te he dicho que no soy un santo.

—Entonces, será mejor que me vaya mientras mi virtud sigue intacta. ¿A qué hora entrenas mañana?

Acordaron encontrarse para ir a tomar un café antes de ir a las pistas; al llegar a la puerta, él agarró su cintura con ambas manos y la apretó con un gesto de posesión sin concesiones, mientras sus ojos azules recorrían lentamente sus pechos.

Ella fijó la vista en su cuello.

—Arden, ¿de verdad crees que vamos a ser sólo amigos?

Sus ojos trazaron la sensual forma de la boca masculina, y admitió:

—No.

—Yo tampoco —contestó él, con voz ronca de deseo.

A la mañana siguiente, la tensión se había desvanecido y la cordialidad reinó entre ellos; Drew la saludó alegremente con un ligero beso en los labios, y cuando llegaron a las pistas a la hora prevista, le presentó a su oponente; Bart Samson era un profesional retirado y quince años mayor que Drew, pero aún jugaba muy bien.

Arden se sorprendió de que hubieran elegido la cancha municipal, pero no hizo ningún comentario. Se sentó bajo el sol en las gradas, que estaban un poco destartaladas, y siguió el partido con interés. Se había llevado un bolígrafo y un bloc por si tenía ganas de trabajar en algún artículo, pero tomó muy pocas notas, ya que el soberbio juego de Drew concentró toda su atención.

—Gracias por el entrenamiento, Bart —le dijo Drew al hombre cuando se dirigían al aparcamiento, al acabar el partido.

El otro jugador se pasó una toalla por la cara y por la parte posterior del cuello antes de decir:

—Gracias a ti. Me has dado una paliza, pero ha sido fantástico —lanzó una rápida mirada a Arden, y añadió—: ¿Por qué no quedamos en Waialee mañana? Un sitio así

—señaló las pistas, que distaban mucho de ser perfectas–, no es adecuado para alguien de tu calibre. Todos en el club están deseando verte, Drew.

—Gracias, Bart, pero no. Aún no —tomó la mano de Arden, y dijo con tono gélido—: Si no quieres jugar conmigo aquí, lo entenderé.

—No me merezco eso —contestó el hombre con calma, y sin rencor—; nos vemos aquí mañana a las ocho —saludó a Arden con un gesto de la cabeza antes de entrar en su Mercedes y encender el motor.

Ya casi habían llegado al hotel cuando Arden dijo:

—Ellie y tú erais miembros del club de campo de Waialee, ¿verdad?

—Sí, ¿por qué? —preguntó él, apartando por un segundo la mirada del tráfico.

—Por nada, simple curiosidad.

Cuando se detuvieron en el siguiente semáforo, Drew se inclinó hacia ella.

—El que no quiera jugar allí no tiene nada que ver con Ellie o contigo, o con el hecho de que nuestros viejos amigos nos vean juntos. Estoy seguro de que todos se alegrarían de conocerte. No quiero ir porque la última vez monté un auténtico numerito, y aún no estoy listo para enfrentarme a ellos. ¿De acuerdo?

—No. Deberías ir y jugar con la cabeza bien alta, hablar con tus viejos amigos. No tienes nada de lo que avergonzarte, Drew.

Él la observó por unos segundos, admirando reticente la sabiduría de sus palabras, agradecido por su voto de confianza en él.

—Dame un beso.

—No.

—¿Porque estoy sudado y huelo mal?

—No, porque la luz está en verde desde hace unos treinta segundos, y los coches de detrás nos están pitando.

Tras murmurar una palabrota, Drew soltó el freno de mano y siguió conduciendo, frunciendo el ceño al oír las suaves risitas de ella. En cuanto abrieron la puerta de la suite, supieron que algo iba mal. Matt fue corriendo hacia su padre, con los brazos extendidos hacia él y lágrimas corriéndole por las mejillas. Drew se agachó y lo tomó en sus brazos.

—¿Qué demonios...?

—¡Señora Laani! —gritó Arden, atravesando corriendo la habitación al verla tumbada en el sofá.

La mujer tenía un brazo sobre los ojos y otro sobre el estómago, y gemía de dolor. Arden se arrodilló junto a ella, le tocó el brazo y preguntó con suavidad:

—Señora Laani, ¿está enferma?

—Me encuentro muy mal —gimió—; el niño tiene hambre y está mojado, pero...

Drew entró en su campo de visión, y la mujer exclamó:

—Lo siento, señor McCasslin, pero no puedo ponerme de pie. Mi estómago —volvió a cerrar los ojos.

Matt había dejado de llorar y estaba hipando contra el hombro de Drew.

—¿Llamamos al médico?, ¿cree que podría ser apendicitis?

—No, me extirparon el apéndice hace años; es... en casa de mi hermana, todos estaban enfermos con un virus, supongo que me contagié. No quiero que Matt enferme también.

Arden se conmovió por la preocupación de la mujer por el niño, y le dijo:

—A Matt no va a pasarle nada, pero ahora tenemos que hacer que usted se cure; ¿qué necesita?

—Es una *wahine* muy amable —dijo ella, apretando la mano de Arden—; gracias, pero lo único que quiero es salir de aquí para que ninguno de ustedes se contagie. Señor McCasslin, he llamado a mi hermana, para preguntarle si podía quedarme con ella hasta que me recupere; mi cuñado va a venir por mí. No me gusta fallarle así, pero...

—No se preocupe —volvió a intervenir Arden—, yo puedo ocuparme de Matt. ¿Cuándo vendrá su cuñado?

—Seguramente ya está abajo.

—Drew, pásame a Matt, le daré el desayuno mientras ayudas a la señora Laani a bajar al vestíbulo. ¿Es ésta su bolsa? Ten, llévasela tú.

—Sí, señora —dijo él, acatando sus órdenes; a pesar de su preocupación por su eficiente ama de llaves, que siempre había tenido una salud de hierro, sus ojos azules brillaban divertidos por cómo Arden había asumido el control de la situación.

Cuando volvió del vestíbulo, con ojos aún chispeantes, Arden estaba ayudando a Matt a comerse sus cereales; la señora Laani había llenado la pequeña nevera de la suite con zumos, leche, fruta y tentempiés para que el niño no tuviera que comer siempre en el restaurante. La dirección del hotel les había facilitado platos y cubiertos.

—¿Cómo está? —preguntó Arden.

—Bastante mal, pero aliviada por alejarse de Matt; el niño era su principal preocupación. Me ha dicho que, si sobrevive a las próximas veinticuatro horas, cree que todo irá bien.

—Sí, seguramente sólo es un virus inofensivo.

—Y, mientras tanto...

—Yo me ocuparé de Matt.

—No puedo dejar que lo hagas.

—¿Por qué, no confías en mí?

Él se llevó las manos a las caderas con exasperación.

—Claro que sí, pero no te pedí que vinieras para que hicieras de niñera.

Arden, que sentía una feliz calidez con su hijo en su regazo y Drew de pie allí, increíblemente atractivo en la sudada ropa de deporte, ladeó la cabeza y preguntó con picardía:

—¿Y para qué me pediste que viniera?

—Para conquistarte y convencerte de que te acostaras conmigo.

—Bueno, ¿podrías ducharte antes al menos? —rió ella.

Él bajó vista para mirarse, sonrió de oreja a oreja y dijo:

—Sí, ésa es una buena idea.

Cuando Drew salió de la ducha, ella ya había bañado y cambiado a Matt.

—Estaré lista en sólo unos minutos; voy a mi habitación, volveré enseguida.

Ella le había dicho que necesitaba unas cuantas cosas para el niño, y habían decidido salir a comprar.

—Quería hablarte de eso.

—¿De qué? —Arden se detuvo cuando estaba a punto de salir.

—De tu habitación. ¿No sería mejor que te vinieras aquí?

Ella lo miró con expresión recelosa.

—¿Mejor para quién?

La sonrisa de Drew la bañó con la calidez de la luz del sol.

—Para ti. Y para Matt, claro.

—Ah, sí, claro.

—Piensa en ello —dijo, encogiéndose de hombros con fingida indiferencia.

—Ya lo he hecho, y la respuesta es no.

Arden se reunió con ellos en el sitio acordado del vestíbulo diez minutos después, con un aspecto increíblemente bueno a pesar de haberse arreglado con tanta rapidez.

—Me gustan los pequeños corpiños ajustados que te pones —le dijo Drew al oído mientras le rodeaba los hombros con el brazo.

Matt iba caminando delante de ellos, orgulloso de su independencia.

—Esto es un vestido —sonrió ella.

—Sí, pero se parece al corpiño que llevabas aquel día en la comida; me encantó, porque...

—Porque está muy de moda.

—Porque se notan tus pezones cuando se contraen. Como ahora.

—No digas esas cosas —Arden intentó parecer indignada, pero no lo logró.

—Hace que me pregunte el color que tienen, y cómo será sentirlos contra mi lengua.

Ella soltó un sonido quejumbroso.

—Por favor, Drew, deja de hablar así.

—Muy bien. Lo haré, pero sólo porque dos marineros te están mirando de una forma que hace que desee machacarlos. Lo último que quiero es que vean esa mirada lánguida en tus ojos; es la invitación más obvia que he visto en mi vida, y un hombre tendría que estar muerto para no darse cuenta.

Cuando pasaron junto a los dos pobres hombres, lo único que le faltó fue gruñirles.

—También tienes unas piernas fantásticas —volvió a susurrarle al oído.

Arden se echó a reír.

Drew mostró su irritación cuando descubrió que la lista de la compra incluía un paquete de pañales.

—Le quedan muy pocos —le explicó ella.

—Quiero ir quitándoselos, pero la señora Laani dice que aún no está listo para aprender a usar el orinal.

—Y tiene razón; intentar enseñarle demasiado pronto puede llegar a ser traumático para el niño.

—Ya lo sé —refunfuñó él, y metió las manos en los bolsillos de los pantalones cortos azul marino, que se ciñeron contra los firmes músculos de sus muslos—. Pero es que parecerá un niño de forma oficial cuando podamos ir al baño juntos.

Ella alzó los ojos hacia el cielo.

—El ego masculino. Increíble. Le he cambiado los pañales varias veces, y lo he visto dos veces en la bañera. No hay duda de que es un *niño*.

—¿Crees que ha heredado algo de mí? —preguntó Drew, juguetón, con las cejas arqueadas.

Arden sintió que le ardían las mejillas, e intentó que la oyera por encima de sus carcajadas.

—Quizás aprenda antes si lo llevas de vez en cuando contigo al baño, a lo mejor así empieza a entender el concepto.

—Estás cambiando de tema.

—Sí.

Él le dio un beso sonoro, pero breve.

—Te haré caso, parece una buena idea. Debería haber pensado antes en ello.

Cuando regresaron al hotel, era hora de arreglarse para la comida con los padres de Ellie. Arden se sintió desconcertada al ver que habían trasladado sus pertenencias a la habitación que antes ocupaba la señora Laani.

—Recuérdame que felicite al gerente por la eficiencia del servicio —dijo Drew.

Arden se volvió hacia él y dijo:

—Drew, no voy a pasar la noche aquí contigo.

—Conmigo no, con Matt. Está en un sitio extraño, se sentirá mejor si hay alguien en la habitación durmiendo con él.

—Entonces, duerme tú con él.

Drew posó un dedo sobre los labios de ella.

—Eres demasiado lista —los ojos azules observaron cómo su dedo dibujaba la boca femenina, y él insistió—: Por favor. No pasará nada que tú no quieras, te lo prometo.

Finalmente, Arden cedió; de hecho, pasar la noche con su hijo era como un regalo para ella.

—Puedes venir con nosotros —repitió Drew por tercera vez cuando Matt y él estuvieron listos para irse.

Ella negó con la cabeza mientras peinaba los sedosos rizos del niño.

—No, Drew, no puedo hacerlo.

—No me importaría; de hecho, me gustaría que los conocieras.

Arden supo por la inflexión de su voz que para él era importante que lo creyera.

—Te lo agradezco, pero no quiero presentarme sin más y estropearles la visita. Sé que la esperan con impaciencia.

—Sí. Matt es su único nieto.

«Entonces, realmente no tienen ninguno, ¿verdad?», pensó ella para sí.

—¿Era Ellie hija única?

—Sí. Se trasladó al continente para esperar a que... naciera Matt. Ellos querían que lo... eh... que lo tuviera aquí, pero ella quiso dar a luz en Los Ángeles. En fin, cuando lo trajimos a casa, se mostraron entusiasmados. Esta noche se portará como un auténtico demonio, lo miman muchísimo.

Así que ni siquiera los padres de Ellie sabían que el embarazo había sido un montaje; ¿lo sabría alguien más, aparte de Drew y de ella? Y de Ron, por supuesto.

—¿Qué vas a hacer mientras estamos fuera? —le preguntó él.

—Trabajar en un artículo; le pregunté al conserje, y tienen una máquina de escribir que van a dejarme —Drew la había convencido de que no se llevara su portátil—. O puede que vaya a la piscina para broncearme un poco.

—Ponte algo recatado, no quiero que un desconocido con intenciones deshonestas crea que estás disponible y decida que quiere conocerte.

Ella se llevó los puños a las caderas.

—Así es como te conocí.

—Eso es lo que me da miedo.

La sensación de sentir el tórrido calor bañando su cuerpo era maravillosa; la brisa oceánica era fresca, y su piel, cubierta por una fina capa de loción bronceadora, estaba cálida bajo el sol de la tarde. Ignorando los sonidos de las risas de los turistas, de los niños jugando y de los escandalosos adolescentes, Arden sólo oía el murmullo de las olas. Su ritmo era tan hipnótico, que su cuerpo ondulaba casi con aquella cadencia.

¿Era el oleaje lo que provocaba aquella agitación en la parte baja de su cuerpo, o era el recuerdo de los besos de Drew, de sus manos acariciantes, de su lengua en su boca, saboreando su piel? Él le había mostrado un mundo de sensualidad desconocido para ella; hasta que lo conoció, había creído que aquella esfera existía sólo en la imaginación de poetas y soñadores, de los románticos que deseaban que la vida fuera mejor de lo que era. Pero aquel mundo de vista, tacto, sonidos, aromas y deseo apasionado existía de verdad, si uno tenía la suerte de encontrar la pareja adecuada con quien compartirlo. No era algo que pudiera experimentarse en soledad.

Arden había estado sola durante gran parte de su vida, pero en ese momento su mundo estaba tan lleno, que le daba miedo. Estaba con el hijo que aún vivía, *su hijo*, y lo quería tanto como había querido a Joey. Aprovechaba cualquier excusa para tocarlo, para apretarlo contra sí, para oler su increíble aroma, para maravillarse por su capacidad de razonar y por su destreza física.

Y amaba, con una pasión incluso mayor, al hombre que era su padre.

Arden sentía una mezcla de alegría y tristeza; alegría por haberlos encontrado, por amarlos, y tristeza porque no podían ser suyos. Había perdido a todas las personas a las que había querido, y también los perdería a ellos. Llegaría el día en que tendría que renunciar a ambos, pero hasta entonces, iba a disfrutar de su presencia.

—¡Ah! —con aquella exclamación, se incorporó de golpe en la toalla y topó con Matt, que cayó sobre su trasero en la arena.

—*Fío* —dijo el niño, riendo, y puso otro cubito de hielo sobre el estómago de Arden.

Ella dio otro respingo y encogió el estómago mientras le quitaba el cubo lleno de cubitos.

—Sí, está *fío*, pero aunque eres muy listo, no creo que hayas podido planear tú solo esta broma.

Se volvió y vio a Drew tras ella, sonriendo de oreja a oreja. El verlo allí con su bañador azul tuvo un efecto similar al de los cubitos: la dejó sin aliento. La brisa agitó el cabello rubio de él, haciendo que pareciera salvaje, rebelde y terriblemente masculino.

—Culpable de todos los cargos —dijo él.

—Eso pensaba.

—Pero Matt estaba encantado con la idea.

—De tal palo, tal astilla.

Él la rodeó, y se sentó en un extremo de la toalla; Matt estaba en la orilla, pisando tentativamente las olas.

—Creo que te dije que te pusieras algo recatado; si ésta es tu idea de lo que eso significa, necesitas comprarte un diccionario.

Para llevarle la contraria, Arden había elegido su bikini más provocativo. Era un conjunto a ganchillo de algodón negro, forrado de un material color carne; la parte superior estaba formada por dos triángulos unidos por hilos trenzados, y la inferior era diminuta y se estrechaba a ambos lados de sus caderas hasta formar una sola hebra.

—No voy a permitir que me digas lo que tengo que hacer; además, nadie me ha molestado... hasta ahora —añadió deliberadamente.

—¿Te estoy molestando?

El tono seductor de la voz de Drew y la forma en que sus ojos acariciaron todas las zonas erógenas de su cuerpo hicieron que los sentidos de Arden se desbocaran. Antes de que ella pudiera encontrar una respuesta adecuada, alguien lo llamó desde la pared baja de ladrillos que separaba la piscina del hotel de la playa.

—¡Drew! ¡Drew, eres tú?

Él recorrió el gentío con la mirada para ver quién lo llamaba, y Arden vio una mezcla de irritación y cautela en su expresión cuando identificó al hombre. Con poco entusiasmo, levantó la mano y saludó; se volvió hacia ella, y le dijo:

—Ahora vuelvo. ¿Te importaría cuidar de Matt?

—Claro que no —contestó ella, más preocupada por la sombra que oscurecía el rostro de él que por el activo niñito.

Drew maldijo mentalmente mientras avanzaba por entre los bañistas hacia los peldaños que subían a la terraza que rodeaba la piscina. De toda la gente que podía haberlo visto... la última persona con la que quería encontrarse. Jerry Arnold, el director del programa tenístico del club de campo de Waialee.

—Hola, Jerry —dijo, y extendió la mano hacia el hombre.

—Drew... vaya, me alegro de verte, hombre —estrechó su mano con entusiasmo—; tu aspecto ha mejorado mucho desde la última vez que te vi.

Drew sonrió con ironía y contestó:

—Bueno, eso no es decir gran cosa, ¿verdad? La última vez que me viste, me tenías agarrado del cuello y me sacabas a rastras de los vestuarios, diciéndome que no volviera. No estaba tan borracho como para no recordarlo.

Jerry Arnold era bastante más bajo que Drew, y mucho más corpulento; había jugado en el circuito profesional, pero había sabido antes de que nadie se lo insinuara que no era lo suficientemente bueno para jugar a un nivel competitivo. Había renunciado a sus sueños con deportividad, y se había conformado con lo más parecido: trabajar con los tenistas.

—Lo siento, Drew, no me dejaste otra opción.

—No te culpo, Jerry; deberías haber roto mi carné de socio y haberme dado una buena paliza.

—No podía —dijo el hombre, sonriendo, y se frotó la mandíbula—. Tienes un gancho de derecha muy peligroso.

Drew rió entre dientes.

—Me comporté de forma violenta y abusiva. Lo siento.

—Y yo también; detesto ver cómo un talento como el tuyo se desperdicia —lo miró con atención, y comentó—: He oído algunas cosas muy interesantes.

—¿Sí?

—Estás recuperando tu nivel de juego.

—Sí.

—Pruébalo.

Drew había seguido observando a Arden y a Matt jugando en la arena; ella tenía unos muslos hermosos, y la curva de su trasero era increíble. Hizo falta un osado desafío como el de Jerry para que sus ojos y su atención se apartaran de ellos.

—¿Qué has dicho?

—Que pruebes que estás recuperando tu nivel de juego.

—¿Cómo?, ¿volviendo al club? Bart Samson ya me lo ha pedido esta mañana, y me he negado.

—Volviendo al club... y jugando un partido de exhibición. Mañana.

Drew sintió que se le secaba la boca, y en un gesto involuntario apretó las manos en puños similares a los nudos que se le estaban formando en el estómago.

—No puedo —susurró, aterrado.

—Sí que puedes. Te necesito, se suponía que McEnroe iba a venir a jugar un partido benéfico contra la distrofia muscular, a cincuenta dólares por cabeza, pero se lesionó el pulgar en...

—Lo sé, lo leí en la prensa.

—El caso es que su entrenador dice que nada de juego, ni siquiera una exhibición; te necesito, amigo, y tú necesitas este partido.

—Y un cuerno.

—Y un cuerno que no. Tienes que empezar alguna vez, Drew; demuestra a todos los que no tenían fe en ti que puedes volver a llegar al número uno.

—Este año no, quizás el próximo —detestaba cómo se le retorcían las entrañas, cómo sus manos resbalaban de sudor, el amargo sabor del miedo en su boca.

—Como te he dicho, tienes que empezar alguna vez; he hablado con Bart, y me ha dicho que estabas aquí. También me ha confesado que le has dado una paliza esta mañana, que fue incapaz de devolver la mitad de tus servicios.

—¿Qué eres, una animadora? ¿Me estás pidiendo que juegue porque necesitas a alguien que te saque del apuro, o porque realmente te interesa mi carrera y mi posible regreso?

—Por las dos cosas —miró el rostro tenso de Drew sin parpadear ni ceder ni un ápice; estaba siendo brutalmente honesto con él, y Drew debería al menos valorarlo.

Drew fue el primero en apartar la mirada.

—No estoy seguro, Jerry.

—Mira, si pensara que ibas a salir a la pista para hacer el ridículo, no te lo pediría, por el bien de ambos; has recuperado la cordura, veo que estás con una chavala nueva, así que...

—No es una «chavala» —espetó Drew entre dientes.

Las cejas de Jerry expresaron lo mucho que le sorprendió su encendida defensa, y miró a la mujer en la playa. Estaba jugando con el hijo de McCasslin. Los ojos de Jerry volvieron a posarse en Drew, que seguía indignado.

—Lo siento, no pretendía ofenderte —su rostro reflejó una ansiedad genuina—. Drew, me tiene sin cuidado con quién sales, y me alegro de que alguien o algo te haga volver al lugar que te corresponde: entre los mejores.

Drew permitió que los músculos de su cuerpo se relajaran; lo asombraba su actitud posesiva y protectora hacia Arden, por un momento había hecho que dejara de lado toda sensatez. Había estado a punto de matar a Jerry por faltarle al respeto. En ese momento, se dio cuenta de la profundidad de sus sentimientos hacia ella, y se sintió eufórico y lleno de confianza.

—¿Quién juega?

—Teddy Gonzales.

Drew soltó una palabrota muy explícita.

—Gracias, Jerry —suspiró pesadamente, sintiendo cómo se extinguía la chispa de optimismo.

—Sí, lo sé, es tu principal rival.

—Y once años más joven que yo, con once años más de resistencia.

—Y tú tienes once años más de experiencia. Es demasiado emocional, Drew, completamente pagado de sí mismo. Planea tu estrategia, juega con sus emociones —Jerry le dirigió una aguda mirada, y le preguntó—: ¿Estás asustado?

Drew eligió una expresión bastante grosera para dejarle claro lo asustado que estaba, y Jerry se echó a reír.

—Bien, eso hará que juegues mejor. Dime que cuento contigo, Drew; tú necesitas este partido mucho más que yo, si no lo creyera así, no te habría dicho nada. Te juro que es cierto.

—Gracias, Jerry.

Se miraron por unos segundos, con honestidad y camaradería, y entonces Drew buscó la esbelta forma de Arden con los ojos. Justo en ese momento, ella se volvió hacia él y le sonrió. Matt se cayó en la arena, y ella lo ayudó a levantarse.

—¿Puedo responderte esta noche?

—Claro, te llamaré a eso de las ocho —aferró el hombro de Drew y le dio un apretón—; espero que digas que sí —se había alejado ya unos pasos cuando se detuvo y añadió—: Ah, y por cierto, la dama es muy guapa.

Drew volvió a la toalla y se dejó caer en ella. Alborotó el pelo de Matt, y lo abrazó con fuerza antes de dejar que el niño volviera a la orilla. Sólo entonces miró a Arden. Dios, era hermosa, sólo con mirarla lo inundaba una seguridad que reemplazaba al miedo; si la miraba el tiempo suficiente, ¿desaparecería del todo?

—¿Era un amigo tuyo? —preguntó ella con suavidad.

—No estoy seguro.

Ella no insistió, pero Drew pudo ver la pregunta en sus ojos verdes.

—Quiere que juegue un partido benéfico en Waialee, en contra de la distrofia muscular; mañana, frente a Teddy Gonzales.

—¿Has aceptado?

—¿Crees que debería hacerlo?

—Por supuesto.

7

Él quería que lo convenciera, y Arden lo sabía; cuando volvieron de la playa, estaba muy nervioso, incapaz de quedarse quieto; mientras ella bañaba a Matt para quitarle la arena, Drew se paseaba de un lado a otro de la habitación.

—No sé si estoy listo.

—A lo mejor no lo estás.

Haría de abogada del diablo; si intentaba animarlo, él seguiría resistiéndose con obstinación, y refutaría todos los comentarios positivos que ella hiciera. Y, si perdía el partido, podría culparla a ella por haberlo convencido de que jugara.

—Por otra parte, no lo sabré hasta que empiece a competir de nuevo, ¿verdad?

—Verdad.

—Pero es *mañana*, ¿por qué no podía ser la semana que viene?

—Sí, es una lástima que no sea así, tendrías siete días enteros para preocuparte.

No estaba escuchándola realmente, o habría notado su tono cáustico; mientras caminaba de acá para allá con el ceño fruncido, Drew se iba dando golpecitos en los dientes con la uña del pulgar.

—Pero si tuviera una semana para pensar en ello, probablemente acabaría echándome atrás.

—Probablemente —dijo ella, escondiendo una sonrisa.

—Quizás sea mejor que tenga que tomar una decisión rápida.

—Sí, quizás.

Drew la siguió cuando ella llevó a Matt a la habitación para vestirlo.

—Tendré que llamar a Ham; ha estado insistiendo durante meses en que empiece a jugar, aunque sea en partidos no oficiales, pero a lo mejor no cree que ésta sea una buena idea.

—No, a lo mejor no lo cree.

—Pero tendría que comentárselo, de todas formas —dijo él mientras iba hasta el teléfono—; lo llamaré ahora mismo.

Su entrenador se mostró encantado, y le dijo que intentaría tomar un avión desde Los Ángeles para llegar a tiempo de ver el partido.

—Pero sería contra Gonzales...

Drew había pedido un suculento filete, pero no había comido casi nada; Arden había pedido por Matt y por ella cuando quedó claro que él estaba demasiado preocupado para hacerlo.

—La última vez que jugué contra él, se rió de mí. El malnacido se volvió hacia el público en las gradas, abrió los brazos de par en par *y se echó a reír*.

Si Drew quería compasión, tendría que buscarla en

otro sitio; lo último que él necesitaba en aquel momento era que lo protegiera.

—Es una lástima que no sea alguien menos intimidante que Gonzales; si fuera así, los periodistas deportivos dirían que estabas haciendo lo que debías, empezando poco a poco, que no intentabas abarcar más de lo que podías.

—Dirían que soy un cobarde —dijo él, y tras ensartar un trozo de carne con el tenedor, lo meneó frente al rostro de Arden mientras añadía—: No, quizás sea bueno que sea Gonzales; al menos, no podrán decir que tengo miedo de jugar.

Sus ojos se encendieron con un brillo vengativo, pero cuando se dio cuenta de la sonrisa satisfecha de Arden, su expresión se suavizó y dejó el amenazador tenedor en el plato.

—¿A qué hora va a llamarte tu amigo para saber tu respuesta? —preguntó ella.

—A las ocho en punto.

—Entonces, será mejor que volvamos a la suite —dijo, mientras limpiaba el puré de patatas de la boca de Matt.

Habían cenado pronto en deferencia al horario del niño, y en cuanto volvieron a sus habitaciones, el cansancio del agitado día se hizo sentir y Matt estuvo más que listo para irse a dormir. La mente de Drew siguió inmersa en su dilema mientras ayudaba a Arden a acostar a su hijo.

Cuando regresaron al saloncito, el teléfono estaba sonando, y Drew se quedó helado; se quedó mirando el aparato por unos segundos, antes de atravesar la habitación con paso decidido y descolgar.

—¿Sí? —dijo bruscamente—, ah, hola, señora Laani.

Arden vio cómo los hombros de él se hundían con alivio, y sintió que los suyos se relajaban.

—Me alegra oírlo; la hemos echado de menos, aunque a Arden se le da muy bien controlar a Matt —la miró por encima del hombro y le guiñó el ojo—; bueno, si está segura de que está mejor, pero no hace falta que se apresure por nosotros... no, no hay ningún problema. De hecho, a lo mejor juego un partido mañana, así que me iría bien que alguien se ocupara de Matt... de acuerdo... sí, descanse esta noche, y nos veremos mañana.

Colgó el teléfono, y explicó:

—Dice que puede volver mañana mismo, así que vendrá temprano para llevar a Matt de compras; su hermana los llevará en su coche.

Arden sintió una punzada de decepción, ya que le habría encantado ir de compras con el niño; habría sido una gran experiencia comprar ropa para su hijo, pero no iba a poder hacerlo. Además, si Drew jugaba el partido, y estaba segura de que lo haría, ella quería estar presente.

—Voy a acostarme ya, Drew.

Él dejó de pasearse y la miró con asombro.

—¿Ahora? Ni siquiera son las...

—Lo sé, pero necesitas estar a solas para pensar.

Él cruzó la habitación y le rodeó la cintura con los brazos.

—Me he estado comportando como un lunático desde que hablé con Jerry; lo siento, no pretendía ignorarte. No estás enfadada, ¿verdad?

—¡Claro que no! Ten un poco más de confianza en mí, Drew; estás intentando tomar una decisión muy importante, es normal que estés distraído.

—Pero no quiero distraerme de ti —susurró él, mientras acariciaba el cuello de ella con la nariz—. Me vendrán bien tus consejos y tu apoyo, quédate conmigo.

—No. Nadie puede ayudarte a tomar esta decisión.

Ella sabía muy bien lo que era tener que tomar decisiones de vital importancia; la noche que había pasado despierta hasta el amanecer, intentando decidir si tomar parte o no en los planes de Ron, había sido la más larga y terrible de su vida. Ella había soportado el peso de aquella responsabilidad, y en ese momento, nadie podía tomar la decisión por Drew. Además, se negaba a ser su muleta; tenía que hacerlo solo, o no conseguiría volver a levantarse.

—¿Qué debería hacer, Arden? —preguntó él, con el rostro enterrado en su cabello.

Ella lo apartó y preguntó:

—¿Quieres volver a jugar al tenis de forma profesional?

—Sí, hasta que pueda retirarme estando entre los mejores, y no porque esté acabado; las carreras en el circuito profesional suelen ser cortas, siempre surge alguien más joven y mejor, y lo tengo asumido. Pero quería retirarme a pleno rendimiento, no haciendo el ridículo.

—Entonces, creo que sabes lo que debes hacer.

—Debo jugar —su boca se curvó en una gran sonrisa—, voy a jugar.

El teléfono volvió a sonar, y esa vez no había ninguna duda de quién llamaba.

—Buenas noches —dijo Arden antes de entrar en su habitación y cerrar la puerta tras ella.

No pudo entender lo que Drew decía al teléfono, pero notó la seguridad en su voz; sonriendo, tomó el bloc y el bolígrafo y empezó a tomar notas para el artículo que iba a escribir para la sección culinaria de *Los Angeles Times*, sobre recetas polinesias sencillas.

Cuando Arden despertó, la cuna de Matt estaba vacía; se incorporó y parpadeó varias veces, intentando orientarse. Apartó las sábanas, fue a la ventana y echó un vistazo; aún no había amanecido, y el océano en calma era un reflejo rosado y violáceo del cielo.

La puerta de la habitación estaba abierta, y atravesó de puntillas el saloncito hasta el otro dormitorio, que tenía la puerta entreabierta; la luz del amanecer teñía de rosa la habitación, que a diferencia de la que había compartido con Matt, no tenía dos camas individuales, sino una de matrimonio. Matt estaba acurrucado contra su padre, y ambos dormían profundamente.

Impulsada por algo más poderoso que el sentido común o la prudencia, Arden entró en la habitación y se acercó a la cama; Matt estaba en el lado opuesto, y su trasero, que parecía regordete y desproporcionado por el pañal, descansaba contra el pecho de su padre. El niño roncaba suavemente a través de los labios entreabiertos.

Drew rodeaba con el brazo a su hijo; la mano que descansaba frente al pecho de Matt era grácil y elegante, de largos dedos, y la tenue luz matinal enfatizaba el vello dorado que cubría el brazo, que incluso en reposo tenía una apariencia poderosa.

Los ojos de Arden se empañaron de lágrimas ante la oleada de emoción que sintió al recorrer con la mirada aquel brazo, hasta los anchos hombros de él; estaba de espaldas a ella, y admiró la belleza de la parte posterior de su cuerpo. Ansiaba recorrer aquella superficie bronceada y musculosa con los dedos, con los... ¿labios?

La mirada de Arden descendió por su espalda hasta la estrechez de su cintura; a través de la sábana que lo cubría, podía apreciarse ligeramente la silueta de sus glúteos. Su bronceado debajo de la cintura era sólo un poco más claro que en el resto de su cuerpo, y se estremeció por las sensaciones que recorrieron su cuerpo al imaginarlo tomando el sol desnudo.

Su cabello era un amasijo rubio sobre la almohada; Arden rodeó la cama para observar su rostro, y admiró aquella nariz perfecta, la boca sensual y la barbilla que transmitía una masculina autoridad. Tenía unas pestañas largas y tupidas, más claras en la punta que en la base, que era casi negra. Era un rostro que atraía a las mujeres, conocieran su reputación o no.

Cada vez que salían, Arden sentía las miradas de envidia; ojos codiciosos observaban al hombre, a la mujer a su lado y al niño entre ellos, y ella sabía que pensaban que eran una familia. Lo eran desde el punto de vista biológico, pero nada más...

Al recordar que era una intrusa, Arden se volvió silenciosamente, y había caminado dos pasos antes de que un tirón en el camisón la detuviera. Se giró alarmada, y vio que Drew estaba despierto; se había dado la vuelta y estaba de cara al borde de la cama, agarrando con una mano el dobladillo del camisón.

Los ojos azules parecían adormilados, perezosos, igual que sus movimientos cuando lentamente fue envolviendo la tela en su puño, reduciendo la distancia que los separaba hasta que las rodillas de Arden dieron contra el colchón. Aunque Drew aferraba la tela con fuerza, eran sus ojos los que la tenían atrapada; su mirada le arrebató la capacidad de moverse mientras con su mano libre él apartaba la sábana.

La respiración de Arden se volvió entrecortada; los latidos de su corazón, fuertes e irregulares, retumbaban en sus oídos; sintió las extremidades aprisionadas en una lasitud plomiza más poderosa que unas simples cadenas, y sin embargo se sentía pletórica, llena de energía.

Drew se sentó en el borde de la cama con un ágil movimiento, sin importarle lo más mínimo su desnudez; sus ojos seguían fijos en los de Arden, y ninguno de los dos parecía capaz de apartarlos.

La colocó entre sus rodillas abiertas, presionando con sus duros y cálidos muslos la parte exterior de los de Arden. Ella cedió a un impulso que había sentido desde que lo conoció, y levantando una mano, dejó que sus dedos se enredaran en su cabello. Él la dejó hacer durante unos segundos, pero finalmente tomó su mano y la llevó hasta sus labios.

Al principio, el beso fue tentativo, un simple roce contra su palma; pero cuando su lengua hizo cosquillear la sensibilizada piel, Arden se estremeció. Su mano pareció arder con las caricias de aquella boca, y el fuego desencadenó en su interior una explosión de nuevas sensaciones.

Drew mordisqueó y besó cada uno de sus dedos, sus muñecas, y una oleada de calor recorrió los brazos de Arden hasta llegar a sus pechos, que doloridos por el deseo, llenaban y desbordaban el corpiño de encaje del camisón.

Tras contemplarlos con admiración, Drew los cubrió con sus manos, y cuando la piel de ambos se tocó a través de la delicada tela, un fuego descontrolado arrasó el cuerpo de Arden. Él la acarició con ternura hasta que los pezones se endurecieron, se inclinó hacia delante y los rozó con los labios; entonces posó la cabeza sobre aquellos pechos exuberantes, acurrucándose contra ellos, inhalando su cálido y adormilado aroma. Bajó la cabeza aún más, y la apretó contra el estómago de ella.

Drew le puso una mano en la espalda, y fue tomando un puñado de tela cada vez mayor hasta que el camisón se convirtió en una reveladora funda de nylon que se ajustaba a su cuerpo y la hacía sentirse más expuesta que si estuviera desnuda. Los ojos azules la recorrieron, llameantes, y al descubrir la hendidura del ombligo femenino lo besó, delineando apasionadamente el pequeño cráter con la lengua.

Arden vio cómo la mancha húmeda en el camisón iba creciendo mientras él seguía besándola allí, y sintió que le flaqueaban las rodillas. Sus manos, que se habían aferrado a los hombros de él, se enredaron en su cabello mientras la cabeza masculina seguía bajando por su cuerpo.

Arden contuvo el aliento para impedir que un gemido de placer escapara de sus labios cuando él trazó con el dedo índice el surco diagonal sobre su muslo; echó hacia atrás la cabeza, y se arqueó instintivamente contra él cuando acarició de igual forma la otra pierna. Entonces besó el punto donde ambos surcos se encontraban, y ella sintió que los cimientos de su mundo se derrumbaban y la dejaban suspendida en el vacío sin ningún punto de apoyo. Agarrándose al cabello de él, exclamó su nombre con un sollozo.

Drew soltó el camisón, se levantó y metió la mano en

la cabellera de Arden; su boca se abatió sobre la de ella con pasión, pero la lengua masculina le hizo el amor con lánguidos movimientos y una sorprendente templanza.

La tomó en sus brazos y la llevó a través del saloncito hasta la otra habitación; Arden podía sentir su miembro excitado contra la cadera, lo había visto, descansando en un nido dorado. Como todo lo que tenía que ver con aquel hombre, también aquello era magnífico.

Arden sabía que el acto sería algo excepcional, pero era consciente de que no podía permitírselo. Lo deseaba, cada célula de su cuerpo clamaba por una liberación de aquella fiebre que la atormentaba; deseaba que Drew llenara aquel vacío que crecía cada vez que se tocaban. Sus pechos anhelaban la suave succión de sus labios, las caricias de su lengua, pero aquél no era el momento adecuado. Si hacían el amor, el resultado podría ser desastroso para ambos.

Ajeno a sus dudas, Drew la dejó de pie al lado de la cama y empezó a acariciarla de nuevo; sus manos se cerraron sobre su trasero, y la atrajo hacia su cuerpo. Arden quería restregarse contra él, pero resistió el impulso.

Había tantas razones por las que no podían hacerlo en ese momento... ¿afectaría hacer el amor a su juego en el partido de aquella tarde?, ¿qué pasaría si el acto le recordaba a Ellie? Si hacer el amor con ella no era tan satisfactorio como lo había sido hacerlo con su mujer, ¿se sentiría mortificado después? Y si era mejor, ¿se sentiría culpable? Fuera como fuese, Drew estaría pensando en ello, y no en el partido.

Y después, cuando ella le confesara quién era, él creería que había vendido su cuerpo para estar con su hijo. No, no podía hacer el amor con él hasta que él lo supiera todo. Y, ¿qué pasaría si lo hacían? Si después él ganaba el partido, quizás le agradeciera su ayuda y la mandara de vuelta a casa. Y si perdía, a lo mejor la culpaba a ella por distraerlo. En ambos casos, lo perdería, perdería a Matt.

No, no, no... no podía arriesgarse, a pesar de que lo deseaba desesperadamente.

—Eres hermosa —murmuró él contra su cuello, mientras le bajaba los tirantes del camisón—. Estaba soñando contigo, me desperté deseándote y te encontré inclinada sobre mí, mirándome mientras dormía. Dios, Arden...

—Drew, no... eh...

Le estaba besando los pechos, bañándolos con su lengua.

—No, por favor —le puso las manos y le empujó, pero él no se inmutó siquiera.

—Eres tan hermosa... —susurró, y tomó un pecho en la mano para llevarlo hasta su boca y acariciar el pezón con sus labios—; lo sabía. Deja que vea todo tu cuerpo —dijo con voz ronca, mientras intentaba bajar del todo el camisón.

—No —dijo ella entre dientes, y se apartó de él. Consiguió alcanzar la resbaladiza tela, e intentó volver a colocar los tirantes en su sitio—. No —repitió con más suavidad, mirándolo con cautela. Drew se tambaleaba un poco y sus ojos estaban desenfocados, era obvio que aún no había asimilado lo que ella le estaba diciendo.

—¿No? ¿Qué quiere decir eso?

Arden se humedeció los labios y entrelazó las manos frente a ella; ya lo había frustrado una vez, y las repercusiones no habían sido agradables.

—No creo que debamos... que debas... ya sabes, antes de un partido...

Él se echó a reír, dio un paso hacia ella y trazó con un dedo la curva de su mejilla.

—Si eso fuera cierto, habría muchos menos deportistas. Arden...

—No, Drew, por favor —dijo, zafándose de la mano que él había puesto en su cadera.

—¿Qué es lo que te pasa?

Por primera vez, Arden detectó un matiz áspero en su voz, que sonaba tensa con creciente impaciencia.

—No me digas que no te apetece, sé que no es verdad.

Bajó la mirada hacia sus pezones, y Arden sintió el rubor acalorado que se inició en aquel punto de su cuerpo y se extendió por su pecho y su cuello como tinta derramada.

—¿Por qué entraste a hurtadillas en mi habitación, si no querías hacer el amor?

La enfurecieron tanto el arrogante gesto de su barbilla como el autoritario tono de su voz.

—Estaba buscando a Matt; me preocupé al despertar y ver que no estaba.

—Sabes que a veces se sale de la cuna; además, supiste que estaba conmigo con un simple vistazo, no era necesario que te quedaras junto a la cama cinco minutos con la respiración agitada.

—Con la respiración... eres... yo...

—Admítelo; si yo te hubiera encontrado desnuda en la cama, también habría tenido dificultad para respirar. No es ningún secreto que nos atraemos sexualmente, así que, ¿cuál es el problema?

—Ya te lo he dicho, no creo que sea una buena idea, esta tarde tienes que jugar.

—¿Por qué?, ¿tienes miedo a comprometerte antes de

saber si vas a acostarte con un ganador o con un perdedor?

La inundó una fiera oleada de indignación que le erizó los pelos de la nuca, y lo abofeteó en la mejilla con todas sus fuerzas. El silencio que siguió reverberó en la habitación hasta que Arden recuperó el suficiente control para decir:

—Eso ha sido injusto, Drew. Cruel, egoísta e injusto.

—Usted tampoco ha sido muy justa conmigo, señorita Gentry —siseó él—. Pasar de comportarte como una ninfómana a ser una gélida y ofendida virgen vestal en menos de un segundo, y hacerlo no una, sino dos veces, no es jugar limpio.

Arden temblaba de furia.

—Bueno, entonces está claro que ninguno de los dos está disfrutando del juego.

—Estoy empezando a creer que sólo es eso para ti, un juego. ¿Qué se oculta tras esta farsa?

Se estaba acercando tanto a la verdad, que la atenazó el pánico; lo miró sin decir nada, aterrorizada de que de alguna manera inexplicable él descubriera la verdad. Tardó un momento en darse cuenta de que el golpeteo que resonaba en la suite no era su corazón, sino alguien llamando a la puerta.

Drew se volvió, tomó una toalla del baño, se la colocó alrededor de la cintura y fue a abrir. Era la señora Laani. Arden se apresuró a entrar en el cuarto de baño antes de que la mujer la viera, y recogió sus pertenencias de la habitación de Matt en cinco minutos; al salir, se encontró a la señora Laani sola en el saloncito, mirando la televisión hasta que el niño se despertara, y oyó el sonido de la ducha de Drew.

—Me alegro de que se encuentre mejor —dijo con una sonrisa forzada mientras iba hacia la puerta; la mujer era muy habladora y por lo general entrañable, pero Arden no creía poder soportar su cháchara aquella mañana—. Dígale a Drew que le deseo buena suerte en el partido.

—Pero, señorita Gentry, él...

—La veré después.

Entró en la relativa seguridad de su habitación, se duchó y se puso rápidamente un vestido ligero, tomó el sombrero de paja y las gafas de sol, y en menos de quince minutos ya se había ido. Pasó la mañana centrada en el artículo que estaba escribiendo, entrevistando a chefs de varios restaurantes de renombre, pero no pudo evitar mirar con frecuencia su reloj de pulsera.

Drew tenía razón, no había jugado limpio; no debería haberlo alterado antes del partido. Pero lo que él ignoraba era que no había jugado limpio desde el principio; debería haberle dicho la verdad, haberle dicho quién era, en cuanto lo conoció. En vez de eso se había infiltrado en su vida, tanto la personal como la profesional. Ella no tenía un sitio en ninguna de las dos.

Pero se había enamorado tan profundamente de él... ése era el factor con el que no había contado. Desesperada, se preguntó qué era lo que iba a hacer.

Al mediodía se tomó un descanso, entró en una cafetería y pidió un bocadillo, que no tocó, y un vaso de té helado, que se fue aguando a medida que los cubitos se iban deshaciendo.

No le quedaba otra opción que marcharse, dejar a Drew y a su hijo. ¿Para qué la querían? Drew la deseaba, pero seguía amando a su mujer, y ella no podía conformarse con aquello. Había vivido durante años con un hombre que no la quería; si alguna vez vivía con otro, no sería una relación unilateral. No volvería a pasar por lo mismo.

Matt era un niño feliz, bien integrado y sano que tenía en la señora Laani una figura materna; Drew estaba resurgiendo de su exilio, iba a volver al tenis profesional y era un buen padre. Ella sólo llevaría el caos a sus vidas.

Ya tenía lo que había querido en un principio: sabía quién era su hijo. A lo mejor podría llamar a Drew periódicamente, en calidad de amiga, para saber cómo estaba Matt. Quizás incluso él fuera a verla alguna vez al continente con el niño.

Drew creería que se había ido por su pelea de «enamorados», y era lo mejor; si iba tras ella, ésa podía ser su excusa, que las cosas no habían funcionado. «Lo siento, Drew, pero estas cosas suceden, ya sabes cómo es. Pero me gustaría seguir siendo tu amiga, saber cómo os va a Matt y a ti». Sí, era mejor que se fuera antes de que él se enterara de la verdad.

Salió de la cafetería totalmente decidida: iba a volver a Maui. Sólo le quedaba un artículo por escribir, así que podría estar en California en menos de una semana. Miró su reloj, y siguiendo un impulso, llamó a un taxi. Le quedaba una cosa por hacer.

—Al club de campo de Waialee —le dijo con tono firme al conductor.

Los espectadores estaban en completo silencio, todo el mundo contenía el aliento. La tensión acumulada y la ansiedad eran casi palpables. Hacía mucho calor, pero nadie parecía notarlo; la atención de todos estaba centrada en la cancha.

Los dos jugadores estaban completamente inmersos en el partido, tan ajenos al calor y a sus ropas sudadas como a la multitud. Ambos habían ganado un set, y ya estaban en el tercero y definitivo; iban cinco juegos a cuatro, con ventaja de Gonzales. Le tocaba servir, así que si ganaba aquel juego, ganaría el partido.

Al salir a la pista, la multitud lo había aclamado; su atractivo moreno y latino contrastaba con la blancura de su amplia sonrisa. Era un campeón, y se comportaba como tal; se mostró altivo y pagado de sí mismo cuando estrechó la mano de su oponente en la red, pero su actitud cambió radicalmente al ganar el primer set por una mínima ventaja de seis a cuatro, y perder el segundo siete a cinco.

Ya no estaba tan preocupado por agradar a la multitud y posar para los fotógrafos; estaba intentando ganar el juego, y le estaba costando lo suyo.

Se levantó de puntillas y lanzó un potente servicio que entró dentro. Su adversario restó con fuerza, y hubo un intenso intercambio de golpes. Gonzales metió una bola justo en la esquina, y ganó el punto.

—Quince a nada —dijo el juez de silla.

Arden tragó con dificultad y se secó las manos en la falda del vestido, que ya estaba húmeda; era una ropa ancha y cómoda, y se alegró de no haberse puesto algo más restrictivo. Aunque parte del sudor que le caía por el estómago y los muslos era debido al calor, en su mayoría se debía a los nervios.

Jerry Arnold se había acercado a ella en cuanto bajó del taxi, y le dijo que Drew le había pedido que la llevara al asiento que había reservado para ella.

—Su entrenador está con él —le había dicho el hombre

con voz alegre, aunque ella no le había preguntado nada–; es como en los viejos tiempos. Está tranquilo, pero lo he notado enfadado; eso es bueno. En fin, quería asegurarse de que estabas aquí; si necesitas algo, dile a algún empleado que me llame.

–Gracias –dijo Arden, un tanto confusa. ¿La esperaba a pesar de la discusión de aquella mañana? ¿Y con quién estaba enfadado?, ¿con ella?

Cuando él entró en la pista, su atractivo la había dejado sin aliento; llevaba unas zapatillas blancas de deporte, y tanto en la camiseta como en los pantalones cortos destacaba un familiar logotipo. Lucía su habitual pañuelo en la frente.

El público no había mostrado demasiado entusiasmo, y sólo algunas personas aplaudieron. Estaban reservando su juicio. Habían pagado cincuenta dólares para ver a McEnroe, y estaban decepcionados; ¿iban a presenciar otra pataleta de Drew McCasslin?

A él no había parecido afectarle la falta de entusiasmo; sus ojos habían buscado entre la multitud hasta que la vio, la había saludado con un frío gesto de la cabeza, y no había vuelto a mirarla desde entonces.

Drew ganó el siguiente punto, y Arden cerró los ojos; «sólo dos más, Drew, y le habrás parado los pies; sólo dos más». Pero Gonzales ganó el siguiente con un punto directo.

–Treinta a quince.

Gonzales se confió demasiado, y el letal revés de Drew lo sorprendió, tomándolo a contrapié.

–Treinta iguales.

Los espectadores se removieron nerviosamente, y empezaron a aplaudir; Arden oyó gritos de apoyo a Drew, y su corazón se hinchó de orgullo. Había jugado de forma espectacular todo el partido, y aunque perdiera, había mostrado un tenis excelente.

Gonzales ganó el siguiente punto.

—Cuarenta a treinta. Punto de partido.

Tras un agotador intercambio de golpes, Drew ganó otro punto. Gonzales soltó una palabrota.

—Iguales.

Los nudillos de Arden estaban blancos, y tenía el labio inferior marcado por los dientes. El servicio de Gonzales fue rápido como un rayo. Arden dio gracias al cielo cuando Drew consiguió golpear la pelota con la raqueta, pero el resto salió fuera.

—Ventaja Gonzales. Punto de partido.

Inclinándose hacia delante, Drew apoyó las manos en las rodillas; cuando bajó la cabeza y respiró hondo, el pelo cargado de sudor le cayó sobre la frente. Volvió a colocarse para restar.

Gonzales sacó con máxima concentración y potencia, y Drew restó con una precisión milagrosa. La pelota fue de un lado al otro de la pista, mareando a los espectadores; ninguno de los jugadores cometía un fallo, ambos adivinaban los movimientos del contrario y corrían a lo largo de la línea de fondo. Entonces, Gonzales recibió una bola en una esquina de la pista, y su perfecto golpe de derecha dio de lleno en la pelota y la lanzó a la esquina opuesta.

Drew reaccionó de inmediato. Se lanzó hacia la bola con la velocidad de un guepardo, y cuando vio que no podría alcanzarla, dio una última embestida. Su cuerpo cortó el aire horizontalmente como una flecha, con la raqueta extendida al máximo frente a él. Aquella fotografía le daría más adelante un premio a un fotógrafo deportivo.

La raqueta tocó la pelota, pero sin la potencia necesaria; la bola llegó a la red, pero chocó contra ella y cayó en el lado de Drew. Él aterrizó y se deslizó por la pista, y un reguero de sangre apareció en su codo y su antebrazo.

Nadie se movió, nadie hizo un solo ruido. Con una valentía memorable, Drew se levantó y respiró hondo; entonces, lentamente, con dignidad, fue hasta la red con la mano derecha extendida para estrecharla con Gonzales y felicitarlo.

Estalló la locura. Resonaron las aclamaciones, los vítores de aprobación... no por el vencedor, sino por el vencido. Los fotógrafos y los entusiastas de todas las edades saltaron a la pista, y corrieron hacia Drew.

Los ojos de Arden se llenaron de lágrimas mientras veía cómo lo rodeaban cientos de personas para felicitarlo; había vuelto, estaba de nuevo entre los mejores, y el último esfuerzo desesperado probaba que estaba dispuesto a esforzarse al máximo para volver a ser un campeón. Podía irse tranquila, él estaría bien.

Arden se abrió paso entre la multitud, consiguió un taxi e hizo que la esperara frente al hotel mientras ella recogía su bolsa antes de ir al aeropuerto. Voló con la misma línea aérea con la que había llegado a la isla, y las lágrimas bañaron sus mejillas al recordar el peso de la cabeza de Matt sobre sus pechos, y el sensual beso que Drew le había dado al aterrizar. Siempre recordaría ese momento que había compartido con padre e hijo.

El mostrador de recepción del hotel estaba inusualmente silencioso, y entonces recordó que era la hora de la cena. Una mujer joven le dio la bienvenida con calidez.

—Buenas tardes, ¿en qué puedo ayudarla?

—Soy la señorita Gentry; tengo una habitación, aunque he estado en Oahu estos últimos días. Querría mi llave, habitación 317.

La recepcionista tecleó algo en un ordenador.

—¿Habitación 317? —preguntó.

—Sí —contestó Arden, empezando a sentir el peso del torbellino de emociones que había sufrido aquel día.

—Un momento, por favor.

La mujer fue a hablar en voz baja con el gerente; de vez en cuando miraban por encima del hombro hacia ella, y Arden empezó a sentirse cada vez más irritada.

—¿Señorita Gentry? —el hombre con el que había hablado la recepcionista se acercó a ella.

Lo sentían muchísimo, pero había habido alguna clase de malentendido; creían que se había ido del hotel, tenían el recibo de su tarjeta de crédito. Las cosas que había dejado en la habitación se habían guardado, según su petición, en las oficinas del mismo hotel.

—¡Pero no me fui definitivamente! —protestó ella—; le dije al hombre que iba a volver, pagué la habitación para que no pensaran que quería escabullirme.

El error era culpa del hotel; le habían dado su habitación a otro huésped, que iba a quedarse varias semanas.

—Me gustaba mucho, pero si se la han dado a alguien, no hay mucho que pueda hacer; puedo ir a otra, estoy muy cansada...

Había otro desafortunado problema: el establecimiento estaba al completo.

—¿Me está diciendo que no puede darme una habitación después de dejarme fuera de la otra?

Lamentaban que aquél pareciera ser el caso; pero estarían encantados de llamar al resto de hoteles y centros de la zona, para intentar encontrarle alojamiento. Y estarían encantados de llevarla en su autocar.

—Gracias —dijo ella con voz tersa—; esperaré allí —añadió, señalando hacia unas sillas a plena vista del mostrador, para que no pudieran fingir olvidarse de ella.

Pasó media hora, y las noticias empezaban a ser repetitivas y desesperanzadoras.

—Todos los sitios a los que hemos llamado están llenos, pero seguimos intentándolo.

Arden tenía la cabeza apoyada en el respaldo acolchado de una de las sillas, pensando en las opciones que tenía, cuando la levantó de golpe. Drew se dirigía hacia el mostrador de recepción con paso decidido y la boca apretada en un gesto inflexible. Llevaba unos pantalones cortos y una cazadora medio abrochada, como era habitual en él, y aunque era obvio que se había lavado el pelo tras el partido, el viento lo había despeinado. Tenía una herida en el codo y el brazo. En aquel momento la vio sentada en el vestíbulo, y de inmediato cambió de dirección.

Se detuvo frente a ella, se llevó las manos a las caderas y la miró ceñudo.

—Te he buscado en dos islas. ¿Dónde demonios te has metido después del partido?

—La respuesta es obvia, ¿no crees?

—No te hagas la lista conmigo. ¿Por qué saliste corriendo?

—¿Por qué? Porque esta mañana nos peleamos —se

levantó y lo miró con la misma determinación que él mostraba–; no quiero saber nada más de tu actitud tiránica y tu mal genio.

La boca de él se curvó en una sonrisa, y comentó:

–Tendrías que enfadarte más a menudo, le sienta muy bien a tus ojos.

Ella iba a espetar una respuesta indignada, pero la interrumpieron.

–¡Señorita Gentry! –el gerente se apresuraba hacia ella, con una hoja de papel en la mano–; le hemos encontrado una habitación...

Drew se giró en redondo para enfrentarse al pobre hombre, y lo fulminó con la mirada.

–No la quiere –dijo bruscamente.

El gerente miró a Drew con cautela, y entonces lanzó una mirada interrogante a Arden.

–Pero la señorita Gentry dijo que necesitaba una habitación, y...

–He dicho que no la quiere –Drew se volvió de nuevo hacia ella–, se viene a casa conmigo –sus ojos se suavizaron cuando se encontraron con los suyos, y añadió con suavidad–: Por favor.

Drew interpretó su silencio atónito como una respuesta afirmativa. Antes de que Arden se diera cuenta, él estaba dando instrucciones para que llevaran todas sus pertenencias a su coche, que estaba aparcado fuera. Cargó al hombro la bolsa que ella había llevado a Oahu, la rodeó con el brazo y salieron juntos; el servicio se mostró extremadamente solícito, ofreciéndose a llevar las cosas por él y disculpándose repetidamente por haberle causado aquella inconveniencia a su amiga.

Ella dejó que la ayudara a entrar en el coche, pero permaneció sentada con una rígida dignidad hasta que salieron a la carretera.

—Drew, no voy a discutir esto, no voy a ir a tu casa; por favor, llévame a un hotel. Encontraré una habitación.

—Yo tampoco voy a discutir. Es una locura que quieras pasar la noche buscando un sitio donde dormir, cuando yo tengo tres o cuatro dormitorios libres. Además, así te saldrá gratis.

–¿Gratis? –preguntó con escepticismo, dejando claro lo que quería decir.

Él detuvo con un frenazo el Seville a un lado de la carretera, y el cuerpo de Arden se inclinó hacia delante por la brusquedad de la maniobra; cuando se echó hacia atrás, Drew la apresó contra él.

–No, gratis no, vas a tener que pagar.

Atrapó la mandíbula de ella para impedir que se moviera, y mantuvo sus labios a meros milímetros de su boca durante unos segundos cargados de tensión; en vez del beso brutal que Arden esperaba, fue increíblemente tierno. La lengua de Drew presionó suavemente contra sus labios hasta que los abrió, y la sometió a aquel evocativo ritmo que la enloquecía de deseo. Arden sintió que su cuerpo se derretía contra el suyo, y su resolución de dejarlo se fue evaporando.

Cuando él levantó la cabeza, apartó con ternura los oscuros mechones de cabello que había en sus mejillas.

–Considera tu alquiler pagado para todo el tiempo que quieras quedarte.

–¿No hará falta ninguna otra compensación?

Los ojos azules recorrieron su rostro, su cuello, y volvieron a su boca.

–No, a no ser que quieras darme un regalo, un regalo que sabes que deseo, pero que jamás tomaría a la fuerza o por medio de chantajes.

Arden le acarició el cabello, trazó con un dedo una de sus pobladas cejas.

–Hoy has jugado... –la ahogó un nudo de emoción al recordar su brillante último esfuerzo por salvar el partido, y al fin pudo decir–: has jugado fantásticamente bien. Me he sentido tan orgullosa de ti...

—Entonces, ¿por qué me dejaste? ¿No sabías que al acabar el partido querría verte más que a cualquier otra persona en el mundo?

Arden bajó los ojos, y aquel gesto inconscientemente seductor lo llenó de deseo.

—No, no lo sabía. Estabas tan enfadado después de... de lo que pasó esta mañana, que pensé que nuestra amistad se había acabado. No podía soportar la idea de no presenciar el partido, pero no creía que quisieras volver a verme.

Él se llevó la mano de ella a sus labios, la besó y dijo contra sus dedos:

—Estaba furioso, pero debes admitir que cuando un hombre está... eh... preparado para hacer el amor como lo estaba yo, y lo paran de repente, no se puede esperar que esté de muy buen humor.

Feliz al ver que la boca de ella se curvaba en una tímida sonrisa, Drew continuó diciendo:

—Y la verdad es que ya antes no estaba de muy buen humor. Para serte sincero, tenía miedo, me aterraba enfrentarme a Gonzales.

—Hacia el final del partido, era Gonzales el que te tenía miedo a ti.

Drew sonrió de oreja a oreja.

—Gracias, pero ése no es el tema ahora. Quiero que sepas que siento haber perdido el control esta mañana, tenías todo el derecho a decir que no.

—No debería haber permitido que las cosas llegaran tan lejos.

Drew bajó ligeramente las pestañas en un gesto seductor y dijo:

—Recuerda eso la próxima vez; no sé qué habría pasado si la señora Laani no hubiera llamado a la puerta.

Volvió a besarla, y aquella vez Arden no vaciló; respondió a la caricia con generosidad, moviendo su boca contra la de él.

—¿Qué pensará de que tengas una invitada? Y sólo voy a quedarme esta noche, mañana buscaré otro hotel.

—Tengo unas doce o catorce horas para convencerte de lo contrario —dijo él con tono despreocupado, mientras volvía a colocarse tras el volante; encendió el motor, y añadió—: y, en lo que respecta a la señora Laani, te diré que lleva todo el día fulminándome con la mirada, gruñendo en vez de hablar, y demostrándome lo enfadada que está conmigo por hacer que te fueras.

—¿Han comprado muchas cosas Matt y ella?

—Por la cantidad de bolsas que trajimos, yo diría que sí —dijo, riendo—; lo que me recuerda algo: esta tarde, Matt fue a la puerta de tu habitación y empezó a aporrearla, gritando «*Aaden, Aaden*». Ahí fue cuando la señora Laani empezó a bufar con indignación cada vez que me miraba.

Cualquier duda que le hubiera quedado se desvaneció al oír que su hijo la echaba de menos. ¿Cómo podía renunciar a aquella oportunidad de estar con él, aunque fuera por poco tiempo?

¿Quién podría culparla? No había manipulado a Drew para conseguir la invitación, y sólo una mártir la rechazaría. ¿Acaso no se había ganado el privilegio de estar un tiempo con su hijo?, ¿no se merecía algo por aquellos meses de angustia, de preguntarse quién sería, dónde estaría, de no saber cómo era?

Y también estaba Drew. Lo amaba como nunca había imaginado que podría amar a un hombre, intelectual, espiritual y físicamente; lo quería con todo su ser, y aunque era un amor sin futuro, no era menos real y sincero, ni menos intenso. Los siguientes días... porque no quería irse a la mañana siguiente, eso estaba claro... tendrían que servirle para toda una vida. No iba a renunciar a ellos, se merecía ser un poco egoísta.

Entraron en la finca por la parte de atrás, ya que la delantera daba al océano Pacífico, por la costa occidental de Maui. Cuando Drew apretó un transmisor, la verja de hierro se abrió para dejarlos pasar, y después se cerró automáticamente tras ellos.

La amplia zona con césped bajaba con una suave inclinación hasta la playa, que estaba a varias decenas de metros. El crepúsculo ya había quedado atrás, pero Arden podía distinguir las enormes sombras de los banianos diseminados por el jardín como sombrillas gigantescas; las plumerias, de flores amarillas, rosadas o blancas, perfumaban el aire. Cordilines, orquídeas y todo tipo de plantas formaban exuberantes lechos de flores, y setos de enormes adelfas brindaban una privacidad total.

La casa, o lo que podía vislumbrar tras la cortina de enredaderas en flor que la cubrían, parecía ser una alternancia de paredes de ladrillo y cristal; unas amplias verandas llevaban a habitaciones abiertas al aire nocturno y a la fresca brisa oceánica.

—Es maravillosa —dijo Arden. Bajó del coche, sin esperar a que Drew fuera a abrirle la puerta, y el aire jugueteó con su cabello y llenó sus sentidos con el aroma de flores y mar.

—La compré en el acto. Vamos a entrar, enviaré a Mo a buscar tus cosas.

Rodearon la casa hasta llegar a la parte que daba al océano, y entraron en el salón por una obertura en la pared de cristal. Unos altos postigos de madera, que en ese momento estaban abiertos, podían usarse para tapar el cristal y proporcionar privacidad o protección de las inclemencias del tiempo. El suelo de baldosas estaba pulido como un espejo y salpicado de alfombras orientales.

Los muebles buscaban la comodidad, no la sofisticación; los tapizados eran de una tela nudosa color avena, cojines de colores vivos con diversos estampados aportaban toques de color, y repartidos por toda la habitación había jarrones con flores naturales. Un piano de ébano ocupaba con señorial dignidad una esquina, y una chimenea de piedra la otra; las mesas eran de vidrio o madera, ribeteadas con latón. Era una de las habitaciones más hermosas que Arden había visto en su vida, y marcaba el tono de toda la casa.

–El salón oficial, la habitación del desayuno y la cocina por allí –dijo Drew, indicando la dirección–; mi despacho está en el otro lado. El tocador está bajo las escaleras.

La escalera abierta tenía unos sólidos escalones de roble, y una barandilla con filigranas de latón; Drew la condujo a la segunda planta.

–Espero que mi ama de llaves y mi hijo vuelvan a dirigirme la palabra cuando vean que he conseguido traerte conmigo.

Avanzaron por un amplio pasillo hasta que Drew abrió la puerta de una habitación; al entrar, Arden vio a la señora Laani, que había conseguido encajar su cuerpo en una mecedora, cantando suavemente a un Matt que parecía estar a punto de dormirse.

El niño se incorporó en cuanto los oyó entrar, y cuando vio a su padre y a Arden, se zafó de los brazos de la señora Laani y corrió hacia ellos. Se lanzó a las piernas de Arden, y rodeó con sus brazos regordetes sus pantorrillas. Drew, sonriente, la ayudó a arrodillarse para abrazar al niño.

—Hola, Matt —dijo, pasando los dedos por sus rizos rubios—; ¿has sido un niño bueno hoy?

Aquella mañana había decidido dejarlo, pero se le había concedido el regalo de unas valiosas horas más con él. Lo abrazó con fuerza contra sí, y cuando sintió que sus bracitos le rodeaban el cuello y le devolvía el abrazo, sus ojos se nublaron de lágrimas.

Separándose un poco de ella, Matt tocó con un dedo uno de los botones de su pijama y dijo con orgullo:

—*tón*.

—¡Qué listo eres! —exclamó Arden, y volvió a abrazarlo; miró hacia su propia ropa, pero el vestido no tenía ninguno, y dijo riendo—: Bueno, a veces yo también tengo botones.

—Se ha portado muy mal, así que no lo felicite —dijo la señora Laani—; probarle ropa es como intentar vestir a un pulpo.

Aunque la mujer estaba intentando mantener una actitud de sólida autoridad, miraba radiante a Drew y a Arden; continuó diciendo:

—Deben de tener hambre, el señor McCasslin no quiso pararse a comer antes de hacer que lo recogiéramos todo y de hacernos salir corriendo para tomar el último vuelo. Nunca lo había visto con tanta prisa.

Drew la miró ceñudo y carraspeó amenazadoramente, pero la mujer se limitó a sonreírle mientras sus ojos oscuros brillaban alegremente.

—¿No tiene nada que hacer? —gruñó él.

—Como iba a sugerir —dijo con tono agraviado mientras se levantaba de la silla—, si acuestan a Matt... y créanme, la ayuda con él será bien recibida... les preparé una cena ligera —cruzó los brazos sobre su enorme pecho y miró a Drew—. Supongo que le habrá ofrecido a la señorita que se quede a cenar.

Drew captó el no demasiado sutil reproche.

—Arden será nuestra invitada durante... todo el tiempo que consiga que se quede. ¿Le importaría pedirle a Mo que saque su equipaje del coche?

La señora Laani fue hasta la puerta y preguntó:

—¿A qué habitación le digo que lo lleve? —su indiferencia era demasiado exagerada para ser real.

—En el cuarto de invitados que usted considere más apropiado —contestó Drew.

Arden ocultó su confusión y sus mejillas llameantes llevando a Matt a la mecedora; cuando el ama de llaves salió de la habitación, Drew se puso en cuclillas junto a la silla y posó las manos en las rodillas de ella. Sus ojos se encontraron, y un chispazo cargado de electricidad relampagueó entre ellos.

—Creo que la señora Laani sabe que quiero comerte entera.

—¡Drew! —exclamó ella.

—Y creo que sabe que tú quieres comerme a mí.

—Comer —dijo Matt, frunciendo las cejas.

Los dos adultos rieron.

—Menos mal que no puede interpretarlo en el contexto que has usado tú —lo reprendió.

—Pero tú sí puedes, ¿verdad?

—¿Que si puedo qué? —fingió estar muy interesada en el estampado del pijama del niño.

—Nada —dijo Drew con una voz cargada de promesa—; ya continuaremos esta conversación después —le dio una suave palmadita en el muslo a Matt, y dijo—: Bueno, hijo, ¿te alegras de tener de vuelta a tu chica favorita?

Sin saber que estaba respondiendo a la pregunta de su padre, el niño apoyó la cabeza en el pecho de Arden y dio un sonoro bostezo.

—Ha tenido un día muy agitado —dijo ella, mientras rozaba la mejilla de su hijo con el dorso de un dedo.

—No gastes toda tu comprensión en él, deja algo para mí. Yo también he tenido un día difícil.

Ella lo miró y le regaló una tierna sonrisa de madona.

—Eso es cierto. Éste ha sido el primero de muchos otros días fantásticos para ti, Drew, estoy segura de ello. ¿Qué pasó después del partido?

—La prensa me tuvo cautivo durante una hora más o menos; todo el mundo quería saber los escabrosos detalles de mi vida durante el último año... por qué me convertí en un recluso, si había dejado el alcohol.

—¿Qué les dijiste?

—Que sí. Les conté que el alcohol había sido el resultado de la muerte de mi mujer, que recuperé la cordura hace unos seis meses, y que desde entonces he estado trabajando a tope hasta sentirme preparado para un día como el de hoy.

—Estabas más que preparado; ¿cuándo volverás a jugar?

Él detalló el calendario de torneos que Ham estaba preparando.

—Aún voy a tomármelo con calma durante una temporada; este año no podré ponerme al día, pero creo que el que viene puedo obtener unos resultados fantásticos.

—¿Cuántos años has ganado el *Grand Slam*?

En el transcurso de las averiguaciones que había hecho antes de viajar a Hawái, había aprendido que lograr el *Grand Slam* significaba ganar en el mismo año el Abierto de Australia, Wimbledon, el Abierto de Estados Unidos y Roland Garros.

—Dos veces, con dos años de diferencia. No volveré a lograrlo, pero no me importa. Mientras sepa que estoy jugando lo mejor que pueda, ganar ya no es lo principal; he ganado la batalla realmente importante.

Ella alargó la mano para tocar su dura y bronceada mejilla; la fuerza y la confianza nuevas que Drew había encontrado en su interior eran casi palpables. Cuando sus dedos estaban a punto de llegar a la mandíbula masculina, Arden dio un salto y soltó un gritito.

Matt había metido la mano en el corpiño de su vestido para investigar algo que nunca antes había visto; intrigado por el pecho y por el pezón coralino, lo estaba pellizcando.

—¡*Tón, tón!* —dijo, orgulloso de su descubrimiento.

—¡Matthew! —jadeó Arden, apartando su mano, y se apresuró a colocarse bien el vestido.

Drew cayó de espaldas en el suelo, riendo a carcajadas, y comentó:

—No ha estado con demasiadas mujeres.

—Ha estado con la señora Laani —dijo Arden, sin atreverse a mirar aquellos ojos risueños.

—Venga, Arden, la señora Laani y tú no tenéis la misma constitución; Matt ha visto algo nuevo y hermoso, y tenía que examinarlo.

—Bueno, quizás sería conveniente que tuvieras una conversación de hombre a hombre con él, antes de que haga demasiadas cosas por el estilo.

Drew se puso de pie, tomó al niño en sus brazos y lo llevó a la cuna.

—Sí, es una buena idea —puso la boca en el oído de Matt, y dijo con voz suficientemente fuerte para que Arden la oyera—: Hijo, tienes un gusto excelente con las mujeres.

La señora Laani había preparado la mesa en el comedor «informal»; Drew miró a la mujer con el ceño fruncido cuando notó las velas que había colocado, pero ella siguió yendo de un lado a otro muy atareada, ignorándolo.

—Pensé que esto sería acogedor y relajante tras un día tan largo; espero que le guste el salmón, señorita Gentry.

—Sí, me encanta.

La cena, que consistió en salmón frío con salsa de pepino y eneldo, un guiso vegetal que la señora Laani hizo para acompañar, y natillas de postre, estuvo deliciosa. Pero parte de la satisfacción de Arden no se debía a la comida, sino al hombre que la contemplaba con intensidad.

Los ojos de Drew brillaban a la luz de las velas mientras hablaban del partido; al principio se mostró reacio a hacerlo, cohibido y modesto, pero ella lo animó a que le contara sus impresiones. Él pareció complacido de que ella hubiera seguido el partido con tanta atención, y de que recordara todos los golpes a los que él hacía alusión.

—¿No te importó perder?

—Siempre me importa perder, Arden; ya te lo dije una vez, me gusta ganar. Pero si debo perder, quiero hacerlo con dignidad en una pelea justa; hoy salí victorioso, a pesar del marcador.

—Sí, es verdad.

Sus ojos se encontraron desde lados opuestos de la mesa.

—Cuando te escabulliste del hotel, temí que no fueras a verme.

—No me «escabullí» —dijo ella con tono defensivo.

—Supongo que sólo fue una coincidencia que yo estuviera en la ducha cuando volviste a tu habitación, y un descuido que no dejaras ningún mensaje diciendo dónde estarías.

Ella trazó una vela con el pulgar y el índice.

—Supongo que eso fue desconsiderado por mi parte, teniendo en cuenta que era tu invitada; Jerry Arnold me dijo que estabas enfadado antes del partido —añadió, dejando en el aire una pregunta muda.

—Sí, lo estaba. Cuando llegué al club y él no tenía una entrada para ti, monté un escándalo; le dije que sería mejor que encontrara un buen sitio para ti, o yo no jugaría. Como sabes, en seguida se mostró muy servicial —su sonrisa era diabólica.

Ella se inclinó hacia delante y dijo:

—¿Quieres saber una cosa? Creo que te gusta asustar a la gente, salirte siempre con la tuya. Eres un bravucón.

Él soltó una suave risita y admitió:

—Claro que sí, sobre todo cuando algo significa mucho para mí —con expresión muy seria, añadió—: y nunca sabrás lo mucho que significaba para mí que estuvieras en ese partido; podía sentir tu apoyo, tu aliento.

—Pero si ni siquiera me miraste —dijo ella con incredulidad.

—No necesitaba hacerlo para saber que estabas allí.

El tono de su voz hizo que la recorriera un escalofrío,

pero en aquel momento la señora Laani los interrumpió.

—Iré a acostarme si no le importa, señor McCasslin —dijo desde la puerta—; mañana lavaré los platos. He dejado las cosas de la señorita Gentry en la habitación junto a la suya, ¿le parece bien?

—Perfecto. Gracias, señora Laani, buenas noches.

—Buenas noches —dijo Arden con voz muy suave.

—Vamos a dar un paseo por la playa —dijo Drew, mientras la ayudaba a levantarse; besó su hombro antes de decir—: pero será mejor que te pongas algo más abrigado, refresca bastante al ponerse el sol.

Cuando Arden apareció cinco minutos más tarde con un conjunto aterciopelado de calentamiento color albaricoque, Drew estaba esperándola al pie de las escaleras. Ella se había enrollado el dobladillo de los pantalones hasta los tobillos, e iba descalza; Drew pensó que sus pies eran hermosos y delicados. Notó el tentador balanceo de sus pechos bajo la sudadera, y supo que no llevaba sujetador; sintió el fuerte deseo de cubrirlos con sus manos, de sentir su suavidad bajo la tela. Su cabeza empezó a palpitar con un pulso cada vez más fuerte, que se transmitió a la parte inferior de su cuerpo.

—¿Estás segura de que no tendrás frío? —preguntó con toda la calma que le permitieron sus alterados sentidos. Cuando ella asintió, le rodeó el hombro con su brazo y la llevó hacia la noche.

Al parecer, ella tampoco podía hablar, y Drew se sintió agradecido de que no intentara forzar una conversación. Podía ver en sus ojos la emoción, la anticipación de lo que iba a suceder, y las palabras serían superfluas ante el lenguaje de sus cuerpos.

Bajaron en silencio por la suave cuesta del cuidado jardín, pasaron por encima de un muro bajo de ladrillo, y llegaron a la arena que llevaba a la orilla. La playa de Drew estaba en una pequeña cala semicircular, y las olas rompían contra las rocas volcánicas, perdiendo su ímpetu antes de llegar espumeantes a la arena. La luna brillaba en el océano en una cinta dorada que se extendía desde la orilla hasta el horizonte, y su luz brillaba en las crestas de las olas. El viento acariciaba las anchas frondas de las palmeras. Era un escenario maravilloso.

A pesar de todas las veces que se había sentado allí solo, pensando que era un lugar mágico, Drew sabía que a partir de ese momento siempre faltaría algo si no estaba Arden. Ella hacía que la magia fuera real, tangible, palpable. La luz de la luna empalidecía su piel, pero hacía que su cabello fuera oscuro como el ébano. Las estrellas carecían de brillo comparadas con las esmeraldas de sus ojos.

Drew se sentó en la arena y la atrajo hacia él, con una rodilla levantada tras ella, y la otra pierna apretada contra el trasero femenino; la espalda de Arden descansaba en su pecho. Por unos segundos, no la tocó ni dijo nada, no sabía cómo iba a reaccionar cuando le dijera lo que necesitaba decirle. Había tenido miedo de enfrentarse a Gonzales, pero ella lo aterrorizaba; el resultado del partido de tenis era mucho menos importante que el de la conversación que iban a mantener.

—Te amo, Arden.

Una confesión simple, una verdad revelada con sencillez.

El cabello de ella le dio en la cara cuando se volvió hacia él; los húmedos labios que quería reclamar como suyos para siempre estaban abiertos en gesto sorprendido.

—¿Qué has dicho?

—Te amo.

Drew miró hacia el océano, y pensó en las semejanzas que había entre ellos; parecía tan plácido en la superficie, pero por dentro estaba agitado y turbulento, igual que él.

—Nunca pensé que volvería a decirle eso a otra mujer. Quise mucho a Ellie, y no creí que volvería a querer así a nadie; y tenía razón. A ti te amo más.

Arden se quedó sin aliento, y el pecho se le contrajo dolorosamente; Drew iba a matarla con sus dulces palabras, no podía permitírselo.

—Ya estoy en tu casa, no tienes necesidad de decir algo así.

Él recorrió su mejilla con un dedo, sonriendo con ternura.

—No digas ridiculeces para volver a enfadarme —sus labios rozaron apenas su sien—, sólo te lo he dicho porque es cierto. Tienes derecho a no confiar en mí, a veces me he portado mal, pero ¿no te das cuenta de que era una defensa? Me sentía culpable porque estaba llegando a amarte más de lo que jamás amé a Ellie, y era duro aceptar algo así. Hoy, cuando creí que me habías abandonado, estuve a punto de enloquecer.

—Pero, durante el partido...

—No, después del partido, cuando nadie te encontraba por ninguna parte —se echó a reír, y admitió—: De hecho, durante el partido aún estaba enfadado por la escena de esta mañana; no creo que hubiera jugado con tanto ímpetu si no hubiera estado tan furioso.

Arden bajó la cabeza, avergonzada, y los dedos de él se enredaron en su cabello alborotado por el viento; Drew adoraba sentir su textura satinada mientras se deslizaba por su piel.

—Hiciste lo correcto; no te mostraste compasiva conmigo, ni intentaste convencerme de que jugara o de lo contrario. Te diste cuenta de que la decisión debía ser mía, aunque sabías que no tenía otra opción que jugar.

—Sí, sabía que tenías que hacerlo, que querías hacerlo, pero no podía decírtelo; tenías que darte cuenta por ti mismo.

—A eso me refiero, Arden. No me dijiste lo que quería oír, como Ellie solía hacer.

—Drew, por favor, no sigas.

—Quiero que lo sepas.

—Pero no necesito saberlo.

—Es necesario. Acordamos que cuando hiciéramos el amor no habría fantasmas ni secretos entre nosotros.

Arden se apresuró a apartar la mirada, pero no por el motivo que él creía; ella guardaba un secreto que podía costarle el amor de aquel hombre.

—Ellie apoyaba todo lo que yo decía o hacía, incluso cuando sabía que estaba equivocado; no iba a verme jugar, porque tenía miedo de que perdiera y no soportaba verme deprimido.

Arden lo miró, sorprendida.

—Extraño, ¿verdad? —comentó él al ver su expresión incrédula—; cuando viajaba conmigo, no se acercaba a la cancha, y no era objetiva cuando perdía. Si hoy hubiera estado aquí, habría encontrado excusas, me habría disculpado y se habría compadecido de mí; no sé si habría entendido que ha sido un triunfo personal, como tú has hecho.

Drew puso una mano en la parte posterior de la cabeza de ella y la atrajo hacia el hueco entre su cuello y su hombro.

—Ellie podía compartir el éxito conmigo, pero no creo que hubiera podido compartir la derrota. Incluso después de todo lo que pasamos para tener a Matt, me preocupaba qué pasaría si nuestra burbuja reventaba algún día.

Arden cerró los ojos al oír el nombre de su hijo; ¿qué habría pasado si no hubiera nacido perfecto y sano?, ¿lo habría rechazado Ellie? Ron jamás hubiera criado al hijo de otro hombre, quizás habría sido capaz de deshacerse del niño. Se estremeció, y los brazos de Drew la apretaron aún más.

—Estaba casi más preocupado por el futuro cuando jugaba bien y vivía con Ellie que recientemente; no creo que ella hubiera sido capaz de recuperarse de una tragedia —sus labios se acercaron al oído de ella, y lo llenaron con su cálido aliento—. Arden, siento que nosotros podríamos enfrentarnos a cualquier cosa juntos. Haces que me sienta fuerte y seguro, en paz conmigo mismo, pero con ganas constantes de mejorar. Cuando alguien cree que eres perfecto, no hay mucho por lo que esforzarse.

Capturó el rostro de ella entre sus manos y contempló sus ojos llenos de lágrimas.

—¿Entiendes lo que intento decirte?

—Las comparaciones son injustas, Drew, para todos.

—Lo sé. Sólo quería que supieras que no eres una sustituta suya en mi vida. Eres diferente, mejor para mí.

—Drew... —susurró, y posó la frente contra su barbilla, moviéndola de un lado a otro.

No estaba preparada para aquello. Dios, lo último que había esperado era que él se enamorara de ella, era aún más inusitado que el que ella se enamorara de él. Era demasiado, no podía aceptar tanta felicidad, la asustaba. ¿Qué precio tendría que pagar por ella?

Pero al sentir sus manos cálidas y tranquilizadoras, sus corazones latiendo al unísono, al oír sus palabras de amor en el oído, Arden no quería pensar en el futuro. Sólo deseaba gozar del amor de él. Debería contarle lo de Matt en ese mismo momento, cuando la atmósfera era serena y él se estaba sincerando con ella, pero...

—Arden, Arden... —él susurró su nombre un segundo antes de que su lengua llenara la boca de ella. La saboreó con ternura, redescubriendo su sabor como si fuera la primera vez que la besaba.

La mano masculina se deslizó bajo la sudadera de ella, y acarició aquella piel cálida y aterciopelada; al tomar un pecho en su mano, Drew pudo sentir el latido de su corazón.

Ella suspiró su nombre y se movió contra él; aunque no lo admitió en voz alta, su deseo era innegable.

—No quiero usurpar el lugar de nadie en tu corazón, Drew.

Él besó su cuello mientras seguía acariciándole el pecho.

—No lo estás haciendo, eres demasiado única. Ocupas un lugar que sólo te pertenece a ti, porque nadie más ha podido llenarlo.

Sus manos eran tan elocuentes como sus palabras, mientras la tocaban con reverencia; cuando las sacó de debajo de la sudadera y la envolvió en sus brazos con una posesión indiscutible, la cabeza de Arden se posó sobre la rodilla doblada de él mientras la besaba.

Sus lenguas se acariciaron en una danza erótica, y los labios de Drew se aplastaron contra los suyos, como si no pensara dejarla marchar jamás.

—Adoro tu sabor —dijo él mientras su boca se movía sobre la de ella.

Su lengua aleteó en la comisura de los labios de ella, enloqueciéndola hasta que Arden alargó las manos y apresó su cabeza. Ella se arqueó hacia arriba, aplastando sus senos contra la solidez de su pecho; en un gesto valeroso presionó la lengua hacia el interior de la boca de él, y lo besó como nunca había osado besar a nadie. Sus inhibiciones cayeron a sus pies, y lo besó una y otra vez, dejando claro su deseo.

—Dios mío —jadeó él cuando al fin se separaron, tomando bocanadas de aire en busca de oxígeno. Tomó su cabeza entre las manos y la miró a los ojos—. ¿Vamos adentro?

Ella asintió, y se levantaron juntos. La casa estaba en completo silencio, y sólo estaban encendidas unas lamparillas de noche a lo largo de los pasillos. Cuando llegaron a la puerta de la habitación de ella, Drew le puso las manos en los hombros.

—Te he presionado demasiado, Arden. Desde que te conocí, me he salido con la mía, pero eso se acabó. Te he dicho que te amo, y es cierto, pero es algo incondicional, que no te exige nada. Si vienes a mí, te demostraré lo mucho que te quiero, pero si no lo haces, lo entenderé.

Drew se fundió en las sombras del pasillo y entró en

la habitación de al lado. Con movimientos automáticos y seguros, Arden entró en su habitación, donde la esperaban ya todas sus pertenencias fuera de las maletas. No prestó atención alguna a la decoración azul, aguacate y beis que resultaba tanto elegante como informal; el cuarto de baño adyacente estaba igualmente bien decorado.

Se desvistió, abrió el grifo de la ducha hasta que el agua salió bien caliente, y se duchó y se lavó el pelo meticulosamente; seguía en aquel trance que no permitía que sus pensamientos fueran más allá de sus sentidos, de sus instintos, que no permitía que su conciencia se inmiscuyera.

Se secó el pelo, salpicó generosamente su cuerpo con un perfume demasiado caro para tales excesos, y se aplicó brillo en los labios. Con movimientos mesurados, se envolvió en un kimono de seda y salió de la habitación.

Llamó a la puerta contigua, y Drew abrió de inmediato. Llevaba una toalla alrededor de las caderas, y su cabello sólo estaba parcialmente seco; el vello que cubría su pecho estaba ligeramente curvado por la humedad, y sus ojos brillaban como zafiros bajo la tenue luz.

–¿Arden? –preguntó con suavidad.
–Te deseo –admitió ella con voz ronca.
–¿En la cama?
–Sí.
–¿Desnudo?

Ella respondió acercándose a él y apoyando las manos en su pecho; el vello le cosquilleó en las palmas y ella lo acarició, descendiendo por el torso masculino. Su textura se volvía sedosa justo encima del ombligo, y se estrechaba en una fina línea dorada. Las manos de Arden lucharon un momento con el pliegue que mantenía la toalla en su sitio, hasta que al fin cayó al suelo.

Cuando sus dedos descendieron aún más, el martilleo de su corazón ahogó cualquier otro sonido, incluso el de su respiración agitada; tocó por un momento aquel pelo más grueso e hirsuto, pero la inundó una súbita timidez y levantó una mirada implorante hacia él.

—No puedo... no...

—Calla —dijo él mientras la atraía hacia sí—; ya has recorrido más de medio camino, no era ninguna prueba. No tienes que hacer nada sólo porque creas que yo lo deseo o espero que lo hagas, aprendamos a amarnos juntos.

Los labios de Drew se movieron con tierna persuasión sobre la boca de ella, hasta que su momentánea timidez se desvaneció y Arden respondió con la verdadera sensualidad que había permanecido latente, sin salir a la superficie, durante toda su vida. Su boca se abrió y la lengua de él penetró en ella, dando, tomando, ofreciendo, devorando.

Las manos de él temblaban de emoción cuando las deslizó bajo el kimono, y tuvo que contener el impulso de arrancarlo de su cuerpo y aplastarla contra él. Ella no era uno de sus efímeros e insignificantes juguetes nocturnos. Eso pertenecía al pasado, Arden era su presente y su futuro. Y era preciada, tan preciada para él...

Quería avanzar lentamente, saborear cada pequeño detalle de ella al hacer el amor. Posó las manos en su cintura, acariciándola con suavidad, y finalmente, cuando oyó el callado gemido de deseo que brotó de los labios femeninos, apartó la prenda y dejó que cayera al suelo.

Drew retrocedió un paso y se permitió contemplar el regalo de su perfecta desnudez. Sus manos tocaron su piel con ternura, siguiendo el recorrido de sus ojos, y Arden se sintió consternada al sentir que lágrimas de gratitud inundaban sus ojos. Él la estaba saboreando con languidez, y ella se sintió abrumada.

—Nunca me había sentido adorada, sólo devorada —susurró.

Su expresión fue de una tristeza increíble un momento, y al segundo siguiente de una felicidad absoluta.

—Eres tan hermosa —dijo con voz ronca.

La levantó en sus brazos y la llevó a la cama; la colcha ya estaba apartada, así que la depositó sobre las suaves sábanas y se acostó a su lado, apretándose contra ella. La sensación de la tosca textura del cuerpo de él contra la satinada del de ella hizo que ambos sonrieran de puro placer.

Él tomó sus muñecas en un flojo agarre y las levantó por encima de su cabeza, mientras su otra mano masajeaba sus pechos.

—No parece que hayas tenido un hijo.

Ella estuvo a punto de decir que no había tenido uno, sino dos, pero se contuvo justo a tiempo. Drew continuó diciendo:

—Tus pechos son firmes y redondos —los rodeó con un dedo—, tus pezones son ligeros y delicados —los tocó, y respondieron de inmediato—; no tienes estrías.

Arden arqueó la espalda cuando su dedo descendió por su estómago hasta la oscura sombra en la parte superior de sus muslos.

—Eres perfecta —susurró un segundo antes de cubrir su boca con la suya.

Tras dejarla sin aliento, sus labios descendieron por su cuello; gracias a sus caricias, los pechos de Arden estaban listos para recibir a su boca, que los succionó con infinito cuidado. Su lengua acarició los pezones, lubricándolos deliciosamente.

—Suéltame las manos —dijo ella.

Cuando Drew obedeció, Arden enredó los dedos en su cabello y acercó aún más su cabeza.

—Oh, Dios, Drew, nunca me han amado así.

—Eso espero. Quiero ser el único hombre que recuerdes que te ha acariciado.

—Nadie más me ha acariciado, así no.

Él torturó sin piedad el ombligo de ella con su boca, saboreándolo con los movimientos ágiles de su lengua, amándolo con sus labios. Ella se retorció bajo el cuerpo masculino, reaccionando cono nunca antes lo había hecho. Se estremeció cuando Drew besó el oscuro delta de su feminidad, y exclamó su nombre, aterrada y extasiada, cuando sintió sus labios en la parte interior de sus muslos; él los separó con lentitud, y Arden supo que no había sabido lo que era la intimidad hasta ese momento.

—Por favor, Drew, por favor...

Él respondió a su ronca petición y a la urgencia con que sus manos se aferraban a él, y subió por su cuerpo hasta cubrirla; mirándola directamente a los ojos, la penetró. No se detuvo ni vaciló, siguió avanzando hasta que estuvo completamente dentro de ella. Entonces hizo algo que su ex marido jamás había hecho al hacer el amor: le sonrió. Seguía mirándola cuando empezó a moverse, catalogando el placer de ella, memorizando su gozo, los movimientos que hacían que sus ojos se nublaran de pasión.

—Estar dentro de ti es tan increíble, Arden...
—¿De veras?
—Oh, Dios, sí —gimió él—; muévete conmigo.

¿Conversación al hacer el amor? Sorprendente. Los únicos sonidos que había oído con Ron habían sido gruñidos y gemidos incoherentes.

—Sí, así... otra vez —gimió cuando él acarició su entrada, y se hundió en ella completamente—; sí, sí, sí.

Cuando llegó la explosión, los envolvió a ambos en un guante aterciopelado de éxtasis, los sacudió, los dejó sin aliento y los zarandeó, los elevó y los lanzó a los cielos, y los dejó caer en un reino glorioso que ninguno de los dos había conocido jamás.

Largo tiempo después, Drew levantó la cabeza de su hombro y apartó con el meñique húmedos mechones de cabello de los ojos de ella; y cuando aquellos ojos se abrieron, llenos de satisfacción adormilada, él la besó y dijo:

—Gracias, Arden, por hacerme renacer.

9

Las finas cortinas de las ventanas con vistas al océano ondeaban en el dormitorio. Los ojos de Arden se abrieron lánguidamente, y suspiró con el mayor placer que recordara haber sentido. La habitación, bañada con el etéreo color lavanda del amanecer, la envolvía como un sensual capullo de amor. En aquel lugar había aprendido el significado de la vida en su dimensión más sublime.

La respiración de Drew era profunda y rítmica, y ella podía sentirla en su espalda desnuda; él la apretaba contra sí, con un brazo descansando sobre el muslo de ella. Arden volvió ligeramente la cabeza en la almohada que compartían, con cuidado de no despertarle, y paseó la mirada por la habitación que la noche anterior no había observado en detalle por estar absorta en otras cosas.

Estaba decorada con el mismo buen gusto que el resto de la casa. El ligero tapizado de las paredes contrastaba con la tupida tela de la colcha, y la gruesa alfombra era color marfil; resaltando en ese fondo neutro, había pinceladas de color calabaza y chocolate gracias a los dos sillones cerca de una mesa junto a las ventanas, a los numerosos cojines que habían caído al suelo la noche anterior, y a los discretos cuadros que colgaban de las paredes. La chimenea que había en la pared opuesta a las ventanas era un lujo que le encantó encontrar en un clima tropical; los ladrillos que la formaban eran también color marfil, y tenía una pantalla con forma de abanico. Le gustaba la habitación.

Amaba al hombre.

Un rayo de sol atravesó la alfombra como la luz de un foco en miniatura, y Arden se dio cuenta de que debería volver a su habitación antes de que los demás despertaran. Con una sonrisa, pensó que Matt se levantaría de un momento a otro, y cuando eso sucediera, nadie podría seguir durmiendo.

Apartó el pesado brazo de Drew de su muslo, y se movió hacia el borde de la cama; se puso de pie, se cubrió con el kimono y fue de puntillas hasta la puerta; la sensación de la gruesa alfombra bajo sus pies descalzos era muy sensual. Tenía el pomo de la puerta en la mano y estaba girándolo con cuidado, cuando las manos de Drew se apoyaron en la puerta a ambos lados de ella.

Arden ahogó una suave exclamación y se derrumbó contra la madera.

—¿Adónde crees que vas? —gruñó él contra su cuello mientras inclinaba el cuerpo hacia delante, atrapándola entre la puerta y su fuerte torso.

—A mi habitación.

—De eso ni hablar —le besó el cuello, entreabriendo los labios para que su lengua humedeciera un punto vulnerable—. No vas a ir a ningún sitio que no sea mi cama. Conmigo.

Ella se estremeció cuando su boca avanzó hasta su oreja y su lengua jugueteó con el lóbulo.

–Eh... Drew, no... tengo que volver a mi habitación.

Sus manos bajaron por la puerta hasta la cintura de Arden, y dieron un pequeño tirón; el cinturón del kimono, que ella había asegurado con un descuidado lazo pero no se había molestado en anudar bien, cayó al suelo.

–Dame una buena razón.

–Eh...

Drew separó los pliegues del kimono y recorrió sus costillas con los dedos; acercándose aún más a ella, se apretó contra su trasero. Arden sabía que estaba tal y como había dormido, desnudo, y en ese momento no pudo pensar en una sola razón por la que tuviera que irse.

Los brazos de él la rodearon, y Drew tomó un pecho en cada mano.

–Son tan hermosos –murmuró mientras sus manos los masajeaban con ternura–; me encanta esta línea que marca tu bronceado –dijo, recorriéndola con el dedo índice–. Claro que, si te bañaras en mi playa, no tendrías ninguna marca; yo extendería la loción por todo tu cuerpo, y podrías broncearte completamente bajo mi atenta mirada.

Sus manos y sus provocativas palabras la estaban arrastrando a la misma esfera encantada de la noche anterior; de forma instintiva su cuerpo se relajó, maleable, amoldándose a las curvas y las formas de él. Las tiernas caricias habían endurecido de deseo sus pezones, y Drew murmuró en su oído lo mucho que le gustaban, haciendo que ella se excitara y se ruborizara por sus palabras.

—Adoro sentir tu piel en mi lengua; tu sabor es maternal y erótico, y engloba todo lo que es la feminidad.

Sin la energía ni la voluntad para resistirse, Arden apoyó la cabeza en su hombro; con un ligero movimiento se frotó contra él, y sintió su fiera pasión contra su cadera.

El aliento de Drew era como una tormenta en su oído mientras acariciaba su estómago y su abdomen; él no se detuvo hasta llegar a su destino, y su palma abarcó con ternura el monte ligeramente elevado mientras sus dedos se doblaban hacia dentro, buscando los misterios escondidos entre sus muslos. Frotó con el pulgar aquel nido de vello oscuro y admitió:

—Adoro esta parte de ti.

Mientras hablaba seguía moviendo el dedo con aquel ritmo perezoso e hipnótico que le arrebataba el aliento y la razón a Arden; Drew añadió con voz ronca:

—Oscuro y sedoso, tan sedoso.

Sus dedos la encontraron húmeda y preparada, pero él prolongó el erótico momento. Con ternura y con cuidado la adoró con sus dedos, dándole un placer indescriptible sin pedir nada a cambio. La acarició hasta que ella enloqueció de deseo, encontrando y acariciando la llave secreta que liberó su esencia de mujer.

Arden se estremeció contra él, pronunciando su nombre en silencio, sin aliento y de forma incoherente. Él hizo que se volviera, y con las manos bajo sus caderas, la alzó al encuentro de su miembro viril. Ella descendió sobre él y lo aceptó completamente.

Sollozó su nombre mientras él arqueaba la espalda una y otra vez, cada vez más cerca del éxtasis; cuando el mundo quedó atrás en una súbita explosión, Arden apretó los muslos de él con los suyos, y envolvió su cuello con los brazos. Los pechos femeninos ahogaron los gemidos extáticos de él.

Cuando Arden recuperó la cordura, el recato impidió que levantara la cabeza para mirarlo; presintiendo su timidez, y consciente de la razón que la causaba, Drew la llevó de vuelta a la cama y la tumbó como si fuera una niña. Pero ella siguió sin mirarlo. Él esbozó una divertida y tierna sonrisa amorosa mientras acariciaba su espalda.

—Arden —susurró—, ¿ha sido tan horrible?

Ella se volvió y levantó los ojos hacia él. Negando con la cabeza, cerró los ojos y dijo:

—Ha sido hermoso.

—Entonces, ¿por qué no me miras? —se llevó su mano a los labios y le besó el dorso de los dedos, y vio cómo una tentativa sonrisa curvaba la deliciosa boca femenina.

—Estoy avergonzada.

Habló con voz tan suave, que él apenas logró oírla.

—No pretendía avergonzarte.

—¡No! —sus ojos se abrieron de golpe—, no me refiero a ti, tú no me avergüenzas; me avergüenzo de mí misma. Nunca me había... comportado así.

Arden contempló el vello dorado que cubría el musculoso pecho masculino; ansiaba tocarlo, pero se sentía aún un poco cohibida, asustada de cómo estaba cambiando su personalidad.

—Nunca había hecho... bueno, cosas así. No me reconozco cuando me comporto con tan poco autocontrol.

Apoyó la mejilla en los brazos de él, dando voz a lo que iba pensando.

—Es como si hubiera otra mujer en mi interior, cuya existencia ignoraba antes de conocerte. Pero no es exactamente eso tampoco, porque no es otra mujer, *soy yo*.

No sabía que esa parte de mí existiera, y me está resultando difícil acostumbrarme a ella.

—En otras palabras —dijo él con calma—, no supiste hasta que me conociste que eres una descarada lujuriosa con un insaciable apetito sexual.

Sobresaltada, ella levantó la mirada hacia él, pero se echó a reír con alivio cuando vio el brillo travieso en sus ojos azules. Él añadió:

—La verdad, estoy encantado.

Él la apretó contra sí y se echaron a reír, rodando juntos por la cama. Drew estaba delirante de alegría por el placer que sentían al estar el uno con el otro, porque podían reír y amarse al mismo tiempo. Desde la muerte de Ellie, no había habido alegría después del sexo, sólo una especie de desolación desesperada.

En ese momento la mera idea le repugnaba, y no podía soportar el recuerdo de lo vacía que había estado su vida. No quería imaginar siquiera una vida sin Arden. La mantuvo prisionera en sus brazos mientras la besaba; no era un beso de pasión, sino una caricia que contenía una necesidad reveladora, un mensaje de lo vital que se había vuelto para él.

—Vamos a ducharnos —dijo él con voz ronca por la maraña de emociones que lo inundaban.

El cuarto de baño era hedonístico y opulento; la bañera era gigantesca, con chorros de hidromasaje a lo largo de sus lados, y había una ventana panorámica con vistas al mar. Drew la condujo hasta una enorme ducha con mampara de vidrio transparente.

Cualquier resto de timidez que le hubiera quedado a Arden desapareció por el desagüe, para nunca volver; los ojos y las manos de Drew adoraron cada parte de su cuerpo, y en vez de sentirse sucia por el franco interés sexual de él, se sintió purificada porque sabía que los sentimientos de Drew no estaban basados sólo en lujuria, sino también en amor.

Mientras se besaban, recogiendo con la lengua las gotas de agua en sus rostros, las manos de Arden bajaron por la musculosa espalda de él. Disfrutó unos segundos de la estrechez de su cintura antes de bajar aún más hasta sus firmes glúteos, mirándolo a los ojos valerosamente mientras sus manos se familiarizaban con cada curva, con cada línea masculina.

Él vio con incrédulo placer cómo ella se enjabonaba las manos con un movimiento lento, provocativo; su cuello se tensó, y tragó convulsivamente cuando ella tomó su sexo en sus manos resbaladizas por el jabón. Sus caricias fueron tímidas al principio, pero Arden fue ganando confianza e incrementando la presión al ver que los ojos de Drew se oscurecían de pasión.

—Arden —jadeó él—, ¿tienes idea de lo que me estás haciendo?

—¿Estoy haciendo algo mal? —preguntó ella, alarmada, y se apresuró a soltarlo.

—No, Dios, no —él tomó su mano y volvió a ponerla sobre su piel, mientras con el otro brazo apretaba el cuerpo de ella contra el suyo—; eres perfecta, tan inocente sexualmente, a pesar de haber sido esposa y madre.

—Una cosa no tiene nada que ver con la otra.

Arden no sólo estaba pensando en su vida privada con Ron, sino también en la estéril precisión con la que había concebido a Matt.

—Soy un maldito egoísta por decir esto, pero me alegro de ello.

Tras enjuagarse, volvieron a la habitación.

—Túmbate sobre tu estómago —le dijo él con ternura.

Arden obedeció sin vacilar ni un momento; él se tumbó a su lado, y murmuró:

—Realmente, tenemos que hacer algo con las marcas del bikini.

Su espalda estaba marcada por varias tiras, y la palidez de su trasero contrastaba con el bronceado de piernas y espalda.

—¿Qué sugieres que hagamos ahora? —preguntó ella, adormilada, con la cabeza apoyada en sus brazos cruzados.

—¿Tú qué crees? —dijo él con una lasciva inflexión en la voz.

—Eres incorregible.

—En lo que a ti respecta, sí —contestó, masajeando sus hombros y su espalda.

—¿Qué haremos si Matt entra de repente? —preguntó ella.

Las manos de él descendieron por sus costados, y al volver a subir, levantaron los laterales plenos de sus pechos. Arden suspiró, extasiada.

—No entrará, he cerrado la puerta con llave —se inclinó sobre su espalda y le dijo al oído—: No quería que nadie nos interrumpiera, ni siquiera mi hijo.

Drew acarició la curva de su cintura, y bajó hasta su trasero; cuando lo sintió mordisquear suavemente su cintura, Arden soltó un gemido, y obedeció como una muñeca de trapo cuando él hizo que se volviera. Los labios de él dejaron un reguero de besos en su estómago, y fueron descendiendo cada vez más.

Con un movimiento ágil, él se colocó entre las piernas de Arden y recostó la cabeza en su abdomen, abanicando con su aliento el vello oscuro de su entrepierna; ella estaba atónita por su aceptación de aquel nuevo grado de intimidad, por su confianza implícita en él, por la forma ya familiar en que su cuerpo se licuaba y se calentaba con deseo renovado.

Cuando él le besó el estómago, sus huesos parecieron derretirse por el calor de la boca masculina.

—Quiero amarte de nuevo, Arden.

Arden se estremeció cuando su cálido aliento acarició su piel; con voz ronca, susurró:

—Sí, ámame.

Él se colocó sobre ella, con el sexo contra el suyo, pero no la poseyó.

—Vas a tener los pechos un poco doloridos —dijo compungido, mirando su plenitud y las tentadoras areolas—; por no mencionar el resto del cuerpo.

Ella le puso una mano detrás de la cabeza, la empujó hacia su pecho y susurró:

—Bésame aquí, báñalos.

Él gimió con suavidad cuando tomó un pezón entre sus labios. Lo acarició con su lengua tiernamente, con cuidado de no lastimarla, y tras un largo momento, levantó la cabeza para contemplar su obra antes de volver a pintarlo con delicadas pinceladas. Siguió adorando sus pechos hasta que brillaron bajo la luz matinal. Arden se retorció bajo él, disfrutando de la dulzura con que la trataba, sintiendo cada movimiento de la boca masculina en el corazón de su feminidad. Se movió contra su cuerpo, suplicándole que llenara el vacío que había creado.

Con un firme empujón, Drew obedeció sus deseos; se enterró en su calidez, y ella lo envolvió.

Igual que antes, no fue una culminación, sino un comienzo, un renacer; de igual forma que la vida de Drew inundó su cuerpo, ella lo llenó a él con su propia esencia. Permanecieron tumbados juntos, respirando la fragancia de su acto de amor, sintiéndose repletos de nueva vida y de energía.

—Arden —dijo él con suavidad al salir de su cuerpo; se tumbó a su lado y la atrajo hacia él.

—¿Mmm?

—Esta aventura ilícita debe terminar.

Ella sintió que su corazón caía al suelo y se rompía en mil pedazos.

—¿Terminar?

—Sí —dijo él con total seriedad—. Debes casarte conmigo.

—Aún no has respondido a mi proposición, Arden.

Habían pasado horas, y Arden seguía sin saber cómo responder a aquella proposición que la había dejado estupefacta. Estaban en la playa, jugando con Matt, y el hecho de que los tres juntos parecieran una familia la aterraba. Fingiendo estar tranquila, se encogió de hombros y contestó:

—Creo recordar que no ha sido una proposición, sino más bien una orden.

—¿Qué se puede esperar de un tirano como yo?

Aunque su tono era despreocupado, Arden notó la seriedad subyacente en sus ojos.

No le había pedido una respuesta inmediata, se había limitado a abrazarla mientras dormía; sin embargo, Arden había sido incapaz de volver a conciliar el sueño, ya que su mente era un torbellino con los recuerdos de lo que habían compartido aquella noche, con los sensuales descubrimientos del nuevo día y con la inesperada proposición de matrimonio.

¿Ella, casada con Drew McCasslin, un tenista famoso en el mundo entero? ¿Drew McCasslin casándose con Arden Gentry, una desconocida, la madre de alquiler de su hijo?

Cuando Drew despertó, decidieron que era hora de levantarse; Matt ya había desayunado, y al verlos, los saludó entusiasmado con la mano, salpicando de cereales su trona. Drew, vestido con la ropa de deporte, intentó convencerla de que lo acompañara al entrenamiento.

—Drew, mi ropa ha estado una semana metida en una maleta dentro de un armario mohoso; tengo que organizar mis cosas y separar lo que haya que lavar en seco.

—Yo puedo ocuparme de eso —ofreció la señora Laani mientras colocaba un plato de fruta fresca frente a Arden y le llenaba una taza de café.

—Se lo agradezco —sonrió Arden—, pero me sentiré mejor haciéndolo yo, así sabré dónde está cada cosa.

Nadie parecía dudar que se quedaría allí definitivamente, sólo la misma Arden.

Drew se había ido a entrenar solo, y tras colgar su ropa en el armario del cuarto de huéspedes, Arden había ayudado a la señora Laani a organizar lo que le había comprado a Matt en Honolulu.

—¡Es precioso! —había exclamado Arden, mientras alzaba un trajecito con dos raquetas de tenis estampadas en el peto.

—Pensé que a su padre le gustaría —había dicho la señora Laani, riendo.

Mientras sacaban la ropa de las bolsas y la colocaban en el armario y en la cómoda, Matt estuvo muy revoltoso y no dejó de estorbar e interrumpirlas, pero a Arden ni siquiera le importó cuando hizo jirones el papel higiénico y lo dejó esparcido por todo el cuarto de baño. De vez en cuando lo abrazaba, contemplando su rostro una y otra vez y maravillándose con él.

Era increíble que la semilla de Drew, introducida de forma tan clínica en su cuerpo sin la emoción que un milagro así merecía, hubiera podido crear un ser tan perfecto. Arden agradeció a Dios que le hubiera permitido participar en la creación de aquella vida.

Drew volvió justo antes de la hora de comer, rebosando excitación.

—Deberías haber visto la multitud que ha venido a vernos entrenar hoy, incluso se pusieron en pie y me ovacionaron cuando entré en la pista; las agencias de información se han hecho eco del partido de ayer, y la historia ha recorrido el mundo entero. Ham está eufórico, me ha llamado y me ha dicho que el teléfono no deja de sonar con invitaciones para jugar tanto aquí como en el extranjero; mis patrocinadores han llamado para felicitarme.

Enumeró las marcas de la ropa y las zapatillas de deporte que llevaba, de las raquetas que usaba, en qué compañías volaba en sus viajes, la pasta de dientes que anunciaba. Aquellos ingresos igualaban, e incluso superaban, las cantidades que ganaba en los torneos. Cuando había empezado su declive como jugador, las ofertas publicitarias también habían empezado a tambalearse.

—Tenía miedo de que cuando hubiera que renovar los contratos los patrocinadores no quisieran hacerlo, pero ahora hablan de condiciones mucho mejores. Aún se muestran un poco cautos, claro; después de todo, fue sólo un partido, y además no lo gané, pero al menos no me han dado por perdido. Necesito ganar uno, ahora sé que puedo hacerlo.

Sus ojos azules resplandecían cuando tomó la mano de ella por encima de la mesa.

—Sólo necesito una cosa para ser completamente feliz.

Arden sabía a qué se refería, no había dejado de pensar en ello en toda la mañana; saber que él la amaba lo suficiente para casarse con ella la llenaba de alegría, ¿por qué dudaba? No se había lanzado a sus brazos para aceptar su proposición en cuanto él había pronunciado las palabras porque había recordado de inmediato la razón que la había llevado hasta aquel hombre.

Matt.

¿Qué más podía pedir? Estaría con su hijo, viviría con él y sería su madre en todos los sentidos, lo vería crecer y convertirse en un adolescente, en un hombre. Ella estaría allí, ayudándolo en los momentos difíciles, amándolo. ¿Por qué no podía decirle a Drew que quería casarse con él más que nada en el mundo?

Porque él había sido honesto con ella, y ella no lo había sido con él. No podía casarse con Drew con aquella mentira por omisión entre ellos, ella ya había vivido una relación así y el único resultado había sido el desprecio. Ron se había casado con ella por sus propios motivos egoístas, y ella nunca lo había perdonado, lo había odiado por ello. Y él había acabado desdeñándola por su constante actitud sumisa.

¿Qué pasaría si Drew descubría quién era, y el papel que había jugado en su pasado? Creería que se había casado con él sólo para poder estar con su hijo. ¿La creería si le dijera que había llegado a amarlo tanto... no, aún más... de lo que amaba al niño que había concebido con su simiente? Conociendo lo orgulloso que era, Arden lo dudaba.

«Díselo ahora», se dijo; «no te arriesgues a que lo descubra más tarde, no puedes dejar este secreto entre vosotros, así que díselo ahora mismo». Se estremeció con aprensión; sin importar quién fuera la madre de Matt, Drew no se alegraría de conocerla. Cada vez que mencionaba los problemas que Ellie y él habían tenido para poder tener a Matt, sus ojos azules traicionaban su inquietud; no, no se alegraría de conocer a la madre de su hijo, y desde luego no le gustaría nada saber que era la mujer a la que había llegado a amar y en quien confiaba, y que había ocultado aquel secreto durante demasiado tiempo.

Su mente aún seguía inmersa en un torbellino de indecisión cuando bajaron a la playa después de comer. En ese momento Drew la estaba presionando para conseguir una respuesta, pero Matt eligió aquel instante para lanzarse contra el pecho de ella, haciendo que cayera de espaldas.

–¡Oye, tú! –exclamó, agarrándolo por la cintura–; creo que vas a tener que ponerte a régimen.

Matt rió a carcajadas cuando Arden lo echó sobre la toalla junto a ella y empezó a hacerle cosquillas en su regordeta barriguita. Cuando la dejó exhausta, el niño se levantó y fue hacia la orilla.

–Ten cuidado –le dijo ella.

Matt se paró, se giró y volvió corriendo hacia ellos; echando los brazos al cuello de Arden, depositó un entusiasta beso húmedo en su boca. Cuando volvió tropezando hacia las olas, los ojos de Arden estaban llenos de lágrimas.

—Él también te quiere, Arden.

La voz suave de Drew hizo que se girara hacia él; cuando vio sus lágrimas, él sonrió.

—Tú también lo quieres, ¿verdad?

—Sí —admitió ella, incapaz de negar la verdad.

—¿Y a mí?, ¿o estoy imaginando cosas que no existen?

Las lágrimas rodaron por sus mejillas, y Arden alargó la mano para acariciar aquel cabello alborotado por el viento.

—A ti también te quiero —recorrió con sus dedos el labio inferior de él—, te quiero tanto que me duele.

Él tomó la mano de ella y la apretó contra su mejilla.

—Entonces, dime que te casarás conmigo; Ham quiere que empiece a competir de aquí a dos semanas, y quiero que Matt y tú vengáis conmigo. Quiero que me acompañes como mi esposa.

La idea de irse sin ella era demasiado desoladora para contemplarla siquiera, pero sabía que había llegado el momento de empezar a competir de nuevo.

—Dos semanas —dijo ella con voz quejumbrosa.

—Sé que no te estoy dando mucho tiempo, pero ¿para qué esperar? Si me amas...

—Sí que te amo.

—Y sabes que yo también te amo a ti; cásate conmigo de inmediato, Arden —miró hacia el niño que perseguía una ola en la orilla, y añadió—: Nunca pensé que chantajearía a una mujer para lograr que se casara conmigo, pero voy a jugar todas mis bazas.

Suspiró con determinación y dijo:

—Matt necesita una madre, Arden.

—Tiene a la señora Laani —dijo ella en una débil protesta.

El corazón de Arden parecía ancorado a un gran peso en el fondo de su alma, que la estaba hundiendo más y más en una situación que no tenía una vía de escape fácil.

«Por favor, no uses a mi hijo para convencerme de que haga algo que sé que está mal».

—No sé lo que habría hecho sin ella —dijo Drew, refiriéndose a su ama de llaves y amiga—. En vez de hacer las maletas e irse, como habría hecho cualquier otra mujer menos comprensiva, aguantó lo mal que la trataba cuando me emborrachaba, y mi malhumor; es fantástica con Matt, la considero más un miembro de la familia que una empleada, pero jamás podría ser una madre para él. Para empezar, es demasiado mayor.

Tomó la mano de Arden entre las suyas y continuó diciendo:

—Arden, dentro de un par de años tendré que mudarme de aquí. Cuando Matt sea un poco mayor y yo demasiado viejo para jugar de forma profesional, no podremos seguir viviendo con este aislamiento parcial. Matt necesitará una madre, sobre todo cuando vaya al colegio y vea que los otros niños tienen una.

Los ojos de ella aún mostraban indecisión, pero a Drew le quedaba un último cartucho; era un recurso cruel, pero era un hombre desesperado.

—Sé para mi hijo lo que no pudiste ser para Joey.

Ella se giró en redondo y apartó su mano de golpe.

—Estás siendo injusto, Drew.

—Lo sé, maldita sea, pero sé que puedo perderte, y no

puedo permitirlo. Estoy luchando por mi vida, y voy a utilizar todos los recursos a mi disposición.

Sus ojos eran fieros, su mandíbula dura y obstinada.

—Ya te dije que no eras un simple reemplazo de Ellie, y por Dios que ésa es la verdad. Matt tampoco puede ocupar el lugar del hijo que perdiste, pero tú misma has dicho que lo quieres; dale lo que no tuviste la oportunidad de poder darle a Joey —tocó los labios de ella con los suyos, y añadió—: Podríamos incluso tener un niño juntos.

—¡Oh, Dios! —exclamó ella.

Se cubrió el rostro con las manos, y se derrumbó contra él cuando Drew la atrajo hacia sí; la acunó en el refugio de sus brazos, acariciándole la cabeza y murmurando palabras de amor.

—Sé que te estoy presionando, pero te quiero en mi vida, Arden. Más que al tenis, más que a nada. Pero no te lo pediría si no creyera que tú nos necesitas a Matt y a mí con la misma desesperación que nosotros a ti.

Arden sintió una mano húmeda en el hombro, y al levantar la vista se encontró a Matt de pie junto a ella; le temblaba el labio inferior, y sus ojos, tan parecidos a los de Drew, brillaban con lágrimas plateadas.

—*Aaden* —dijo el niño, al borde del llanto—, *Aaden*.

—Oh, cariño, no llores —ella secó las lágrimas de sus propios ojos y forzó una sonrisa—; lo ves, no pasa nada —recordó que nada perturbaba tanto a Joey como verla triste; ver a un adulto tan visiblemente afectado hacía que el mundo de un niño se tambaleara—. Estoy bien, ¿lo ves?

Él miró a su padre con expresión dubitativa, pero los ojos de Drew permanecieron fijos en Arden. Ella atrajo a su hijo hacia sí y lo abrazó, angustiada por haberle causado un momento de inseguridad y dolor.

–Mira, lo ves, estoy muy contenta –le dijo–. ¿Dónde está tu ombligo? ¡Ya lo veo!, ¡ya lo veo!

Le hizo cosquillas juguetonamente, y cualquier rastro de lágrimas desapareció cuando el niño estalló en risitas. En aquel momento, oyeron la voz de la señora Laani reprendiéndolos desde el muro que separaba la playa del jardín:

–Qué vergüenza, dejar al niño corretear así desnudo. Va a criarse como un salvaje.

–Así lo trajo Dios al mundo, señora Laani –le dijo Drew, lanzándole a Arden una sonrisa de complicidad.

–Qué blasfemia –refunfuñó la mujer mientras iba por el niño.

Intentó ponerle un bañador a pesar del pataleo de sus piernas cubiertas de arena, pero él se revolvió y protestó hasta que se dio por vencida con un suspiro de resignación y dijo:

–¿Lo ven?, ya es medio salvaje.

Se llevó de vuelta a la casa al niño, que siguió repitiendo «*sesta* no» hasta que se perdieron de vista.

–No sabía que iba a verme llorar, no debería haberlo disgustado.

–¿Accederás a casarte conmigo si me echo a llorar?

La expresión de Drew era tan traviesa, y sus ojos tan tristes, que Arden estalló en carcajadas; inclinándose hacia él, lo besó y dijo:

–Oh, Drew, te amo, pero hay razones por las que no debería casarme contigo.

–Y muchas otras por las que sí deberías hacerlo.

Ella apoyó la cabeza en su pecho, dejando que el vello

cosquilleara en su nariz; adoraba el aroma almizclado de su piel.

—Hay una razón muy importante por la que no debería casarme contigo, algo que tiene que ver con mi pasado; algo que hice y que...

Él echó ligeramente la cabeza hacia atrás para mirarla directamente a los ojos y dijo:

—Arden, no puede haber nada tan vergonzoso en tu pasado, e incluso si lo hubiera, comparada conmigo has vivido como una santa. No me importa nada de tu pasado, sólo me preocupa tu futuro —sus dedos rozaron la mejilla de ella y siguió diciendo—: Y también hay algo que yo he estado dudando si contarte o no, pero que honestamente no creo que cambie nada, porque no afecta de ninguna manera al amor que siento por ti.

Besó la comisura de su boca, y le preguntó:

—¿Tiene ese secreto algo que ver conmigo, con lo que sientes por mí?, ¿hace que me quieras menos?

Ella contestó con sinceridad:

—No, no disminuye en nada mi amor hacia ti.

—Entonces, olvídalo. Nuestras vidas comenzaron cuando nos conocimos, mantendremos nuestros pasados al margen; cerraremos ese capítulo de nuestras vidas y empezaremos a crear nuestros propios recuerdos.

La besó profundamente, como si quisiera borrar físicamente las objeciones de ella con su boca.

—Cásate conmigo, Arden.

—Drew, Drew... —ella buscó su boca para otro largo beso que logró que todo lo demás pareciera carecer de importancia.

Él la rodeó posesivamente con los brazos mientras la devoraba, aislándolos simbólicamente del resto del mundo.

—Quítate la parte de arriba del bikini —murmuró contra la boca de ella.

Ella se apartó, fingiendo estar exasperada.

—¿Por eso me has pedido que me case contigo, para tener acceso carnal ilimitado a mi cuerpo?

—Es una de las razones —contestó él, recorriendo con lasciva aprobación las curvas femeninas.

Él iba a ocultarle cómo había tenido a Matt, y Arden se preguntó si su propio secreto era mucho peor. De repente, se sintió liberada de las cadenas que la aprisionaban; quería celebrar su amor, ser feliz, deshacerse de la culpa y las preocupaciones.

—¿Qué pasa si alguien nos ve? —su voz insinuaba una pícara promesa.

—Mo y la señora Laani son las únicas personas que pueden entrar en la propiedad sin mi autorización previa; los dos saben que, cuando estoy a solas en mi playa con una mujer, deben mantenerse alejados.

—¿Ah, sí? ¿Y cuantas veces has estado a solas con una mujer en tu playa?

—Ésta es la primera vez. Esta mañana hice circular un aviso.

Ella se mordió el labio para no reír.

—¿Qué me dices de los barcos?, ¿qué pasa si alguien pasa navegando y nos ve desnudos?

—Nosotros veremos el barco antes y correremos a ponernos a cubierto.

—Ya veo que has pensado en todo.

—En todo —dijo, mirándola a través de sus largas pestañas doradas—. Por cierto, ¿has aceptado mi proposición, o tengo que deducir por tus besos que la respuesta es «sí»? —la rodeó con sus manos; una desató la cinta de su cuello, la otra la de su espalda.

—No he dicho que sí... —el viento jugueteó con la parte superior del bikini, haciendo que ondeara por unos segundos contra ella antes de llevárselo volando—, pero ya que voy a revolcarme...

Drew se puso de pie y se quitó el bañador; era como un moderno Adán, perfecto, dorado y fuerte, un parangón de belleza masculina. Cuando volvió a la toalla, el pañuelo que rodeaba su frente le daba un aire casi salvaje. Ella continuó:

—Ya que voy a revolcarme en la playa contigo... —se quitó la parte baja del bikini bajo la ardiente mirada de él—, desnuda... —él la abrazó con un movimiento felino, y se tumbaron juntos—, supongo que tendré que casarme contigo.

Drew la besó con pasión, con un ardor casi tan tórrido como los elementos... arena, viento, sol... e igual de primitivo.

—Vaya luna de miel —murmuró Drew mientras conducía hacia la pintoresca ciudad de Lahaina.

—Yo creo que es maravillosa —rió Arden mientras colocaba bien la camisa de Matt por enésima vez.

—Mi idea de una luna de miel en condiciones es tenerte desnuda en mi cama, ocupada con todo tipo de actos lascivos.

—Tendremos tiempo para eso —susurró ella.

Drew se volvió a mirarla, y su mirada ardiente la llenó de deseo. Arden comentó:

—Pero, por ahora, te agradecería que mantuvieras los ojos en la carretera.

Cuando ella accedió a casarse con él, Drew se había apresurado a hacer las preparaciones necesarias, y todo había quedado listo en sólo unos días. La ceremonia matinal había sido completamente privada; los había casado un pastor al que Drew conocía, y sólo habían asistido la señora Laani y la mujer del oficiante. Y Matt, por supuesto. A petición de Arden, Drew no lo había notificado a la prensa.

—Por favor, Drew —le había suplicado—, no quiero estar en primer plano; te acompañaré en todas las giras, estaré animándote en cada partido, pero no quiero que me fotografíen ni me entrevisten.

Arden recordaba cómo los periodistas se habían apiñado alrededor de Ellie y de él cuando salían del hospital, y no entendía cómo habían podido mantener el secreto de que ella no era la madre biológica. Arden tenía que guardar su propio secreto, al menos durante un tiempo; había decidido decirle a Drew que era la madre de Matt, pero sólo cuando se sintiera segura en su matrimonio. Por el momento, cuanta menos gente supiera que se habían casado, mejor, por lo que se mantendría en un discreto segundo plano.

—Pero estoy orgulloso de ti —había objetado él—, ¿por qué quieres esconder que nos hemos casado?

—No quiero esconderlo, es sólo que no quiero publicidad —buscó una excusa creíble, y dijo—: Por... por Ellie. Era tan hermosa, estaba tan integrada en tu vida... hasta que no aprenda a manejarme en tu mundo, no quiero que me comparen con ella.

—No hay comparación —le había dicho él con ternura, acariciando su cabello.

Al final, Drew había claudicado a regañadientes; habían vuelto a Maui a media tarde para que Matt pudiera dormir la siesta, y ella le había dicho:

—Llama a Gary para ir a jugar un rato.

—¿En el día de mi boda? —había protestado él.

—¿Quieres ganar las competiciones o no?

Él se había vuelto hacia la señora Laani con las manos extendidas.

—Llevamos casados sólo unas horas, y ya está dando órdenes.

Bajo su tono de broma, Arden se dio cuenta de que se sentía complacido de que ella entendiera lo exigente que era su profesión.

—Vendrás conmigo a verme jugar, ¿verdad?

—No me lo perdería por nada del mundo.

Con los brazos enlazados, habían subido juntos al dormitorio principal; la señora Laani ya había colocado la ropa de Arden en el armario, y sus artículos de aseo y maquillaje estaban pulcramente ordenados en el cuarto de baño.

—¿Cómo lo ha hecho tan rápido? —había preguntado Arden con asombro.

—Tenía órdenes estrictas de traer tus cosas aquí en cuanto fuera posible; fuiste tú la que se inventó la norma ridícula de no volver a acostarte conmigo hasta después de la boda.

Se acercó a ella y rodeó su cintura con los brazos, besando ligeramente sus pechos a través de la blusa de seda que ella se había puesto debajo del traje de boda. La evidencia del deseo masculino presionó contra ella.

—Te deseo con locura, Arden —dijo él con voz ronca contra su seno, que se hinchó anhelante—; a partir de ahora, no voy a tener piedad.

Sus bocas se unieron con pasión, moviéndose con un deseo reprimido liberado al fin; Drew le quitó torpemente el vestido, y Arden quedó cubierta sólo por una fina combinación de seda. Él amasó sus pechos, y cuando los pezones se tensaron, descendió sobre ellos para acariciarlos con la lengua a través de la tela.

Arden le quitó la camisa y le desabrochó enfebrecida el cinturón hasta que él pudo quitarse los pantalones con movimientos desesperados. Ella deslizó las manos bajo los calzoncillos y las deslizó sobre su glúteos, acariciando los músculos tensos por el control que él intentaba ejercer.

Drew acarició su espalda, su trasero, sus muslos, recorriendo con las manos la sedosa combinación y las medias. Justo encima de los muslos de ella, sus dedos rotaron eróticamente contra los huesos de sus caderas, pero cuando sus nudillos rozaron el triángulo de su feminidad, Arden agarró su cabello y apartó la cabeza de él de la suya.

—Tienes que ir a jugar —dijo con respiración jadeante.

—Al cuerno con eso —gruñó él, alargando los brazos hacia ella.

—Ahí es donde irá a parar tu juego si no practicas —dijo Arden, inflexible.

Él musitó un exabrupto, pero se apartó de ella para acabar de cambiarse de ropa. Ella empezó a guardar en los cajones las cosas que se habían quedado sobre el tocador, intentando no distraerse con el cuerpo de Drew. Él no mostró ningún recato mientras iba de un cajón a un armario para buscar sus ropas de tenis, y Arden no pudo evitar pensar que jamás había visto un cuerpo masculino más hermoso que el suyo.

Él estaba poniéndose una prenda de sujeción similar a unos calzoncillos ajustados, que llevaba bajo los pantalones cortos, cuando capturó la mirada fascinada de ella en el espejo. Insolentemente, subió la elástica prenda blanca por sus muslos y ajustó su cuerpo en el apretado y restringido espacio.

—¿Ves algo que te guste? —preguntó con un guiño.

Arden se ruborizó, y cerró el cajón con un movimiento brusco.

—Me gusta todo lo que veo —admitió, y se arriesgó a lanzar otra mirada al espejo.

—Me alegro de oírlo —dijo él; tras acercarse a ella, le apartó el cabello para besar su nuca.

Ella aún estaba trasteando con las cosas que había sobre el tocador cuando Drew acabó de vestirse y empezó a meter una muda en su bolsa de deporte.

—¿Después de rechazar mis atenciones amorosas porque no había tiempo, vas a seguir entreteniéndote y conseguir que llegue tarde?

Arden se sintió como una colegiala, de pie frente a él cubierta sólo por una combinación y unas medias.

—¿Por qué no me esperas abajo? Tengo que... eh... estaré lista en sólo unos minutos.

—¿Por qué...? —Drew se detuvo en seco, fue hasta ella y colocó las manos sobre sus hombros en un gesto comprensivo—; ha pasado bastante tiempo desde que compartiste una habitación con un hombre, ¿verdad?

Ella tragó con dificultad y asintió con la cabeza, sintiéndose como una tonta; él la besó en la mejilla y le dio un ligero apretón en los hombros.

—Estaré abajo, tómate el tiempo que necesites.

Antes de que saliera, ella lo detuvo.

—¿Drew?

Él se giró, y ella dijo:

—Gracias.

Él sonrió y dio una palmadita en la jamba de la puerta.

—Ya pensaré en algo para que me devuelvas el favor —le guiñó otra vez el ojo y se fue.

A pesar de sus objeciones sobre jugar al tenis en el día de su boda, Drew lo hizo bien; de nuevo, multitud de espectadores fueron a ver el entrenamiento, y aplaudieron con entusiasmo cada vez que ejecutó algún golpe difícil. Él estaba en su salsa, disfrutando de cada segundo, y aunque parecía ajeno a Arden, ella sabía que era consciente de su presencia y de su apoyo.

Drew había planeado llevarla a una elegante cena de celebración, pero Matt se había enrabietado al ver que se iban sin él.

—¿No puede venir con nosotros, Drew? —había preguntado ella, apretando al lloroso niño contra sí.

—Arden, desde que besé a la novia esta mañana, he estado compartiéndola con otras personas. Quiero tenerte para mí solo.

—Y yo también, pero no me lo pasaré bien si dejamos a Matt llorando así.

Drew había apelado a su sensatez.

—Sólo lo está haciendo para salirse con la suya.

—Ya lo sé, y también sé que voy a tener que empezar a enseñarle a portarse bien, pero esta noche no.

Tras murmurar varias imprecaciones, Drew había dado su brazo a torcer.

—Pero ni se te ocurra pensar que va a dormir con nosotros —había dicho mientras salía a la carretera con el coche.

De modo que allí estaban los tres, rumbo a Lahaina. El denso tráfico hizo que Drew tuviera que aminorar la velocidad, y Arden aprovechó para preguntar:

—¿Adónde vamos?

—Como has insistido en esta salida familiar —dijo él con tono seco—, voy a dejar que me prepares la cena.

—¿Qué? —rió ella con sorpresa.

—Espera, ya lo verás.

Los llevó al Pioneer Inn, un histórico hotel que había

hospedado a los marineros cuando la ciudad había sido un importante puerto ballenero. Estaba construido alrededor de un patio central a cielo abierto, iluminado por lámparas y antorchas y lleno de espectaculares plantas tropicales.

—¡Es precioso! —exclamó Arden mientras los conducían a una mesa.

—Me alegro, pero no estaba bromeando cuando dije que tendrías que preparar mi cena. Mira allí.

Drew señaló hacia una gran parrilla al carbón bajo un toldo protector; había un reloj en la pared, para que los clientes pudieran controlar el tiempo, y a lo largo de la parrilla había alineados toda clase de condimentos y salsas.

—Resulta que soy una gran cocinera —alardeó Arden—; cuando estaba casada y tuve a Joey me encantaba organizar las comidas, pero después... —un espasmo de dolor se reflejó en su rostro, y al fin pudo decir—: perdí el interés.

Él apretó su mano.

—Si te gusta cocinar, puedes hacerlo para Matt y para mí siempre que quieras, a partir de hoy mismo.

Se acercaron a la parrilla después de ordenar el filete de Drew, la hamburguesa de Matt y el *mahimahi* de Arden. El pescado de la isla estaba fileteado, adobado y envuelto en papel de aluminio, listo para asar. Cuando Arden tomó las largas espátulas metálicas, bromearon y compartieron consejos culinarios; Matt chillaba cada vez que aparecía una llama siseante. Cuando los platos estuvieron listos, los llevaron a la mesa y se los comieron con unas enormes ensaladas y judías al horno.

Drew puso los ojos en blanco, chasqueó los labios y dijo:

–Delicioso.

Matt lo imitó, y el corazón de Arden estuvo a punto de desbordarse con el amor que sentía por los dos hombres de su vida. Intentó no confiarse demasiado, ya que tanta felicidad la aterraba.

Organizarlo todo para los viajes era una tremenda responsabilidad; la señora Laani y Matt compartirían una habitación, Drew y Arden otra, y Ham ocuparía una tercera. Por suerte, el gerente del hotel se ocupó de todos los detalles, y aunque con la ayuda de la señora Laani Arden aprendió a hacer las maletas con la economía de espacio en mente, la tarea parecía interminable.

Arden se había sentido nerviosa ante la perspectiva de conocer a Ham Davis. Resultó ser un hombre de cabello canoso y no muy alto, que masticaba un enorme puro pestilente; su buche desbordaba los pantalones, y tenía que subírselos constantemente con manos enormes y velludas. Pero su encanto era innegable, y a Arden le gustó de inmediato su manera de ser brusca y directa.

Fue a recibirlos al Aeropuerto Internacional de Los Ángeles, y al conocerla le dio un ligero apretón en las manos; sus ojos oscuros la miraron directamente a los ojos, y pareció aprobar lo que vio en ellos.

–Sea lo que sea lo que estás haciendo para Drew, sigue así.

Sólo le dijo aquello, pero Arden supo que se había ganado su aprobación total. Sin embargo, al hombre no le gustaron nada dos peticiones de Drew: en primer lugar, que aceptara los deseos de Arden de no estar en primer plano, y en segundo lugar, que les dejara unos días libres para ir a visitar a la madre de Drew en Oregón.

Aquélla era otra presentación que Arden temía, y en el vuelo a Portland se sintió muy nerviosa; sin embargo, no tenía motivos para preocuparse, ya que la señora McCasslin era muy amable y hospitalaria. Tras el caos en el aeropuerto, y el revuelo que se formó mientras se instalaban en su casa para la estancia de dos noches, Arden y ella compartieron unos momentos a solas. Estaban en la inmaculada cocina, que era soleada y acogedora, esperando a que la tetera rompiera a hervir.

—No eres lo que me esperaba —dijo Rose McCasslin mientras sacaba unas bolsitas de té de la alacena; sus ojos azules eran idénticos a los de su hijo y su nieto.

—¿Y qué esperaba? —preguntó Arden.

—No estoy segura. Alguien que destilara eficiencia, alguien que se ocupara de la educación de Matt, y que rehabilitara a Drew o lo condenara al alcoholismo; una mujer mucho menos hermosa, mucho menos... dulce.

—Gracias —dijo Arden, conmovida—; pero Drew ya se había rehabilitado él solo antes de casarse conmigo.

—Por eso sé que eres la mujer adecuada para él; dejaste que lo hiciera —ladeó la cabeza, y añadió—: Supongo que sabes que está muy enamorado de ti.

—Bueno, sí, creo que sí.

—Me alegro. Y me siento aliviada, cuando enterramos a Ellie y él se mudó a aquella pequeña isla, pensé que se pudriría allí por el resto de su vida. Pero es feliz de nuevo, y sólo quiero pedirte una cosa.

—¿El qué?

Los ojos de la mujer se iluminaron con un familiar brillo de humor cuando dijo:

—Haz que os traiga, a mi nieto y a ti, a verme más a menudo.

Viajaron a Phoenix, Dallas, Houston, Nueva Orleans, San Petersburgo... Drew jugó impresionantemente bien, pero aunque ganó las rondas clasificatorias, perdió las finales; sin embargo, ni Ham ni él se desmoralizaron, ya que estaba plantando cara a los mejores jugadores del circuito. Entonces ganó en Memphis, en Atlanta y en Cincinnati. Empezó a subir puestos en la tabla clasificatoria.

Arden estaba cansada por tanto viaje, pero radiante por su éxito; la vida de gira era dura, sobre todo con un niño tan enérgico y curioso como Matt. Había acabado todos los artículos que tenía contratados antes de ir a Hawái, y se había sentido satisfecha cuando la informaron de que los iban a publicar sin ningún tipo de cambio o corrección; por el momento, había rechazado otras ofertas para escribir más.

—¿Qué haces cuando estoy entrenando? —le había preguntado Drew una noche mientras permanecían abrazados tras hacer el amor—; ¿te estás aburriendo?

—¿Que si me aburro? Tengo que perseguir a Matt de un lado a otro, así que no te preocupes por mí —se acurrucó aún más contra él, disfrutando de la protectora sensación del cuerpo masculino—. Espero con impaciencia a que te toque jugar, y sueño despierta con... esto.

Bajó la mano por el estómago de él, y lo acarició íntimamente; cuando sus dedos lo rodearon, Drew soltó un suave jadeo.

—Dios mío, Arden, ¿estás intentando matarme por el

dinero del seguro? Hoy he jugado un partido muy duro, cinco sets, y... entonces hemos hecho el amor... Dios del Cielo...

—No parece que estés a punto del colapso, todo lo contrario... —susurró ella, acariciando el duro miembro.

—¿Qué haces cuando no estás ocupada pensando en maneras de mandar a tu marido a una muerte prematura? —jadeó él.

—Escribo.

—¿Escribes...? No, no te pares... sí, así... oh, Dios... ¿qué escribes?

—Cosas. Tomo notas para una novela, escribo poesía.

—¿Poesía? Lo que me estás haciendo es pura poesía.

La hizo rodar hasta ponerla de espaldas, dejó que lo guiara hacia el interior de su cuerpo y añadió:

—Escribe mil versos así para mí.

Se alegraron de volver a casa. Ham había protestado y había insistido en que no lo hicieran, incluso había intentado convencer a Arden de que lo apoyara.

—Tiene que jugar todos los torneos que pueda —había dicho, puntuando cada palabra con un movimiento tajante de la mano que sujetaba el puro.

—Drew quiere estar en casa unas cuantas semanas, Ham.

—Tú puedes hacer que cambie de opinión.

—A lo mejor, pero no voy a hacerlo.

—Lo imaginaba —se llevó el puro a los labios, maldijo, y entonces dijo que él los llevaría al aeropuerto.

Mo tenía la casa aireada y lista para su llegada, y recuperaron una rutina razonablemente normal. Drew jugaba con Gary cada día en el club, trabajando en los puntos débiles que Ham y él habían discutido. Arden se ocupaba de Matt y planeaba la siguiente gira, que sería por Europa. Sólo pensar en ello la dejaba exhausta. ¿Cómo iba a explicarles a unos camareros que hablaban otros idiomas que Matt prefería un bocadillo a cualquier exquisitez de sus caros menús? Ni siquiera había podido convencer a los que hablaban el mismo idioma que ella.

Una tarde, estaba relajándose en su dormitorio, acurrucada en una de las sillas cercanas a las amplias ventanas, cuando Drew entró y dejó caer su bolsa de deporte justo al lado de la puerta. Se miraron el uno al otro desde ambos extremos de la habitación, transmitiéndose el amor que había crecido entre ellos durante las últimas semanas.

—Estás hermosa ahí sentada, Arden —dijo él con voz suave—. El sol del atardecer hace que tu cabello brille con reflejos rojizos.

—Gracias. Quería estar lista para cuando llegaras, pero me entretuve con algo —cerró una libreta y la dejó sobre la mesa que estaba a su lado.

Él cerró la puerta con llave antes de ir hacia ella. Arden llevaba una bata que le gustaba especialmente; el cuello era ancho y ovalado y caía sobre sus hombros, y la prenda cubría su cuerpo como una fina nube azul que llegaba al suelo.

—Te acabas de bañar —comentó él.

Olía a flores y a mujer, y su pura feminidad era un reclamo infalible para su masculinidad; Drew se arrodilló junto a la silla y puso los dedos a ambos lados de su cuello. Le gustaba pensar que el corazón de ella se aceleraba cuando él la tocaba.

Ella simbolizaba la paz, el hogar, el amor, todas las cosas que él había creído que nunca volvería a tener; cada vez que la veía tras breves ausencias, volvía a sorprenderse de lo mucho que la amaba, de cómo desde el principio había habido una unión entre ellos que no podía entender ni explicar.

—¿En qué te has entretenido?

—En nada fuera de lo común.

Él había aprendido que aquel tono de voz despreocupado significaba todo lo contrario; ¿quién la había convencido de que su opinión no tenía valor?, ¿el marido del que casi no hablaba? Drew maldecía a aquel hombre casi a diario; había hecho daño a Arden, un daño terrible, y por muchas otras razones además de la muerte de Joey. Aún quedaban vestigios de lo mal que lo había pasado, aunque ella nunca hablaba de ello. Aunque tardara toda la vida, Drew pensaba enseñarle lo valiosa que era.

—Has escrito algo, ¿verdad?

Ella apartó la vista de él.

—Es horrible, lo sé, pero es algo que he querido plasmar en papel desde hace mucho tiempo.

—¿Puedo leerlo?

—No es lo bastante bueno para que nadie lo lea.

—No me lo creo.

—Es muy personal —dijo ella, humedeciéndose los labios en un gesto nervioso.

—No insistiré si no quieres que lo lea.

—Me gustaría conocer tu opinión —se apresuró a decir ella.

Él tomó la libreta y la abrió; la primera página estaba titulada *Joey*. Él levantó los ojos hacia los suyos, pero ella los evitó; se levantó de la silla y fue hasta la ventana, donde quedó silueteada contra el cielo rojo bermellón.

Drew leyó el poema de cuatro páginas, y su garganta se fue constriñendo más y más con cada verso; era obvio que las palabras habían brotado directamente de su alma, y que había sido un proceso doloroso. Eran conmovedoras sin ser empalagosas, espirituales sin ser pomposas. Expresaban la abismal e impotente angustia de una madre al ver morir lentamente a su hijo; pero los últimos versos eran un testimonio de todo lo bueno que aquel niño había llevado al mundo, y expresaban una envidiable y singular alegría.

Drew tenía los ojos húmedos cuando se levantó; volvió a poner con gesto reverente la libreta sobre la mesa, y fue hacia ella. Deslizó los brazos bajo los suyos desde atrás, y la apretó con fuerza contra su cuerpo. Posó la frente sobre el hombro de ella y dijo:

—Es hermoso, Arden.

—¿Lo crees de verdad, o lo dices por quedar bien?

—Es realmente hermoso. ¿Te resulta demasiado personal para compartirlo con los demás?

—¿Te refieres a publicarlo?

—Sí.

—¿Es lo suficientemente bueno?

—Dios, sí. Creo que cualquier padre, haya sufrido la pérdida de un hijo o no, entendería tus sentimientos; yo lo hago. Creo que deberías publicarlo, quizás ayude a alguien que esté pasando por lo mismo.

Ella se volvió hacia él y apoyó la cabeza en su corazón; adoraba su fuerte y firme latido.

—Ojalá hubiera estado allí cuando necesitaste a alguien; tú me ayudaste a superar mi crisis, pero tú tuviste que pasar por un infierno sola. Lo siento, amor mío.

Arden supo por el fervor en su voz y la caricia de sus manos en su espalda que sus palabras eran sinceras.

—Ven aquí —dijo él, y tomándola de la mano la llevó hacia la cama.

Cuando se sentó y la colocó de pie entre sus muslos, Arden miró su rostro lleno de amor y trazó sus cejas con un dedo.

—Quisiera poder borrar con mi amor todo el dolor almacenado dentro de ti —Drew se inclinó hacia delante y posó la cabeza sobre su estómago.

—Yo también quisiera borrar el tuyo, pero siempre formará parte de nosotros. Quizá nos amamos más por nuestro pasado sufrimiento.

—Sólo sé que te amo más de lo que creí que era posible amar a alguien —dijo él.

El aliento de él era cálido y húmedo al filtrarse por la fina tela de su bata; él restregó con ternura la nariz contra sus pechos, disfrutando del delicioso peso sobre su rostro.

—Arden, no estás usando anticonceptivos, ¿verdad? —levantó la cabeza y la miró.

Ella hizo un gesto negativo antes de responder con voz estrangulada:

—No.

—Bien. Tengamos un bebé.

Acarició sus senos con ternura, contempló su forma, comprobó su plenitud como si estuviera viéndolos por primera vez.

—¿Le diste el pecho a Joey?

—Hasta que enfermó.

Drew asintió y acarició sus pezones; cuando se endurecieron, restregó el rostro contra ellos, de un lado a otro.

—Quiero tener un hijo contigo.

Arden tomó la cabeza de él entre sus manos y la apretó contra la suavidad de su abdomen. Él añadió:

—Un bebé que sea sólo de los dos, que hagamos juntos.

Si él supiera lo que estaba diciendo... Arden entendía por qué él sentía que Matt no había sido sólo de Ellie y suyo. ¿Había llegado el momento de decirle que ya tenían un hijo de ambos, que habían creado juntos un hermoso bebé? Si se lo decía, ¿seguiría devorándola con ternura? Quizás dejara de amarla, quizás la acusara de manipularlo de forma imperdonable.

Sus labios se abrieron para confesar, pero había esperado demasiado; Drew estaba besando el delta entre sus muslos, adorando su feminidad con su boca y sus dulces palabras. Levantó la tela de su bata por sus piernas y sus muslos hasta dejarla en su cintura, y enterró la cara en el suave material, inhalando el aroma de ella.

Arden se estremeció y se aferró a sus hombros cuando sus labios tocaron su piel desnuda; él dejó ardientes besos en el sedoso y oscuro vello que cubría sus secretos.

—Deja que te dé un bebé, Arden —susurró—, deja que te dé el más hermoso de los regalos.

La rodeó con sus manos, acunó sus caderas y la inclinó hacia arriba, hacia su boca.

—Drew —jadeó ella—, no puedes hacer eso.

Pero sí que pudo, y lo hizo. El cuerpo entero de Arden estalló en una conflagración de pasión; la boca de él hizo que las llamas atravesaran su entrepierna, su corazón, su alma. Drew colocó las piernas de ella sobre sus muslos y se arrodilló frente a ella.

—Te amo, Arden. Deja que cure tu dolor.

Besó su feminidad una y otra vez con labios posesivos y a la vez sumisos; su atrevida lengua la llevó a un clímax tras otro, y la calmaba después con ternura. Al borde del abismo una vez más, Arden enterró los dedos en su cabello y le levantó la cabeza.

–Entra dentro de mí. Ahora, por favor –dijo, y jadeó cuando volvió a convulsionarse.

Él consiguió quitarse los pantalones, y su miembro, pleno y duro, la llenó completamente. Drew se movió con más audacia que nunca antes, acariciando las paredes de su sexo, deteniéndose y acariciando de nuevo hasta que ella sólo era consciente del ritmo de sus embestidas. Él la penetró profundamente una y otra vez, tocando su útero, haciendo promesas y cumpliéndolas con una salvaje explosión de amor tan sublime que las mejillas de Arden se inundaron de lágrimas.

Cuando él dejó su cuerpo, se sentía pesada, letárgica, y aun así parecía desafiar a la gravedad al sentir que flotaba. Él se quitó el resto de su ropa, deslizó la bata de ella por el cuerpo femenino cubierto de sudor hasta quitárselo por completo, y lo dejó a su lado en la cama.

Reuniendo apenas la energía suficiente para formar las palabras, Arden susurró:

–¿Por qué lo has hecho?

Los dedos de Drew descendieron desde el centro de su cuerpo hasta la sombra de su sexo, y volvieron a sus maravillosos pechos. Sus ojos brillaron con la luz interior de un fanático adorando a su ídolo.

–Para mostrarte que mi amor por ti no tiene límites.

–Me siento débil de tanto amarte.

Él sonrió con ternura y contestó:

–Y yo me siento fortalecido por mi amor por ti

—rozó un pezón con los labios, y lo recorrió con la lengua—; me alegro tanto de ser un hombre...

—¿Crees que hemos hecho un bebé? —dijo ella mientras enredaba los dedos en su cabello rubio.

Él soltó una suave risita, posó la cabeza al lado de la suya en la almohada y se acurrucó contra su cuerpo.

—Seguiremos intentándolo hasta que lo consigamos.

Y se quedaron dormidos, cubiertos sólo por la púrpura luz del atardecer.

—Estáis locos —les gritó Arden a aquellos dos grandes tenistas.

Drew y Gary estaban peloteando de un lado al otro de la red, lanzando la pelota al aire tan arriba como podían. Estaban haciendo el payaso para entretener a Matt, que estaba de pie al lado de la cancha dando palmaditas con las manos. Cuando Drew golpeó la pelota entre las piernas, el niño gritó entusiasmado y saltó arriba y abajo.

—Vale, fanfarrón —dijo Arden—, antes de que te hagas daño y me toque tener que decirle a Ham que no puedes jugar, me llevo a casa al público. A lo mejor así practicarás en serio.

—Aguafiestas —bromeó Gary antes de ir a hablar con su última conquista, que lo esperaba con una toalla y un termo de agua fría.

—Lo mismo digo —dijo Drew, mientras se ponía una toalla alrededor del cuello; le puso otra a Matt, y él le obsequió una gran sonrisa—. Tu madre es una tirana y una estirada —le dijo al niño, antes de besarlo en la frente; se incorporó y añadió con un susurro—: Excepto en la cama, donde se transforma en una fiera salvaje.

—Y tú eres el rey de la jungla —dijo Arden con tono seductor, frotando su nariz con la de él—; me encantaría besarte, pero no puedo encontrar ninguna zona seca.

—¿No dijo eso Bette Davis?

—No, ella dijo «te besaría, pero acabo de lavarme el pelo».

—Ah, sabía que era algo así. Bueno, entonces me debes un beso; ¿tienes que irte?

—Sabes que Matt es un monstruito si no duerme su siesta; quizás podríamos llevarlo a la playa cuando vuelvas a casa.

—Y jugar *denudos*.

—¿Nunca piensas en otra cosa?

—Sí —dijo él con fingida indignación—, a veces fantaseo con que lo hacemos con la ropa puesta.

—¡Eres incorregible! —exclamó ella, tirándole una toalla a la cara—; juega bien, nos vemos en casa.

Arden se puso a Matt en la cadera, su bolsa en el hombro del otro brazo, y fue hacia el aparcamiento donde había dejado el Seville; se podría decir que lo había heredado cuando Drew se compró un jeep.

Habían estado tres meses en Europa, viajando de país en país, de torneo en torneo, y habían regresado la semana anterior. Drew ocupaba ya el puesto número cinco del ranquin mundial, y esperaba alcanzar el número uno al año siguiente.

—Entonces me retiraré.

—¿Y a qué te dedicarás?

—¿Qué te parecería montar una cadena de tiendas de deporte? Pondríamos un énfasis especial en la participación familiar, ya sabes, zapatillas iguales para padre e hijo, trajes de tenis a juego para madres e hijas, juegos que toda la familia pueda practicar junta en el jardín... cosas así.

—Suena genial, me gusta la idea.

—Sí, a mí también; vamos a liderar el sector.

—¿«Vamos»?

—Ham también piensa retirarse, dice que es demasiado mayor para volver a empezar con otro jugador; quiere participar en el negocio conmigo. Y tú... —le dio un rápido beso—, no hay ni que decirlo.

En cuanto a los escritos de Arden, primero una revista femenina, y después el *Reader's Digest*, habían publicado su poema *Joey*, y la revista le había planteado la posibilidad de que escribiera un relato corto; Arden tenía ya varias ideas.

—¿Te lo has pasado bien viendo jugar a papá? —le preguntó a Matt.

El niño había celebrado su segundo cumpleaños en París, y aunque ya era casi demasiado pesado para llevarlo en brazos, Arden lo hacía siempre que podía. La llamaba «mamá», y cada vez que veía la palabra en sus labios, ella quería llorar de felicidad.

—Es fantástico, ¿verdad? Claro que ni tú ni yo somos demasiado imparciales.

Arden no vio al hombre en el coche aparcado junto al suyo hasta que él salió del vehículo; ella echó una ojeada por encima del hombro, y se le helaron las entrañas. Sintió que sus pulmones dejaban de funcionar, que su corazón se detenía.

Él había engordado, y su cabello, más encanecido y mal peinado, empezaba a escasear; su piel pálida contrastaba con los capilares de su nariz, que habían enrojecido por sus excesos con el alcohol. Su papada se asemejaba a un gran bolsillo vacío, su ropa parecía demasiado apretada, y sus zapatos estaban gastados.

Pero aquel brillo taimado aún asomaba a sus ojos, seguía sonriendo con aquella mueca de suficiencia que decía que sabía algo y que estaba impaciente por aprovecharse de ello.

Arden estuvo a punto de devolver; tragó la bilis que había inundado su garganta, e instintivamente, con el fiero instinto protector de la maternidad, apretó a Matt contra sí.

—Hola, señora McCasslin.

El tono de su voz hizo que el nombre sonara como un insulto obsceno; Arden sintió una oleada de repulsión, y tuvo el irrefrenable impulso de salir corriendo tan rápido como pudiera; pero lo que hizo fue mirarlo con ojos gélidos llenos de odio y decir:

—Hola, Ron.

La mirada vidriosa de Ron recorrió su cuerpo, y Arden sintió la necesidad de ducharse; lo único que impidió que gritara fue que no quería que él supiera el miedo que le tenía.

—Tienes buen aspecto —dijo él cuando acabó su inspección y volvió a mirarla a los ojos.

—Y tú tienes un aspecto deplorable —dijo ella sin inflexión alguna en la voz, preguntándose de dónde habría salido aquel nuevo coraje. Sin duda era el resultado del amor de Drew, y de la felicidad que había descubierto junto a él.

Ron Lowery parpadeó, momentáneamente desconcertado por la desacostumbrada firmeza de ella; su boca se curvó en una mueca cruel y dijo:

—Es verdad, pero es que no he tenido la misma suerte que tú, señora McCasslin.

Arden dejó a Matt en el suelo; el niño había perdido todo interés en la conversación, y estaba absorto en el botón amarillo de metal que señalaba la plaza de aparcamiento delante del coche. Arden se aseguró de que estuviera completamente fuera del alcance de Ron.

—No me culpes de tus desgracias, Ron, tuviste en bandeja de plata todas las oportunidades para tener éxito... ¿o debería decir que las tuviste en un anillo de boda? Sólo puedes culparte a ti mismo si no las aprovechaste.

Él apretó los puños a los lados, y dio un amenazante paso hacia ella.

—Ni se te ocurra hablarme en ese tono. Puedo destrozar tu pequeño mundo de un plumazo, señora McCasslin. ¿Cómo supiste que era él?

Ella decidió que su única defensa posible era no admitir nada; levantó la barbilla con gesto altivo y dijo:

—No sé de qué estás hablando.

Ron la agarró con dedos de hierro y la atrajo hacia él.

—¿Cómo supiste que era McCasslin? Y no creas que soy tan estúpido como para pensar que eres su flamante esposa por una increíble casualidad.

Ella tragó un nudo de miedo y parpadeó ante el dolor de su brazo; estaba viendo una faceta de Ron que siempre había sabido que existía, a pesar de que se había negado a reconocerlo de forma consciente. Él sería capaz de ser despiadado, cruel y violento para conseguir lo que quería.

—Fue una deducción —dijo ella, y respiró aliviada cuando él le soltó el brazo—; los vi, a su mujer y a él, la mañana que salieron del hospital.

—Vaya, felicidades. Te ha salido bien la jugada, ¿verdad?

Ron miró a Matt, y la expresión de sus ojos le heló la sangre en las venas a Arden.

—Es un niño bastante mono; hice un buen trabajo al engendrarlo.

La recorrió una oleada de náusea, y Arden pensó que iba a desmayarse; se sorprendió al ver que aún seguía de pie.

—¿Tú? —dijo con voz estrangulada.

La risa de él fue repugnante.

—¿Qué pasa, señora McCasslin? ¿Crees que te has tomado tantas molestias para nada, que te casaste con el hombre equivocado?

Sus burlas la enfermaron aún más, y preguntó desesperada:

—¿Es Matt el hijo de Drew?

Ron la miró con expresión taimada, disfrutando del dolor que le había causado.

—Sí, McCasslin aportó el semen, pero como recordarás, yo hice todo el trabajo.

El alivio que sintió fue tan grande que Arden se desplomó contra el lateral del coche; el vértigo desapareció al cabo de unos segundos, pero el sabor metálico en su boca y la sensación enfermiza en su estómago persistieron. Aquel hombre era diabólico, capaz de cualquier cosa.

—La verdad es que me has hecho un gran favor al casarte con McCasslin —dijo él, mientras se quitaba de las uñas una supuesta suciedad... que quizás fuera muy real.

Ella se negó a darle el gusto de preguntarle a qué se refería, y se limitó a mirarlo con calma.

—Me he metido en problemas, Arden; te destrozará saber que el consultorio por el que tu santo padre trabajó tanto ya no existe.

—Cuando me divorcié de ti dejó de tener ningún significado para mí —dijo ella—; había dejado de ser el trabajo de mi padre, y se había convertido en tu juguete. No quería nada tuyo.

Ron se encogió de hombros y dijo:

—Bueno, lo importante es que se ha ido a pique, lo que nos lleva al motivo de esta agradable visita —se inclinó hacia ella y susurró con tono de complicidad—: Vas a ayudarme a recuperarme de algunas de mis pérdidas.

—Estás loco, ni siquiera escupiría sobre ti si estuvieras en llamas. Y esta «agradable visita», como tú la llamas, ha terminado. No vuelvas a molestarme.

Arden se agachó y levantó a Matt en sus brazos, limpiándole las rodillas en un gesto ausente; abrió la puerta del coche y lo metió dentro, ignorando sus protestas.

—Espera un momento, zorra —dijo Ron, y la agarró del brazo antes de que ella pudiera entrar en el vehículo—; ¿qué te parece si le hago una breve visita a tu marido?

Arden dejó de forcejear y contuvo el aliento mientras miraba los ojos enfebrecidos de aquel hombre.

—Tú tienes una mala opinión de mí, pero recuerda que tanto su insípida esposa como él me consideraban un ser supremo. Estoy seguro de que se alegraría de verme, ¿quieres que tenga una pequeña charla con él?

La inundó una oleada de pánico, y Arden rogó que él no se diera cuenta. Sin embargo, el brillo victorioso en sus ojos reveló que él había notado su reacción.

—El señor McCasslin no sabe quién es tu anterior marido, ¿verdad? No sabe con qué zorra cara se ha casado, una cualquiera que vale cincuenta mil dólares. No sabe nada, ¿verdad? Vaya, qué interesante... —le dio un empujón, y Arden cayó sobre el asiento del coche de golpe—; estaremos en contacto.

Era una promesa, una amenaza que la dejó entumecida durante todo el viaje de vuelta a casa.

—¿No te gustan los escalopes de ternera?
Arden dejó de juguetear con la comida y sonrió a su marido, que la observaba con una preocupada mirada interrogante, y dijo:
—Lo siento, supongo que me apetecía pasar una velada más tranquila.
Aquella noche habían salido a cenar solos a uno de los locales más concurridos de Lahaina.
—Deberías habérmelo dicho, podríamos haber ido a otro sitio —Drew tomó su mano y le dio un suave apretón, mirándola con una expresión íntima capaz de derretir un corazón—. O podríamos habernos quedado en casa, haber cenado en nuestra habitación y haberlo pasado muy, pero que muy bien.
La insinuación de sus palabras, el recuerdo de otras veladas similares y el amor tan evidente en los ojos de él hicieron que Arden sintiera el dolor de la culpa con la que vivía.
Toda la tarde se había sentido recelosa, temerosa de mirar por encima del hombro y ver a Ron. Lo odiaba. Era una persona repugnante, y su egoísmo la asqueaba. Pero, ¿era ella mejor que él? Había manipulado a Drew de forma despreciable, ¿por qué no le había confesado quién era al principio?, ¿por qué era tan difícil confesárselo en ese momento?
Ambas preguntas tenían la misma respuesta: porque lo amaba demasiado. En cuanto había posado sus ojos en él, su objetividad había salido volando, y no había

regresado jamás. Era tan difícil confesarle en ese momento que era la madre biológica de Matt como lo había sido el día que él se había acercado por primera vez a ella para saludarla. Pero su culpa se estaba volviendo insoportable, la corroía como un cáncer. No soportaba pensar que se parecía en algo a alguien de la calaña de Ron.

—Siento estar arruinándote la velada —suspiró, deseando poder meterse en la seguridad del cuerpo masculino, esconderse de todos los peligros.

—Ninguna velada contigo puede ser una ruina —dijo él con voz suave, y sonrió al decir—: Bueno, si no tenemos en cuenta las veces antes de casarnos en que estaba desesperado por acostarme contigo y a ti sólo te faltó castrarme.

Ella se echó a reír.

—Me comporté como una dama —dijo con fingida compostura.

—Sí, claro. Estoy seguro de que lo que realmente querías era...

Se detuvo en seco al ver algo al otro lado de la sala que lo dejó sin habla.

—¿Drew?

Tardó un momento en volver a mirarla, y pareció incapaz de centrarse.

—Eh... ¿qué? Oh, lo siento, ¿qué me decías?

—Eras tú el que estaba hablando, no yo.

Arden se giró para ver qué había capturado su atención, y se le hizo un nudo en la garganta al ver a Ron Lowery sentado solo en una mesa, mirando su menú con actitud despreocupada. Su presencia allí no era ninguna casualidad, estaba segura de ello. Se apresuró a volverse hacia Drew para ver si él había notado su temor, pero él seguía con la mirada fija en Ron.

—¿Conoces a ese hombre? —preguntó ella con voz vacilante.

En ese momento, se dio cuenta de que había optado por seguir mintiendo; había tenido la oportunidad perfecta para decirle «Drew, creo que conoces a mi primer marido; Ellie y tú fuisteis a verlo hace tres años, y él encontró a una madre para vuestro bebé. Yo soy esa mujer». Sin embargo, había decidido tomar el camino más fácil; no podía poner a prueba el amor de Drew, aún era demasiado nuevo y frágil. Y quería demasiado a Matt, no podía correr el riesgo.

—Eh... sí —contestó Drew mientras seguía mirando a Ron, que en aquel momento estaba bromeando con una camarera.

Arden creyó detectar cierto matiz de amargura en la voz de él, y vio cómo apretaba los labios en un gesto familiar que indicaba que se sentía molesto por algo. Al parecer, no tenía a Ron en tanta estima como su ex marido creía.

—Es... él es... Ellie y yo lo conocimos en el continente; hubo un tiempo en que fue un amigo nuestro muy especial.

—Ya veo —dijo Arden antes de tomar un trago de agua.

—Es médico, y nos hizo un favor especial por el que pagamos una buena cifra, pero después intentó sacarme más dinero.

Arden se sintió enferma al saber que, después de que Matt naciera, Ron había intentado conseguir más dinero del matrimonio; ¿acaso aquel hombre no tenía moral?

—¿Por qué te pidió más de lo que habíais acordado? —preguntó, intentando aparentar calma.

—Dijo que habían surgido unas complicaciones que no había anticipado —dijo él con expresión ausente mientras seguía mirando a Ron; entonces pareció darse cuenta de que había dicho más de lo que pretendía, y volvió su atención hacia ella. Esbozó una sonrisa forzada y dijo—: Me pregunto qué hace en Maui; supongo que estará de vacaciones.

—Seguramente —Arden se preguntó cómo su voz podía parecer tan normal cuando estaba al borde de la histeria.

—Si has acabado de mutilar el escalope, será mejor que nos vayamos.

—Sí, ya he acabado.

Mientras Drew la conducía hacia la puerta, Arden se dio cuenta de que tendrían que pasar junto a la mesa de Ron, y se preguntó si sería capaz de sobrevivir a aquello. Sabía que él los había seguido hasta el restaurante, que era su forma de demostrar la seriedad de sus amenazas. Él quería algo de ella, e insistiría con la tenacidad de un bulldog hasta que ella cediera. Y Arden sabía que, para salvaguardar su vida con Drew y Matt, accedería a sus demandas.

Ron actuó con un aplomo digno de un premio; cuando su mirada se posó en Drew, sus ojos se abrieron con alegre sorpresa, pero no mostró ninguna señal de reconocerla a ella. El corazón de Arden martilleaba en su pecho cuando le oyó decir:

—¡Drew McCasslin! Me alegro de volver a verte.

—Hola, Lowery, ¿cómo estás?

Se dieron un apretón de manos, y Ron dijo con una afabilidad excesiva:

—Tienes un aspecto fantástico, últimamente los periódicos deportivos hablan maravillas de ti —sus ojos se nublaron, y dijo con voz compasiva—: Sentí lo de tu esposa, ¿cómo está el niño?

Arden sintió cómo los músculos de Drew se contraían con una gran tensión, pero él contestó con tono calmado:

—Gracias por tus condolencias. Matt está muy bien, es todo un hombrecito de dos años.

—Me alegro de oírlo.

Drew atrajo suavemente a Arden hacia delante.

—Y ésta es mi mujer, Arden. Cariño, te presento al doctor Ron Lowery.

Arden pensó de repente que en las comedias a menudo aparecían situaciones así, y se preguntó cómo alguien podía pensar que tenían la más mínima gracia. La ironía era demasiado cruel. La histeria que la había estado amenazando todo el día estuvo a punto de salir a la superficie, y no supo si estallar en maníacas carcajadas o ponerse a gritar. De alguna forma, logró mantener el control; sin embargo, por nada del mundo le habría dado la mano a Ron, y se limitó a decir:

—Doctor Lowery.

—Encantado de conocerla, señora McCasslin —dijo él con amabilidad.

Su sonrisa sincera enfureció a Arden, que ardía en deseos de quitarle la máscara y revelar el fraude que era. Pero si delataba a Ron, se delataría a sí misma.

Los dos hombres hablaron de naderías unos minutos; Ron les dijo que había ido a las islas para tomarse unas semanas de vacaciones, y Drew le deseó que tuviera una estancia agradable. Arden consiguió contener sus nervios, aunque su sonrisa era tan tensa, que sintió que de un momento a otro se rompería en mil pedazos.

—Me ha alegrado volver a verte —dijo Ron finalmente.

—Lo mismo digo. Espero que disfrutes de las vacaciones —dijo Drew.

Ya en el coche, encendió el motor pero no arrancó, y se limitó a mirar en silencio por encima del capó.

—¿Pasa algo? —preguntó Arden.

—No, es sólo que hay algo en...

La voz de Drew se fue apagando mientras ella permanecía tensa a su lado; sólo su rígido control impedía que se derrumbara.

—El doctor Lowery fue una persona importante para Ellie y para mí; ya te dije que a ella le costó concebir, y él... él hizo posible que tuviéramos a Matt. Gracias a él tengo a mi hijo, pero... maldita sea, Arden, no sé cómo explicarlo.

Él sacudió la cabeza, como si al hacerlo sus confusos pensamientos fueran a adquirir una cierta lógica.

—Es más que el hecho de que me pidiera más dinero; hay algo en él que no acaba de gustarme, que me impide confiar demasiado en él. No sé por qué, pero verlo hoy aquí me inquietó. No lo había visto desde que Matt nació, y no creí que volvería a cruzarme con él.

Soltó una risita sin humor y arrancó.

—Supongo que crees que estoy loco.

—No —dijo ella, con la mirada fija en las luces del salpicadero—; no creo que estés loco. Yo tampoco confío en él.

—¿Vas a decirme lo que te preocupa, ahora que ya he apagado las luces?

Arden ya llevaba varios minutos en la cama cuando

Drew había apagado la lamparita y se había tumbado junto a ella. Ambos estaban desnudos, ya que ella había decidido dejar de usar pijamas. Con una sexy sonrisa, Drew le había dicho en la primera semana de casados que así «ahorraban tiempo». Pero aunque esa noche Arden no se había puesto nada, había querido hacerlo; había necesitado esconderse, cubrirse, y se había enroscado en la cama mirando para fuera.

—No me preocupa nada —murmuró sobre la almohada.

—Entonces has cambiado completamente de personalidad desde que saliste del club esta tarde, porque has sido un manojo de nervios; no has cenado nada y no has hablado en el viaje de vuelta, pero lo más sorprendente es que casi te has olvidado de ir a darle un beso de buenas noches a Matt. Está claro que te pasa algo.

Toda la ansiedad de Arden salió a la superficie, y lo pagó con quien tenía más cerca: Drew.

—No quiero hacer el amor, y ya piensas que algo va mal; quizá no esté de humor, ¿vale? Dios, esperas que me encienda y me apague como una bombilla, ¿no puedo querer una noche tranquila?

Hubo varios segundos de silencio antes de que Drew apartara las sábanas y se levantara de un salto de la cama.

—Me parece que tienes un problema de memoria, porque no recuerdo haberte pedido que hagamos el amor.

Él se alejó tres pasos antes de que ella le implorara que volviera.

—¡Drew! —gritó, y tras sentarse en la cama extendió los brazos hacia él—; lo siento, lo siento... por favor, vuelve, abrázame.

La luz de luna que se filtraba por la ventana reveló el

reguero plateado de lágrimas en las mejillas de ella; él volvió a su lado de inmediato y, abrazándola con fuerza, le acarició con ternura el cabello.

—¿Qué pasa, Arden? ¿Es algo que he hecho, algo que no he hecho?

—No, no —gimió ella—, no debería haberte hablado así, no era mi intención, lo que pasa es que...

—¿Qué? Dímelo.

Ella buscó en su alma el valor de confesarle lo de Ron, lo de Matt, pero no pudo encontrarlo; en ese momento, su coraje era tan elusivo como el haz de luz de luna que se reflejaba en el cabello de él.

—No es nada, de verdad; es sólo que... no he estado de buen humor hoy, eso es todo.

—Túmbate —le dijo él con suavidad, y se reclinó junto a ella sobre las sábanas.

Hacía el suficiente calor para que durmieran sin cubrirse con nada, con sólo la brisa oceánica sobre la piel. Él se tumbó tras ella, acercándola hacia sí y envolviéndola con sus brazos con un gesto protector. Su aliento acarició el oído de ella cuando susurró:

—Te amo, Arden.

—Yo también te amo —dijo ella, acunando sus caderas contra él, sintiendo su miembro cálido y orgulloso.

Las manos de Drew recorrieron la parte frontal del cuerpo de ella hacia arriba y hacia abajo, trazando el valle que dividía su torso en dos partes.

—¿Estás preocupada porque no te has quedado embarazada?

Eso la había preocupado, pero no había dicho nada; habían tenido la esperanza de que ella concibiera desde el día que él había leído su poema.

—Pasará tarde o temprano —dijo.

—Yo también lo creo, pero la verdad es que no me importa demasiado si te quedas embarazada o no. Te amo a ti, Arden, y no quiero que creas que si no tenemos un hijo te querré menos.

Ella se llevó una de las manos de él a los labios y la besó.

—Soy egoísta, quiero serlo todo para ti.

—Lo eres. Ya siento como si fueras la madre de Matt; al vernos juntos, nadie adivinaría que no lo eres.

Ella ahogó un sollozo y se apretó más a él. No se merecía la confianza ciega de aquel hombre, su amor incondicional.

—Cuando te hago el amor, lo último en mi mente es concebir un niño; lo único que existe eres tú, lo único que hago es amarte. Totalmente.

Los sollozos de ella se mezclaron con un suspiro cuando Drew tomó uno de sus senos en su mano, mientras su voz profunda murmuraba palabras de amor en sus oídos.

—Pienso en tus pechos, en su forma perfecta; adoro su plenitud, tocarlos así.

Sus dedos rozaron los pezones, que ya estaban excitados sólo por sus palabras.

—Eres tan hermosa —susurró mientras seguía acariciándola—; tu piel es tersa, suave —su mano descendió por el estómago de ella—; adoro besarla, sentirla contra mi rostro y mis labios. Y esto... —sus dedos rozaron el vello oscuro entre sus muslos—, esto es todo mujer —la suave exploración se intensificó, y añadió—: Adoro esta parte de ti.

Sus audaces caricias y la tierna invasión de sus dedos hizo que ella gimiera.

—Cuando estoy dentro de ti, siento algo increíble.

—Drew —giró la cabeza hacia él, y lo besó profundamente.

—Nada de lo que hagas hará que te quiera menos. No puedes ganarte mi amor, Arden, porque ya es tuyo. Un amor libre y sin exigencias, incondicional y eterno.

Ella se volvió en sus brazos para mirarlo a los ojos y dijo:

—He cambiado de idea. Quiero hacer el amor.

Cuando Arden le puso las manos en los hombros e hizo que se pusiera de espaldas, Drew sonrió con placer y sorpresa. Ella se colocó sobre él, haciendo que gimiera de placer; sus senos se movían seductores frente a sus ojos azules, y sin acabar de creer su propia audacia, Arden tomó uno en una mano como una ofrenda.

—¿Podrías...?

Él aceptó el regalo con entusiasmo; bañó los tensos pezones con su lengua, la enroscó alrededor de los oscuros montículos hasta que ella sintió el movimiento en su mismo centro. Él tomó un pecho en su boca justo cuando ella descendió sobre su sexo.

Drew murmuró contra sus senos cosas sin sentido mientras ella se movía sobre él, hundiéndolo más y más profundamente.

—Oh, Dios... —gimió él, desplomándose sobre la almohada.

Arden rotó las caderas, las alzó, las bajó; quería tenerlo completamente dentro de su cuerpo, para que no pudiera haber dudas de que se pertenecían el uno al otro, de que su matrimonio era real.

Drew respiraba con dificultad, casi con violencia, pero sus caricias rezumaban ternura; amasó sus senos, y dejó que una mano se deslizara hasta el lugar de unión de sus cuerpos. Arden se estremeció.

—Oh, Drew, por favor, por favor...

Ella no sabía si estaba suplicándole que parara o que no se detuviera jamás, pero él sí. Continuó con aquel divino tormento hasta que sintió que el cuerpo femenino se convulsionaba, y se aferró a sus caderas para anclarla a él mientras compartían el estallido final de placer.

Exhausta, Arden se desplomó sobre él, y sus estómagos se movieron juntos mientras jadeaban, intentando respirar. Sus cuerpos estaban cubiertos de sudor, sus músculos débiles e inútiles, pero sus corazones rebosaban.

Al fin, Drew se movió hasta que estuvieron tumbados de lado, y apartó húmedos mechones de cabello oscuro del rostro de ella mientras la apretaba contra sí.

—Nuestro amor encarna todo lo que es bueno, honesto y puro en el mundo, Arden.

—Sí —dijo ella con voz ronca, mirándolo con una sonrisa.

Cuando Drew se durmió ella se echó a llorar de nuevo, en silencio.

—¿Hablo con la señora de la casa?

Arden apretó los dedos alrededor del teléfono. Reconoció la voz untuosa de inmediato, durante días había temido oírla. Sabía que Ron llamaría, aunque no sabía cuándo, y en ese momento se sintió casi aliviada; al menos, la incertidumbre había llegado a su fin. A partir de ese momento sólo tendría que preocuparse por lo que él querría de ella.

—Sí —contestó con tono cortante.

—En el Orchid Lounge. A las tres en punto.

Ron colgó, y Arden hizo lo mismo con el cuidado de alguien que hubiera sido sometido a una terapia física, y quisiera asegurarse de que sus movimientos eran precisos y correctos. Ron no le había dado mucho tiempo, ya eran más de las dos. Matt estaba durmiendo la siesta, y Drew estaba en su despacho hablando con Ham en una llamada a larga distancia en la otra línea. Tenían pensado ir a la playa en cuanto Matt se despertara.

—Señora Laani —dijo Arden, asomando la cabeza por la puerta de la cocina—, no quiero molestar a Drew mientras habla por teléfono, ¿podría decirle que he decidido ir a comprar esta tarde? Dígale que vaya a la playa con Matt sin mí, quizá llegue a tiempo y me reúna con ellos más tarde.

—Yo puedo comprar mañana cualquier cosa que necesite para la casa —ofreció el ama de llaves.

—No, gracias. Necesito unas cuantas cosas para mí, no creo que tarde mucho.

Salió de la casa un par de minutos después, vestida con una falda de popelín y una camisa. No pensaba arreglarse para ver a Ron.

Sabía que el Orchid Lounge estaba en un destartalado barrio a las afueras de Lahaina, había pasado por allí muchas veces de camino a la ciudad. Pero resultó ser mucho mucho peor de lo que esperaba: estaba apenas iluminado y lleno de humo, y el olor a cerveza rancia impregnaba la sombría atmósfera.

Sus ojos tardaron varios minutos en acostumbrarse a la falta de luz, y entonces se dio cuenta de que era la única mujer en el local. Podía sentir las miradas que la observaban con lascivia desde las esquinas en sombras. Arden tragó con dificultad, se dirigió a la mesa más cercana y se sentó.

—Un agua con gas, por favor —le dijo al camarero, que se había apresurado a ir a tomarle nota.

El hombre tenía el pelo lleno de gomina, y llevaba una camisa ancha con un estampado hawaiano chillón no demasiado limpia.

—Sí, señora —dijo en un tono de voz que erizó la piel de Arden.

Ella fijó los ojos en el reloj de neón que había en la pared opuesta, y no los apartó de allí cuando el camarero dejó con un pequeño golpe su bebida en la mesa, sin posavasos ni servilleta. Arden no habría tocado aquel vaso ni por todo el oro del mundo; ignoró las miradas inquisitivas y siniestras, los comentarios susurrados seguidos de fuertes risotadas.

Ron se estaba retrasando ya cerca de un cuarto de hora, y Arden sabía que lo estaba haciendo a propósito para debilitarla, para asustarla, para humillarla; era exactamente la clase de guerra psicológica que a él le gustaba. Arden no estaba dispuesta a quedarse ni un minuto más en aquel lugar sórdido.

Justo cuando estaba tomando su bolso para marcharse, Ron se sentó frente a ella.

—¿Adónde vas? —le preguntó con tono beligerante.

—No me gusta el sitio que has elegido para este encuentro —dijo ella con voz tensa.

Los otros clientes del establecimiento le estaban lanzando miradas de suficiencia, y sin duda pensaban que había ido allí a encontrarse con un amante... o con un cliente. Arden se estremeció de repulsión.

—No importa que te guste o no —dijo Ron, y le hizo una seña al camarero; tras pedir un whisky solo doble, la miró con aquellos ojos traicioneros capaces de derrumbar las defensas de Arden como arietes, y dijo—: Necesito veinte mil dólares.

Cuando el camarero dejó el whisky de Ron sobre la grasienta mesa, le preguntó a Arden si quería otra bebida; ella pensó que era una pregunta absurda, ya que no había tocado la primera. Negó con la cabeza sin dignarse a mirar al hombre, que le recordaba a una cucaracha por cómo se movía en la oscuridad.

Ron se bebió medio vaso de golpe, hizo una mueca y tragó con dificultad, y volvió a tomar otro trago, esa vez más pequeño.

—Tú vas a conseguir ese dinero para mí —dijo.

—Vete al infierno. No pienso hacer nada parecido.

Los ojos de él recorrieron su pecho, y la boca masculina se curvó en una desagradable sonrisa.

—Sí que lo harás —tomó otro trago y añadió—: Hay unos tipos que van tras de mí, Arden. Tipos duros, asesinos. Les debo un montón de dinero, y quieren que se lo devuelva.

—Ése es tu problema, no el mío.

—Oh, claro que es tu problema, yo estoy haciendo que lo sea. Estás casada con un tenista famoso, un vip, un tipo importante y con recursos; ni siquiera lo habrías conocido de no ser por mí, me lo debes.

Arden hizo algo que nunca creyó que haría en presencia de Ron Lowery: se echó a reír.

—Estás loco —dijo sin ocultar su desprecio por él—; después de todo el daño que me hiciste, de que me pidieras que diera a luz al hijo de otro hombre, dices que *yo* te debo algo a *ti*.

Él se encogió de hombros y dijo:

—No importa, vas a hacer lo que te diga, como siempre. Porque eres una cobarde, Arden.

—¡No lo soy! —siseó ella.

—¿No? —preguntó él con una sonrisa cínica y otra risita siniestra. Echó un vistazo por encima del hombro, y vio a los hombres que los observaban—. ¿No estabas ni siquiera un poco asustada antes de que yo llegara? No te gustó nada tener que estar aquí, ¿verdad? Todos estos hombres te estaban devorando con la mirada, pensando en lo que tienes debajo de la falda; ¿tuviste un poco de miedo?, ¿no te sentiste un poco nerviosa? Apuesto a que hay un pequeño reguero de sudor bajando entre tus pechos, ¿a que sí? ¿Están esos preciosos y grandes pechos tuyos cubiertos de sudor?

—Deja de hablar así.

—Y probablemente también tengas un reguero de sudor entre los muslos, ¿verdad que sí? Con una sola palabra mía, apuesto a que estos hombres estarían encantados de comprobarlo.

—Ron, por favor.

Él fingió sorprenderse.

—Cómo, ¿he oído cierto temblor en tu voz, una súplica? —cruzó los brazos sobre la mesa y se inclinó hacia ella—, así quiero verte, Arden; complaciente —tomó otro trago, se recostó en el respaldo de la silla y le hizo un gesto al camarero para pedir otro whisky; cuando tuvo su nueva bebida, dijo—: Ahora, hablemos de negocios. Necesito cinco mil de inmediato, y los otros quince mil puedes dármelos durante las próximas semanas.

—Ron —dijo ella, luchando por mantenerse razonable—, no tengo tanto dinero.

—¡Sé que tienes una maldita cuenta corriente! —exclamó él, y dio un puñetazo en la mesa.

Arden dio un salto, a pesar de que estaba decidida a no mostrar su miedo.

—Sí, tengo una cuenta corriente —dijo con una serenidad forzada—; ¿pero cómo voy a explicarle a Drew un gasto tan enorme?

—Eso es cosa tuya. Si has podido engatusar al tipo para que se case contigo, puedes pensar en algo para conseguir el dinero.

—No lo engatusé —dijo ella con vehemencia.

—Él no opinaría lo mismo si le dijera a quién impregné con su semen, ¿verdad? —sacudió la cabeza con burlona aflicción—, no, creo que no sería un marido demasiado comprensivo si se enterara de eso.

—Podría negarlo. Podría admitir que fuiste mi marido, pero eso no prueba que tuviera al hijo de Drew. Diría que estabas mintiendo para chantajearnos.

—Arden, Arden, ¿aún eres tan ingenua? ¿Te acuerdas del abogado, cariño? Es un amigo mío, y tiene los documentos en una caja fuerte; sólo tengo que enseñárselos a McCasslin. Además, ya te dije que me tiene en un altar porque le proporcioné el niño.

Fue su turno de mostrarse burlona.

—No cuentes con eso, Ron; me contó cómo habías intentado sacarle más dinero por unas *complicaciones* que surgieron. No te tiene en tanta estima como crees.

—Aun así, no le gustaría nada que le contara a la prensa lo del niño; dañaría su imagen, por no hablar de la reputación de su querida difunta esposa —la miró con expresión calculadora y dijo—: Dime, Arden, ¿no estáis demasiado apretados los tres en la misma cama? Tú, tu tenista y el fantasma de su mujer.

Había querido herirla, y lo había conseguido; lo supiera él o no, había descubierto su única vulnerabilidad.

—Las cosas no son así —protestó con tono desesperado.

—¿No? Estaba locamente enamorado de esa mujer, incluso alguien tan cínico en cuestiones del corazón como yo se dio cuenta; ¿pretendes que crea que has conseguido reemplazarla? Recuerda que yo también estuve casado contigo, Arden, y aunque como ama de casa, cocinera y madre eres muy buena, como amante eres patética.

Ella sintió una oleada de puro odio; ardió en deseos de alardear de su vida sexual con Drew, de contarle a aquel bufón cada detalle de su vida juntos. Tenía los puños apretados con fuerza a sus lados cuando dijo:

—Drew me quiere, y yo lo quiero a él. Queremos tener un hijo, y...

Su risa grosera la interrumpió.

—¿Un hijo? —rió con más fuerza—, ¿quieres otro bebé? ¿De dónde has sacado la idea de que aún puedes tener hijos?

12

—¿Qué... qué quieres decir? —sus pulmones se estaban cerrando, no podía respirar, iba a morir allí.

—Quiero decir, señora McCasslin, que cuando diste a luz te esterilicé. Te vacié. No más niños.

—Eso es imposible —susurró ella—; es imposible.

—¿No te acuerdas de que estabas anestesiada?

—Pero... pero no hubo ninguna incisión, si me hubieras ligado las trompas...

Él desechó sus argumentos con un indolente gesto de la mano.

—Siempre hay nuevos métodos que probar, y ¿qué mejor conejillo de indias que la esposa de un ginecólogo? Temí que te arrepintieras de haber renunciado al bebé, sobre todo si Joey moría; no quería tener otro hijo si se volvían a despertar tus instintos maternales, el tratamiento médico de Joey me costó una fortuna.

Ella soltó una exclamación angustiada, como si él la hubiera herido de muerte; ¿cómo podía hablar así de Joey, su propio hijo? Además, aquel hombre cruel y despiadado había destrozado todas sus esperanzas de tener otro bebé. Sintiéndose completamente derrotada, buscó a ciegas su bolso.

—¿Cuánto necesitas, cinco mil?

Quería que Ron saliera de su vida para siempre; si podía lograrlo con dinero, le daría el que le pidiera.

—Sí, para empezar. Y lo necesito mañana.

—¿Mañana? —exclamó, preguntándose cómo iba a conseguir aquella cantidad en tan poco tiempo—; no creo que pueda conseguirlo tan pronto, pero lo intentaré —se levantó y se tambaleó, un poco mareada.

Él la agarró del brazo y le dijo:

—Me lo darás mañana, o tendré que hacerle una visita a ese apuesto marido tuyo. Él y yo tenemos mucho de qué hablar.

Conmocionada aún, Arden consiguió liberar su brazo y fue con paso inestable hacia la puerta. El sol la cegó... ¿o fueron las lágrimas?

—¿Mañana? —repitió Arden. Drew había soltado la bomba justo cuando ella se llevaba el tenedor a la boca, y lo dejó suspendido a medio camino. Volvió a bajarlo e insistió—: ¿Nos vamos a California mañana?

«Mañana, mañana, mañana...», la palabra parecía rodar por su cabeza como la bola de una ruleta, resonando incesantemente.

—Ya sé que es una molestia, pero acabo de enterarme hace unos minutos.

Drew había estado hablando con Ham, y cuando por fin apareció en el comedor, ya era bastante tarde. Como Matt estaba inquieto y tenía hambre, Arden ya había empezado a darle de comer.

—La señora Laani puede preparar las cosas de Matt esta noche; tomaremos un avión a la una en punto hacia Honolulu, y después un vuelo nocturno a Los Ángeles.

—¿Por qué tanta prisa? —Arden estaba consternada; ¿cómo iba a pagarle a Ron? Llevaba toda la tarde intentando encontrar una excusa convincente que poder darle a Drew cuando le pidiera el dinero.

—Usa la servilleta como papá, Matt —dijo él, haciendo una demostración para su hijo, y sonrió cuando el niño obedeció—. Por varias razones: en primer lugar, hay tres torneos en los que Ham cree que debería participar; no jugarán muchos de los mejores, así que es posible que consiga algunas victorias. Son en San Diego, Las Vegas y San Francisco, así que los viajes no serán muy largos, y se celebran con sólo unos días de diferencia. Además, Ham y yo tenemos que ocuparnos de unos asuntos.

Arden se quedó mirando su plato; desde que había vuelto de hablar con Ron, le había resultado cada vez más difícil mirar a Drew a los ojos. Ya no tenía uno, sino dos secretos que guardar... que era la madre de Matt, y que no podía tener hijos. Si él descubría cualquiera de los dos, tendría razones más que suficientes para odiarla, y por si fuera poco, ella tenía que engañarlo para conseguir dinero y pagar a un chantajista. Dios, ¿cómo había podido hundirse así?

A pesar de lo que Ron creía, ella no tenía fondos ilimitados; Drew había abierto una cuenta corriente a su nombre, que mantenía actualizada con una importante suma de dinero y donde también se ingresaban los cheques por los artículos o las historias que ella escribía.

—El dinero es tuyo, puedes hacer con él lo que quieras —le había dicho Drew al hacer el depósito inicial—; pero no te lo gastes en artículos para la casa, hay otra cuenta para eso. Ésta es para todos tus caprichos.

Arden había consultado el saldo después de hablar con Ron, y la cifra estaba muy lejos de los veinte mil dólares que necesitaba; de hecho, no llegaba a cinco mil. Sabía que si no conseguía el dinero Ron se lo contaría todo a Drew, y para empeorarlo todo al día siguiente tenían que viajar al continente.

Cuando la señora Laani fue a recoger a Matt para llevárselo a su cuarto y que ellos pudieran acabar de cenar tranquilos, Arden se limitó a asentir con gesto distraído. Besó la mejilla del niño, pero después ni siquiera recordaría haberlo hecho. Se sentía como una momia, completamente envuelta en su problema, aprisionada e inmóvil, completamente apartada de la vida. Cuando estuvieron a solas, Drew siguió explicándole las razones del viaje.

—Ha surgido la posibilidad de que Ham y yo compremos acciones de una cadena de tiendas de deporte; es una empresa que opera a nivel nacional, y en un par de años podremos comprar las acciones de los otros socios para tener el control total.

—Eso es fantástico, Drew.

—He conseguido un crédito con un banco de Honolulu, así que quizás andemos un poco cortos de efectivo hasta que yo gane algunos torneos y empiece a recibir los ingresos de los nuevos contratos con los patrocinadores. ¿Te importa que tengamos que controlar más los gastos por un tiempo?

Lo dijo en tono de broma, pero Arden apenas pudo esbozar una sonrisa; aunque ella encontrara una buena excusa, Drew no podría dejarle el dinero, porque iba a gastar todo el efectivo que tenía para poder meterse en un negocio que aseguraría el futuro de su familia. Arden sentía que su alma se ahogaba, que sus sueños salían gota a gota de su corazón, que la consumía una negra opresión.

La ansiedad de Arden por el viaje inminente alarmó a Drew; de hecho, llevaba días muerto de preocupación por ella, desconcertado por el súbito cambio en su carácter. Nunca antes se había mostrado nerviosa o tensa, pero últimamente se echaba a llorar o se enfadaba a la más mínima provocación.

Si él no le hablaba directamente, ella adoptaba una expresión ausente, completamente ajena a lo que sucedía a su alrededor. Cuando estaban hablando, sus ojos a menudo se nublaban y Drew sabía que, aunque ella le daba las respuestas adecuadas, no estaba escuchando lo que le decía. Incluso Matt, al que ella siempre había tratado con infinita paciencia, había sufrido su mal humor.

Al principio, él había creído que la causa eran los cambios hormonales mensuales, pero había durado demasiado tiempo. Después había pensado esperanzado que ella podría estar embarazada, pero cuando se lo había sugerido con una gran sonrisa, ella se había echado a llorar y lo había acusado de quererla sólo como yegua de cría. Tras frenar el impulso de soltar una maldición y salir de la habitación con un portazo, él se había acercado a ella, la había tomado entre sus brazos y la había consolado con declaraciones de su amor sin límites. Pero con eso sólo había conseguido que ella llorara aún más.

Drew no tenía ni idea de lo que la preocupaba, pero estaba claro que pasaba algo. ¿Por qué no se lo contaba, por qué no se abría a él? Sabía que podía ayudarla, sólo necesitaba que ella le dijera lo que le pasaba. Quería que volviera su mujer, la Arden que reía y amaba con la generosidad y la espontaneidad de una niña.

Ella había parecido aún más angustiada al enterarse del viaje. ¿Por qué, acaso no le gustaba ir de gira? Él había creído que se había aclimatado muy bien, nada había parecido molestarla. Por el amor de Dios, ¿qué estaba pasando? ¿Tenía que ver con él?, ¿no estaba satisfecha con su matrimonio? La idea atravesó el pecho de Drew como un puñal.

—No... no es realmente necesario que yo también vaya, ¿verdad? —dijo Arden, mientras se humedecía los labios con gesto nervioso—; es decir, a lo mejor sería mejor para ti que no me tuvieras... que no nos tuvieras estorbando detrás tuyo. Tienes que ir a reuniones, y...

Él la miró con atención durante unos segundos, y finalmente dijo:

—Matt y tú nunca podríais estorbarme, Arden, os quiero siempre junto a mí. Y en cuanto a las reuniones, esperaba que tú me acompañaras; quiero que seas mi compañera de forma visible e integral en todos los aspectos de mi vida, y como este proyecto es vital para nuestro futuro, pensaba que te gustaría involucrarte.

Clavó los ojos en los de ella, y añadió:

—Además, hay otra razón por la que debes ir, más importante aún que las demás: quiero que vayas al médico.

Para impedir que le temblaran las manos, Arden se aferró a la silla hasta que los nudillos se le pusieron blancos.

—Pero eso es... eso es ridículo. ¿Por qué tengo que ir al médico?

—Porque creo que necesitas una revisión exhaustiva.

Insistes en que no te pasa nada, pero quiero la opinión de un profesional.

—¿A qué clase de consulta quieres que vaya? —dijo ella con voz irritada—; ¿a la de un psiquiatra?

—Creo que empezaremos por una de medicina general —la expresión de Drew se suavizó visiblemente, y añadió—: Arden, no eres una máquina. Has tenido que acostumbrarte a un nuevo marido, a otro hijo y a otro clima, es normal que tu mente y tu cuerpo tengan que pasar por un período de reajustes. Creo que ambos nos sentiríamos mejor si vamos a que te vea un médico.

Sí, Arden no tenía ninguna duda de que él se sentiría mucho mejor cuando el médico le dijera: «Su esposa tiene una salud perfecta, pero es estéril; lo lamento, señor McCasslin, sé que quería tener otro hijo».

No sabía qué iba a hacer, aunque lo cierto era que no tenía por qué preocuparse; cuando Ron no recibiera su dinero al día siguiente, le contaría la verdad a Drew. Entonces se acabaría todo, y ella no tendría que preocuparse por ninguna visita al médico. Así que no se opondría por el momento, no le quedaban fuerzas para hacerlo; el dolor y la culpa la habían dejado sin energía.

—De acuerdo, iré al médico.

—Genial. Ham va a pedirte hora.

Aquella noche, en vez de hacerle el amor, Drew le demostró sus sentimientos besándola profundamente y apretándola contra su calidez. Aun así, Arden pasó toda la noche temblando.

—¿Cómo que no puedes conseguirlo? —la voz de Ron era amenazante y desesperada.

—Ya te lo he dicho, hoy puedo darte algo más de tres mil. Es todo lo que tengo, y no puedo conseguir nada más.

Arden hablaba en susurros, temerosa de despertar a los demás. Justo después de que amaneciera, se había apartado de los brazos de Drew, se había puesto una bata y había bajado en silencio las escaleras para marcar el número de teléfono que Ron le había dado. Él había contestado de inmediato, pero no le había gustado nada lo que ella tenía que decirle.

—¡Con tres mil no me basta! —gritó—, necesito cinco mil.

—No los tengo —siseó ella.

—Consíguelos.

—No puedo. Ron, me diste menos de veinticuatro horas, tienes que ser razonable.

—Los tipos que me persiguen no lo serán conmigo.

—Tendrías que haber pensado en eso antes de mezclarte con ellos —Arden intentó ahogar el pánico en su propia voz, y añadió—: Nos vamos al continente, quizás cuando volvamos...

—¿Y cuándo será eso?

—En unas tres semanas.

—Olvídalo, para entonces estaré muerto.

Arden no dijo que aquello sería un alivio para ella, pero lo pensó, y él intuyó sus pensamientos.

—No creas que mi muerte repentina te libraría de todos tus problemas. Antes de que me vuelen los sesos, les diría dónde podrían conseguir el dinero y les contaría toda la historia. Si crees que yo soy una molestia, cariño, es que no sabes cómo actúan esos tipos. Te irá mucho mejor si sólo tienes que tratar conmigo.

—Te conseguiré el dinero —dijo ella con tono firme—, sólo tienes que conseguir que tus acreedores esperen un poco más.

—Nada de rebajas, Arden; será mejor que estés al mediodía en el bar con los cinco mil, o montaré una escena encantadora en el aeropuerto —Ron colgó tras aquellas ominosas palabras.

Arden se sentó a contemplar el océano durante largo rato antes de subir las escaleras. Sentía como si tuviera una cadena con una gran bola de hierro alrededor de los tobillos, y cada paso requería un gran esfuerzo. Drew tenía razón, la angustia mental que sentía era como una enfermedad física.

En cuanto llegó arriba, sintió el sonido de risas y movimiento que provenía de su dormitorio; abrió la puerta, y vio que Matt había ido a despertar a su padre. Ambos estaban desnudos, y Matt reía a carcajadas mientras Drew le hacía cosquillas y gruñía como un oso.

Arden fue hasta la cama y se sentó en el borde; su corazón se inundó de amor, y sus ojos de lágrimas. Ellos eran todo lo que tenía en el mundo, y los dos la querían muchísimo... hasta aquella tarde, cuando supieran que era un fraude. Su amor no era fraudulento, pero aunque sabía que debería contárselo todo a Drew en aquel mismo momento, temía su furia y su incomprensión. Había esperado demasiado. Quizás pudiera lidiar con Ron sola, a lo mejor podría conseguir algo de tiempo si le llevaba el dinero que tenía. Cada día junto a Drew y su hijo era valioso, así que atesoraría todos los que pudiera.

Drew le guiñó el ojo mientras ponía a Matt de pie sobre su plano y musculoso estómago.

—Es un niño increíble, ¿verdad?

—Sí —la voz de Arden estaba ronca de emoción.

El moreno de Matt era varios tonos más claro que el bronceado de Drew, su pequeño trasero redondeado con dos hoyuelos en la parte superior, sus piernecitas rechonchas, y los dedos de los pies regordetes. El niño disfrutó de la adoradora inspección de sus padres con descarada vanidad, y tomando su pequeño pene en la mano, proclamó:

—pipí.

Drew estalló en carcajadas.

—Sí, conoces la terminología, pero aún no has aprendido las aplicaciones prácticas —se volvió hacia Arden con una gran sonrisa de orgullo paternal en el rostro, que se desvaneció en cuanto vio que ella tenía los ojos nublados por las lágrimas. Inseguro, susurró—: ¿Arden...?

Ella lo miró con una trémula sonrisa y logró decir:

—Os quiero tanto... sois mi mundo, mi vida, lo sois todo para mí.

La mirada de Drew se nubló por las lágrimas que asomaron a sus propios ojos.

—Dios, he esperado durante días a que volvieras a decirme que me quieres, empezaba a preguntarme si no había conseguido darte lo que esperabas al casarte conmigo.

Arden alargó la mano y le tocó el pecho, acariciando el vello dorado que lo cubría.

—Me has dado mucho más de lo que jamás pude soñar.

—Me parece que hay demasiada gente en esta cama —dijo él con voz ronca.

Arden sabía que no era justo que hiciera el amor con

él cuando sus mentiras la tenían cautiva, pero quizá fuera la última vez que sintiera sus caricias y sus besos; bajó las pestañas en un gesto recatado mientras recorría los pezones de él con las uñas.

–Creo que tienes razón.

–Entonces, alguien tiene que irse –se incorporó como si tuviera una bisagra en la cintura, y quedó nariz a nariz con su hijo–; adivina a quién le ha tocado, amigo mío –llevó al niño hasta la puerta, lo dejó en el suelo, le dio una palmadita en el trasero y le dijo–: Ve a buscar a la señora Laani, Matt. Además, creo que es la hora de tu baño.

Matt se fue corriendo por el pasillo, gritando:

–¡*Auni, Auni*!

Drew cerró la puerta tras él y se apresuró a volver a la cama; no perdió ni un segundo en cubrirla, devorando su boca mientras le quitaba la bata y la exploraba con atrevidas caricias.

Los dedos de ella se enredaron en su cabello, sujetando su cabeza mientras movía la boca bajo la de él para poder besarlo más profundamente. Arden se arqueó y se retorció contra su cuerpo, tocándolo en los lugares que sabía que más le gustaban. Sus pezones se apretaron contra el musculoso pecho, acariciándolo a su vez, y sus muslos se abrieron para acunar los de él; el poderoso miembro henchido latía de deseo.

–Dios, te he echado de menos –dijo Drew con voz frenética, como si ella acabara de llegar tras una ausencia–. He deseado tanto tenerte así, libre de lo que fuera que te preocupara. No vuelvas a apartarte así de mí nunca más, Arden, hace que enloquezca de miedo. No puedo perderte, no puedo.

Acarició el cuello femenino con la boca, y mordisqueó con suavidad la delicada piel. Arden gimió de placer ante su salvaje ternura, y cuando sus labios se cerraron sobre un distendido pezón, jadeó con frases inarticuladas el éxtasis que le daba.

Las manos de ella acariciaron sus costillas, y recorrieron su pelvis hasta llegar al vello dorado entre las piernas de él. Lo acarició con timidez, lo exploró, lo rodeó y masajeó, le hizo saber que estaba lista restregándose contra él.

—Mi dulce Arden —los suspiros de Drew eran pura música, canciones de amor compuestas sólo para los oídos de ella.

Arden se arqueó, y él la penetró hasta el fondo con una poderosa embestida. Sus corazones y sus cuerpos latían al unísono mientras él iniciaba primero un ritmo lento y lánguido, seguido de otro rápido y furioso, y ella siguió con su cuerpo las distintas cadencias.

Drew había conseguido que su desesperación se desvaneciera, él curaba todos sus males y le daba toda la felicidad del mundo, su amor. Aquélla era la celebración de Arden antes de la muerte, su canto del cisne, el último deseo que se le concedía como condenada. Gritó su nombre y lo murmuró en un suave gemido cuando sintió la corriente de líquido vital bañando su útero.

Siguió aferrada a él largo tiempo después de que sus corazones se calmaran, con las piernas enlazadas alrededor de su espalda. Grabó cada sensación en su mente, para poder recordarlas cuando no lo tuviera a su lado. Ansiosa por seguir inhalando su intoxicante aroma, por seguir sintiendo su cuerpo musculoso contra su piel húmeda y su dura plenitud en su interior, lo atrapó con más fuerza aún en su calidez aterciopelada.

Drew soltó un gemido de puro placer animal y dijo:
—¿Sabes qué?
—¿Qué?
Él empezó a moverse de nuevo.
—Aún no hemos acabado.
—Pero... Drew... oh... no tenemos tiempo...
—Siempre... oh, amor mío, sí, así... siempre tendremos tiempo para esto.

—Tengo que ir a hacer unos recados —dijo Arden con nerviosismo.

Después de ducharse y vestirse habían bajado al comedor, donde Drew y Matt estaban desayunando.

—¿Ahora? —dijo Drew mientras limpiaba unas migajas de la boca de Matt—; ¿no quieres comer nada?

—No —se apresuró a contestar ella—, tengo que comprar unas cosas antes del viaje.

—Bueno, no te entretengas demasiado, recuerda la hora del vuelo. ¿Has preparado ya el equipaje?

—Sí, está todo listo menos las cosas de última hora.

Arden tenía ya un pie fuera de la habitación cuando la voz de Drew la detuvo.

—Casi lo olvido, Arden, hay una carta para ti —se levantó y salió del comedor.

Arden se sentó junto a Matt y dio un bocado al bollo que el niño le ofreció, aunque dudaba poder tragarlo. Drew le había hecho el amor con un fervor, una ternura y una devoción como jamás había experimentado, y ella se había despedido de él en silencio. Miró el rostro de su hijo, adorando cada rasgo, cada detalle; lo tocó con amor, preguntándose cómo podría sobrevivir a volver a renunciar a él.

—Aquí tienes —dijo Drew, y tras volver a sentarse en su silla le alargó un sobre.

Era de la revista que había publicado su primer relato corto, y contenía un cheque de dos mil dólares.

—¡Oh! —exclamó ella, mientras sus ojos se llenaban de lágrimas—; me había olvidado de esto.

Apretó el cheque contra su pecho de forma inconsciente, y Drew se echó a reír.

—Pareces muy aliviada de verlo, ¿crees que no puedo mantenerte?

—No, claro que no —tartamudeó ella. Su corazón martilleaba de excitación, pero no podía revelar demasiado—. Claro que puedes mantenerme, pero anoche dijiste... el negocio...

Drew le regaló aquella amplia y deslumbrante sonrisa que ella adoraba y dijo:

—Cariño, el que dijera que vamos a tener que controlar los gastos durante un tiempo no significa que vayamos a vivir como pobres. ¿Te di esa impresión? —le dio unas palmaditas en la mano, y añadió—: Gástate ese dinero en lo que quieras, es tuyo; yo me ocuparé de las finanzas familiares.

Con una súbita inspiración, Arden le pidió a la señora Laani una taza de café.

—Creo que esperaré y haré mis compras en Los Ángeles o en San Francisco, quiero desayunar con mi marido y mi hijo.

Matt se puso a dar palmadas cuando su padre se inclinó sobre la mesa y envolvió a su madre en un gran abrazo, sellando su boca con un beso abrasador.

Arden fue a cobrar el cheque y a sacar el dinero de su cuenta, metió los cinco mil dólares en un sobre y llamó desde una cabina al Orchid Lounge; pidió hablar con Ron Lowery, con cuidado de no identificarse.

–¿Dónde demonios estás? Ya llegas media hora tarde.

–No voy a ir –Arden le dejó unos segundos para que lo digiriera antes de continuar–: Dejaré el dinero en nuestro buzón cuando nos marchemos. Está en la carretera enfrente de la casa, y marcado con nuestros nombres.

–¿Qué estás tramando?, te dije que...

–Si quieres tu dinero, ya sabes dónde encontrarlo; salimos hacia el aeropuerto a eso de las dos y media. Adiós, Ron.

–¡Espera! –gritó él–; ¿cuándo recibiré el próximo pago?

–Cuando volvamos del viaje.

Arden colgó antes de que Ron pudiera responder. No tenía ninguna duda de que él iría a buscar el dinero al buzón, tenía más miedo de sus acreedores que ella de él.

Mientras conducía de vuelta a casa, se alegró de haber podido pagarle con su propio dinero, en vez de pedírselo a Drew con engaños; aquello significaba una mentira menos. No sabía cómo conseguiría los siguientes cinco mil, pero había comprado otro mes de felicidad.

Drew contempló desde la cama cómo su mujer intentaba abrocharse el collar de perlas; sus elegantes dedos, por lo general tan diestros, estaban temblando. El cuerpo que adoraba, tan flexible y maleable bajo sus caricias, estaba tenso como las cuerdas de un piano. Parecía a punto de estallar con un solo roce.

Estaban solos en la suite; la señora Laani se había ido con Matt, ya que Drew le había pedido que lo mantuviera entretenido por unas horas. Dejando a un lado el periódico matinal que había estado leyendo, Drew se levantó de la cama y fue hasta Arden.

Tras tomar el intrincado cierre de sus dedos y abrocharlo con destreza, la miró en el espejo. Como había temido, sus ojos verdes estaban nublados por aquella odiosa cautela, aquel miedo. Lo había desconcertado antes del viaje, y lo hacía aún más en ese momento, ya que en las últimas semanas habían sido más felices que nunca.

Él había ganado los tres torneos, y ya era el número tres del mundo. Ya casi nadie recordaba o mencionaba los meses que había estado alejado de las pistas, o las razones de su retiro temporal. Había probado que podía volver, volvía a ser un campeón, y Arden había estado a su lado para celebrar cada victoria con él; pero en ese momento podía sentirla recluyéndose en aquel caparazón que no podía penetrar.

¡Por Dios, no iba a permitir que volviera a hacerlo sin una buena pelea! La tomó de los hombros para que no pudiera evadirlo, y le dijo:

—Te estás preocupando demasiado por una simple revisión médica, Arden.

—Eres tú el que actúa como si fuera muy importante —espetó ella.

—Ésa es la prerrogativa de un marido preocupado; si fuera yo el que tuviera que ir al médico, tú sentirías lo mismo.

—No me pondría tan pesado como tú.

—Sí que lo harías.

Arden admitió que aquello era cierto, pero a ella no le pasaba nada malo, nada excepto que en unas horas Drew descubriría que no podían tener otro hijo.

—Estoy bien, Drew. ¿Acaso te parezco enferma? —dijo mientras se ponía unos pendientes.

—No —respondió él con sinceridad.

Desde que dejaron Hawái, Arden había sido todo lo que un hombre podría soñar en una esposa, en una mujer, en una amante; pero desde que él había insistido en que viera a un médico, después de que ella hubiera cancelado dos citas en Los Ángeles, ella había empezado a comportarse de aquella forma extraña. Y, cada vez que él mencionaba su casa, la expresión de ella se oscurecía. Drew sintió de pronto que se le retorcían las entrañas; ¿acaso ella creía que estaba enferma? ¿Le había salido algún bulto, le dolía algo? *Dios, no.* ¿Había algo que no le había dicho para no preocuparlo?

—Arden —dijo, volviéndola hacia él; la miró a los ojos, como buscando algún signo de dolor—; ¿no estás...? No te duele nada, ni sientes algo raro, ¿verdad? Cariño, si crees que te pasa algo, es mejor que te vea un médico. ¿Es eso por lo que no...?

Arden cubrió los labios de él con sus dedos.

—Sss... —Arden sintió que le daba un vuelco el corazón al darse cuenta de la preocupación innecesaria que le había causado, e intentó tranquilizarlo—: No. No, mi vida, no me pasa nada.

El alivio de Drew fue visible, y tras rodear con un brazo su cintura la atrajo hacia su cuerpo. Con la otra mano, acarició su lustroso cabello.

—Te gusta nuestra casa en Maui, ¿verdad?

—Claro que sí —dijo ella de inmediato; vio las líneas de preocupación entre las cejas de él, y se odió por haberlas causado.

—Es que, cada vez que hablo de volver a casa, la idea parece perturbarte; si no te gusta vivir allí podemos mudarnos, compré la casa como refugio, pero ya no la necesito. Sólo os necesito a ti y a Matt, con vosotros dos puedo vivir en cualquier parte. A muchas personas les resultaría difícil vivir en un sitio tan aislado...

—Pero yo no soy una de ellas; me encantó tu casa la primera vez que me llevaste allí, y ahora es mi hogar; podría vivir allí para siempre contigo y con Matt.

Él la apretó contra sí, disfrutando de la sensación de su cuerpo contra el suyo. Drew conocía íntimamente cada curva, cada valle, cada delicado hueso, y los amaba a todos. Cada vez que la tocaba, ya fuera desnuda o vestida, se sentía lleno de energía; ella le había dado una felicidad como jamás había podido soñar, y no podía soportar pensar que quizás ella no se sintiera completamente feliz junto a él.

—Te quiero, Arden. ¿Te lo había dicho hoy?

—No me acuerdo —murmuró ella contra su camisa.

Dios, se sentiría tan traicionado si alguna vez descubría lo de Matt... aquello acabaría con él.

—Por si acaso, vuelve a decírmelo.

Los labios de Drew hablaron por sí mismos cuando descendieron sobre los suyos con ternura, y su lengua recorrió la boca de ella perezosamente mientras la presión aumentaba. Los nudillos de su mano derecha acariciaron un pezón hasta que lo sintió florecer bajo la blusa de seda fina color crudo. La punta de la lengua de él tocó la suya sugerentemente, y Drew sonrió cuando oyó su ronroneo gutural. Encontró con la otra mano la firme curva del trasero femenino y lo apretó con ternura, alzándola aún más contra él.

Ella se echó hacia atrás, alarmada.

—Drew, te estás...

—Sí —él la miró con una gran sonrisa predatoria y empezó a acercarla de nuevo.

—No, no puedo hacerlo justo antes de la revisión.

—Maldición —gimió él, enterrando el rostro en el fragante hueco de su cuello—, se me había olvidado.

Arden tuvo una idea brillante, volvió a apretarse contra él y deslizó la mano por su estómago hasta la cremallera de sus pantalones.

—Podríamos buscar otras opciones —susurró, trazando la forma de su miembro con una atrevida caricia.

—Ni pensarlo —dijo él, apartándola con suavidad—; sé lo que estás pensando, y no funcionará —su rostro se contrajo en una mueca de agonía cuando se volvió y tomó su chaqueta—. Recoge tu bolso, y vayámonos antes de que de que cambie de opinión... o de que pierda la cabeza.

—¿Está seguro?

Arden se quedó mirando al doctor con los ojos abiertos de par en par, incrédula; gracias a Dios que Drew había consentido en que fuera a ver a aquel médico en San Francisco, Ham había concertado una cita con otro que la hubiera identificado de inmediato como la ex mujer de Ron Lowery. El médico que tenía frente a ella era un completo extraño, pero después de lo que acababa de decirle, Arden creía que lo consideraría un amigo por el resto de su vida.

—¿Está completamente seguro?

El médico sonrió benignamente.

—Estoy completamente seguro de que no existe ninguna razón, ni médica ni física, para que no pueda tener otro hijo; pero si me está pidiendo una garantía de que se quedará embarazada, me temo que no puedo dársela —se dio cuenta del asombro de Arden, y preguntó—: ¿Por qué creía que había sido esterilizada?

Arden se humedeció los labios, intentando asimilar el hecho de que podía tener hijos y controlar al mismo tiempo la furia criminal que sentía hacia Ron Lowery. Aquélla sólo había sido otra de sus crueles bromas de psicópata.

—Eh... tuve una infección, y el médico que me trataba en aquella época pensó que no podría volver a tener hijos.

El hombre pareció muy sorprendido.

—No he visto signos de ninguna infección, usted es una mujer completamente sana con unos órganos reproductores en perfecto estado —entrelazó los dedos sobre la mesa, se inclinó hacia ella y dijo—: ¿Se siente feliz con su esposo, lo ama?

—Sí —dijo ella con fervor, sintiendo cómo se desvanecía el gran peso que había acarreado durante aquellas semanas—. Sí —repitió, antes de echarse a reír.

—Entonces, vayamos a decirle que está usted perfectamente bien —cuando llegaron a la puerta, la tomó del brazo y le dijo—: Relájese, señora McCasslin, volverá a quedarse embarazada.

Mientras iban en el Lincoln que habían alquilado de

vuelta al hotel, Arden se mostró impulsiva y juguetona como una colegiala; le faltó poco para sentarse en el regazo de Drew, y rodeando su cuello con el brazo izquierdo, le robó un beso cada vez que se le presentó la oportunidad. Mientras él conducía por las concurridas calles de San Francisco, ella se contentó con mordisquear su cuello y su oreja.

—Por el amor de Dios, Arden, ¿es que el médico te ha dado un tónico, o un afrodisíaco? Me estás volviendo loco.

—¿Muy loco? —susurró ella, mientras deslizaba una mano entre los muslos de él. Allí encontró una buena indicación de lo cerca que Drew estaba de perder el control.

—¿Qué habéis hecho ese doctor y tú para que estés tan excitada?

—Eso ha sido muy grosero —lo castigó con un suave apretón que hizo que Drew estuviera a punto de meterse en otro carril—; estoy tan excitada porque tengo el marido más guapo, inteligente, sexy... —le puso los labios junto al oído y terminó de decir—: y más duro del mundo entero.

Él soltó una maldición que reveló lo acalorado que estaba.

—Vale, dos pueden jugar a este juego erótico. ¿Sabes que cada vez que miro tus pechos estoy listo para hacer el amor? ¿Te acuerdas de aquella fiesta en San Diego, después de la final? Tú llevabas aquel vestido amarillo, y sabía que no llevabas sujetador debajo. Todo el rato, mientras hablaba de naderías con la gente, pensaba en cómo deseaba meter la mano en el vestido y tocar tus senos.

—Drew —gimió ella. Se acercó un poco más a él, y presionó su pecho contra el brazo masculino; su sensual monólogo estaba produciendo el efecto deseado.

—El otro día, cuando quedamos con Ham para comer, llevabas aquella falda con sandalias y sin medias. Te había contemplado mientras te vestías aquella mañana, y sabía que debajo de la falda sólo llevabas aquellas braguitas de color lila con el frente de encaje; sólo podía pensar en la última vez que te las habías puesto, y en cómo te había besado a través de aquel encaje...

—¡Para! —exclamó ella, apoyando la cabeza en su hombro—; esto es una locura, no seremos capaces de cruzar el vestíbulo.

No se equivocó en mucho; para cuando Drew cerró la puerta tras ellos con un cartel de *No molestar* balanceándose en el pomo, ambos estaban sin aliento de deseo. Él ya se había arrancado la chaqueta y la corbata, los zapatos y los calcetines, cuando Arden lo detuvo.

—Espera, quiero hacerlo yo.

Primero se quitó la ropa con los sensuales movimientos de una cortesana. La fina blusa de seda tenía una hilera interminable de pequeños botones nacarados, y cuando finalmente la deslizó por sus hombros y sus brazos, los ojos de Drew estaban ya nublados de deseo. Sus pechos turgentes llenaban orgullosos el sujetador de encaje, y cuando se lo quitó con una lentitud deliberada, él devoró con la mirada los cálidos montículos y los pezones coralinos. Arden se quitó las medias con un movimiento grácil, y se quedó allí de pie con sólo las braguitas que él había mencionado antes.

La boca de él se curvó con humor mientras empezaba a desabrocharse la camisa, pero Arden lo detuvo y lo condujo hasta la cama. Se sentó en el borde, y subió las manos por el pecho de él hasta llegar al primer botón; los fue desabrochando uno a uno con una precisión meticulosa, aunque sus dedos se entretenían de vez en cuando en el vello dorado que lo cubría, en sus firmes músculos, en la piel suave, en los pezones masculinos.

–Arden, por favor –le rogó con un estremecimiento.

Ella le quitó la camisa, y levantó la mirada hacia aquellos ojos que brillaban enfebrecidos.

–Deja que te ame.

Desabrochó el cinturón, el botón de los pantalones y la cremallera; sus ojos seguían fijos en los de él cuando metió las manos bajo los calzoncillos y acunó sus tensos glúteos. Bajó las manos, deslizando la prenda hacia abajo, y cuando se los quitó por completo, posó la mejilla sobre él.

–Te amo –susurró.

Y sus labios lo llevaron más allá del paraíso.

13

El Orchid Lounge era tan lóbrego, y la clientela tan desagradable, como la vez anterior; había unos doce hombres, agrupados por parejas y tríos, y sus conversaciones en voz baja eran completamente indistintas para la única mujer que había en el local. El aire estaba cargado con el olor a cerveza y tabaco.

Arden no había estado más serena en toda su vida.

El viaje de regreso desde San Francisco había estado cargado de risas y felicidad; Drew seguía eufórico por su éxito en los torneos, e igual de contento por la actitud de Arden desde que había ido al médico. Fuera lo que fuese lo que la preocupaba, parecía haberse resuelto durante aquella hora. Su corazón aún se desbocaba, seguía quedándose sin aliento cada vez que recordaba la generosidad con que lo había amado después; habían pasado la tarde entera inmersos en tórridos juegos sexuales, y Drew recomendaría una velada así a cualquier pareja.

Aunque Arden lo había temido en un principio, en ese momento estaba deseando volver a casa; estaba extática por el éxito de Drew, y disfrutaba de su amor. Durante el largo vuelo sobre el Pacífico, apenas pudo mantener las manos apartadas de él; aprovechó cada oportunidad que tuvo para tocarlo, y él respondió con entusiasmo.

Matt notaba la alegría de sus padres, y se portó como un angelito. Cautivó a todas las azafatas de vuelo, hasta que la señora Laani lo sentó en su regazo y se quedó dormido sobre su generoso pecho. Aunque Arden podría haberse puesto un poco celosa, Drew la abrazó y la apretó contra su cuerpo para una pequeña «siesta»; en numerosas ocasiones, tuvo que apartar la mano de él con disimulo, cuando se acercaba a territorios comprometidos.

A la mañana siguiente de su llegada a casa, Ron la llamó.

—Ya era hora de que contestaras. Las dos primeras veces se ha puesto al teléfono tu ama de llaves, y he tenido que colgar.

—Lamento haberte causado tantas molestias.

—¿Vas a ponerte descarada conmigo? —soltó una desagradable risita, y dijo—: No olvides que se acerca otro pago.

—¿Dónde y cuándo?

—En el mismo sitio, a las dos en punto.

Arden había colgado sin decir otra palabra, y en ese momento estaba sentada en la misma mesa de la vez anterior, y él volvía a llegar tarde. Había rechazado la insinuante invitación del camarero de que se tomase una copa por cuenta de la casa, y había permanecido sentada con la espalda bien erguida y las manos enlazadas en su regazo. Y esa vez, en vez de ignorar las miradas de interés, las devolvía con tanta condescendencia que conseguía que se apartaran.

—¿Estás contenta de haber vuelto? —le preguntó Ron mientras se sentaba frente a ella—; ¿has tenido un buen viaje?

—La respuesta a ambas preguntas es que sí.

—A tu marido no le va nada mal, ¿qué se siente al estar casada con alguien tan famoso?

—Estaría orgullosa de él aunque no lo fuera.

Ron se puso la mano sobre el corazón y dijo:

—Tanta devoción me da sed —le gritó al camarero lo que quería, y se volvió de nuevo hacia ella—. Me pregunto lo orgulloso que se sentiría él de ti si le contaras que vendiste tu cuerpo por cincuenta mil dólares.

—No lo sé, pero voy a descubrirlo. Voy a contárselo todo.

Los ojos de Ron brillaron como los de un reptil mientras la miraba, y ni siquiera se movió cuando el camarero le llevó la bebida.

—Eres un malnacido —dijo Arden en un tono calmado e inexpresivo, con el que transmitió su desprecio mejor que si le hubiera gritado; Ron no merecía que malgastara su energía en él—. No sabía que nadie, ni siquiera una persona de tu calaña, fuera capaz de inventar una mentira tan despreciable como la que me dijiste.

Él la miró con una sonrisa insolente y odiosa.

—Has descubierto que te mentí con lo de la esterilización —se echó a reír, y el sonido hubiera sido digno del mismísimo demonio—; te asusté, ¿verdad?

—¿Por qué me dijiste algo así?

—Porque estabas demasiado segura de ti misma. Parecías pensar que podías olvidarme como a una pesadilla, y quería que supieras que iba muy en serio. Igual que ahora.

—Siento muchísimo decepcionarte, Ron, pero nuestros tratos de negocios se han acabado. Tus amenazas carecían de fundamento; si no fuera así, no irías escondiéndote en antros como éste y colgando el teléfono si yo no contesto. Me acusaste de ser una cobarde, pero lo eres tú. Hay que ser un hombre para abrirse camino en el mundo real, y tú nunca fuiste capaz de hacerlo. Ni siquiera cuando se te dieron todas las facilidades posibles diste la talla como médico, ni como marido, ni como padre ni como hombre.

Se levantó con orgullosa dignidad y añadió:

—Ya no me asustas, me has aterrorizado y utilizado por última vez. No hay nada que puedas hacer para herirme, vete al infierno.

Arden se dio la vuelta y salió del local. Tenía las rodillas temblorosas y la boca seca cuando llegó a su coche, pero ¡lo había hecho! Se había librado del doctor Lowery para siempre. Aquella noche le contaría a Drew toda la historia; ya no tenía miedo de que su amor no fuera lo suficientemente fuerte para soportar la verdad, sus vidas estaban fundidas en una sola. Lo arreglaría todo para que la atmósfera fuera perfecta, se lo contaría todo, y por fin sería libre.

Estuvo a punto de caérsele al suelo la botella de vino cuando consiguió abrir la puerta principal.

—¡Señora Laani! —exclamó, riendo; agarró con fuerza el ramo de flores, intentando que no quedaran aplastadas contra la caja que contenía su nuevo picardías.

La señora Laani apareció con paso apresurado desde la parte trasera de la casa, pero en cuanto Arden la vio, supo que el ama de llaves no corría porque fuera a ayudarla.

—¡Señora McCasslin, me alegro tanto de que haya llegado!

—¿Pasa algo?

La mujer lanzó una mirada hacia la puerta del despacho de Drew, que estaba cerrada.

—El señor McCasslin quiere verla de inmediato, dijo que en cuanto usted llegara —la mujer, que normalmente era la calma personificada, estaba retorciéndose las manos.

—¿Por qué, qué...? —Arden aferró el brazo de la señora Laani, y preguntó desesperada—: ¿Matt?, ¿le ha pasado algo a Matt?

—No, el niño está conmigo en la cocina, será mejor que vaya a ver a su marido —dijo, incapaz de mirarla a los ojos.

Los reflejos de Arden se hicieron cargo de la situación; se movió mecánicamente, como si no pasara nada, aunque sabía que había ocurrido algo terrible. La señora Laani no se alteraba con facilidad.

—Por favor, ponga el vino en la nevera y las flores en un jarrón en nuestro dormitorio, hoy cenaremos los filetes. Será mejor que la comida de Matt esté lista antes. Ah, y ponga esta caja en mi armario, por favor.

—Sí, señora McCasslin —dijo la mujer.

Arden se alarmó por la expresión de lástima que vio en sus ojos cuando tomó los paquetes de sus manos y se alejó de ella.

Se alisó la falda, y se sorprendió al darse cuenta de que tenía las palmas de las manos húmedas; intentando controlar el pánico creciente, giró el pomo y entró en el despacho de Drew.

—Cariño, he...

Lo primero que captó su atención fue la botella de whisky sobre la superficie pulida de la mesa de Drew. Se la quedó mirando por unos segundos, antes de que sus ojos pasaran al vaso de tubo que había justo al lado; había una mano de nudillos blancos alrededor del vaso, la mano de Drew. Fue en aquel momento cuando se dio cuenta de la incongruencia.

Arden alzó la mirada hacia él, y dio un respingo ante el odio que vio en sus ojos. Su cabello estaba salvajemente alborotado, y no sólo por el viento: unas manos maníacas habían tirado de él. Los músculos de su mandíbula se movían espasmódicamente mientras él apretaba los dientes con fuerza, y en su sien latía un pulso furioso.

—Entra, señora McCasslin —dijo en un tono que Arden jamás había oído, y que destilaba sarcasmo y repugnancia—. Creo que conoces a nuestro invitado.

Arden se dio cuenta entonces del hombre sentado en el sillón frente a la mesa; él se volvió, y ella se encontró con el rostro burlón de Ron Lowery. Sus rodillas cedieron, y cuando se derrumbó contra la puerta, se aferró a ella para no caerse.

Drew soltó una risa seca.

—Pareces sorprendida de ver a tu ex marido, pero Ron me ha dicho que os habéis estado viendo bastante últimamente.

Arden sintió cómo la bilis subía por su garganta, pero tragó con fuerza para que volviera a descender. Tenía que hacer que Drew entendiera la verdadera situación.

—Drew —dijo, alargando una mano suplicante—, Drew, ¿qué te ha dicho?

—Oh, una historia muy interesante —dijo él, con una

risita sarcástica–. Pensé que era el rey de los pecadores, no creí que ningún tipo de traición humana pudiera sorprenderme, pero te felicito por tu ingenio.

–Drew, por favor –dijo ella, avanzando hasta el centro de la habitación–, escúchame. No sé lo que te ha dicho, pero...

–¿Dejaste que tu marido te inseminara con mi esperma? ¿Llevaste a mi hijo dentro de ti nueve meses, y lo diste... o debería decir *vendiste*, por la mitad de los cien mil dólares que tu marido me pidió? ¿Hiciste todo eso?

Las lágrimas corrían por las mejillas de Arden.

–Sí, pero...

–¿Cambiaste entonces de opinión y viniste a Hawái para ganarte mi confianza, para infiltrarte en mi vida?, ¿lo hiciste?

–No fue...

–Maldita sea, he sido un auténtico estúpido.

La silla salió disparada hacia atrás cuando Drew se levantó de golpe; apuró el whisky, y estampó el vaso en la mesa. Les volvió la espalda como si sólo el verlos lo enfermara.

–No fue así –dijo Arden–, no lo fue.

Haciendo caso omiso de sus palabras angustiadas, Drew volvió a girarse hacia ellos.

–¿Qué era lo que pensabas sacarme?

Se lo estaba preguntando a ella, no a Ron.

–Nada.

–¡Nada! ¿Estás segura? ¿Mi dinero, mi hijo...?, ¿cuándo iba a ser suficiente? Ya tenías mi vida entera a tu disposición con tus mentiras.

Arden tragó, intentando capturar las ideas que se

arremolinaban en su cabeza. No podía pensar con Drew mirándola con furia, con ojos fríos y duros como diamantes.

—Ron se puso en contacto conmigo hace varias semanas, me dijo que te diría quién era yo si...

Drew lanzó un salvaje gruñido que la acobardó, pero consiguió seguir diciendo:

—Si no le daba veinte mil dólares. Juega mucho, y tiene deudas con unos matones; por eso necesitaba el dinero hace años, el dinero que le pagaste por Matt. Yo también necesitaba el dinero, para Joey. Y quería liberarme de Ron.

Destrozada, Arden se frotó la frente cuando Drew enderezó la silla y se dejó caer en ella. La expresión corporal de él reflejaba una indiferencia total hacia el dilema al que ella se había enfrentado. ¡Tenía que lograr que la entendiera!

—Le pagué cinco mil dólares antes de que nos fuéramos al continente; era mi dinero, Drew, no el tuyo. Mío. Y le habría pagado el doble para evitarte esta escena.

—Así que habrías seguido dándole dinero a esta basura de forma indefinida para que yo no descubriera la clase de zorra mentirosa con la que estoy casado. Tu preocupación por mi bienestar es conmovedor.

Ella sollozó y sacudió la cabeza.

—No, Drew, te lo iba a contar yo misma.

—¿Cuándo? ¿Cuándo, Arden? Me gustaría saberlo. ¿Cuando Matt fuera al instituto, cuando se licenciara en la universidad? Quizá cuando estuviera junto a su novia en el altar pensabas darme un golpecito en el brazo y decirme «Ah, por cierto, soy la mujer que lo trajo al mundo». ¿Pensabas decírmelo entonces?

Las despectivas palabras fueron como pequeños mazazos directos a su cabeza; Arden admitió:

—No podía seguir viviendo con el secreto, os amo a Matt y a ti. Iba a decírtelo... esta noche.

Él estalló en carcajadas, terribles y burlonas.

—*¡Esta noche!* ¿Verdad que es conmovedor? —la miró con ojos centelleantes—, ¿realmente crees que voy a creérmelo, cuando me has estado mintiendo desde el principio?

—¡No te mentí!

—¡Todo ha sido una maldita mentira! —bramó, y volvió a levantarse de golpe—; cuando pienso en cómo me engañaste... —sacudió la cabeza, riendo sin humor—; tan remilgada y correcta, tan amable, tan comprensiva, tan... —hizo un gesto con la mano en dirección a Arden, y volvió a dejarla caer en un gesto que revelaba lo patética que la consideraba.

Drew volvió su atención a Ron, que permanecía sentado, como un buitre esperando el cadáver sangrante que quedaría para que él acabara de devorarlo.

—Sal de aquí —dijo Drew de forma concisa.

La sonrisa de satisfacción desapareció del rostro de Ron.

—Espera un momento. Aún no hemos hablado de cómo vamos a solucionar esto.

—Si crees que voy a darte un solo centavo, eres un demente además de un criminal. Y si no sales de aquí ahora mismo, voy a darte una paliza y después te entregaré a la policía.

Ron se levantó, temblando de rabia.

—No dirás lo mismo cuando le cuente a los periódicos la apasionante historia de cómo tu insípida esposa y tú me pedisteis ayuda para encontrar una madre para vuestro bebé. Eso convertiría a tu querido hijito en el centro de todas las miradas. Y, lo que es aún mejor, estás casado con la madre biológica; quizá no les diga que inseminé artificialmente a Arden, a lo mejor les dejo creer que concebisteis a Matt con el método natural. De ese modo, el niño sería un bastardo.

Arden se estremeció, pero Drew se encogió de hombros teatralmente.

—¿Quién va a creerse una historia tan rebuscada? Especialmente si proviene de un médico que ha perdido su consulta y el respeto de sus colegas, que tiene deudas con todo el mundo, incluida la mafia, y que está viviendo como un vagabundo. ¿A quién crees que van a creer, a ti o a mí? Las celebridades como yo siempre tenemos problemas con lunáticos en busca de dinero fácil, y los periódicos lo saben. Se reirán en tu cara, Lowery.

Arden podía ver cómo Ron iba perdiendo la confianza.

—El abogado. Tiene documentos, me apoyará.

—¿De veras? ¿Si fueras él, a quién darías la razón, a un tenista mundialmente famoso en alza, o a un desgraciado que quiere vengarse de la mujer que lo abandonó? Ni siquiera un amigo de tu calibre sería tan estúpido, y si lo fuera, yo podría pagarle más para que se quedara callado que tú para que hablara.

El rostro de Ron estaba macilento. Drew rodeó la mesa y dijo:

—Te lo voy a decir sólo una vez más, sal de mi casa. Y si alguien de mi familia o del servicio te vuelve a ver el pelo, haré que te encierren donde sólo tus amiguitos mafiosos puedan encontrarte, y sabes lo que te harán cuando lo hagan.

—No puedes deshacerte de mí tan fácilmente, Mc-Casslin.

—Sí que puedo, y tú lo sabes. Por eso apestas a miedo.

Ron miró a Arden con ojos llenos de odio.

—Al menos también te he destruido a ti. Te desprecia, igual que yo.

Salió de la habitación, y segundos después Arden oyó el ruido de la puerta abriéndose y cerrándose.

Pasaron los minutos, pero ninguno se movió; una nube mortecina parecía llenar la habitación. Drew contemplaba por la ventana el incesante movimiento del océano, mientras Arden miraba su espalda, preguntándose cómo podría conseguir que la entendiera lo suficiente para perdonarla. ¿Por qué no se lo había dicho?, ¿por qué? Si pudiera volver atrás, se lo diría todo. Podía imaginarlo tomándola entre sus brazos, susurrando que lo comprendía.

—Hiciste lo que debías en aquellas circunstancias —diría él—, no puedo culparte por ello. Sé que te casaste conmigo porque me quieres, no porque quisieras estar con Matt. Lo sé, lo entiendo.

En vez de eso, él estaba furioso y herido en su orgullo, y Arden no reconoció el rostro que se volvió hacia ella.

—¿Aún estás aquí? Pensé que a lo mejor te irías con tu primer marido, para ver en qué nueva aventura os podíais embarcar juntos.

—Nunca fue una aventura, lo hice por Joey —dijo ella, bajando la mirada.

—Así que realmente existió un Joey. La verdad, estaba empezando a dudarlo.

Ella levantó la cabeza de golpe y fue hacia él, furiosa.

–Lo hice para prolongar su vida, lo hice porque era la única manera de escapar de un horrible matrimonio con un hombre al que despreciaba más día a día. Cuando dejes de compadecerte de ti mismo, quizás podrías intentar entenderme y ponerte en mi lugar.

–¡No me estoy compadeciendo de mí mismo! –gritó él–; sólo siento asco por mi estupidez ciega. Cada vez que pienso en la candidez con la que te observaba, en el cuidado con el que planeé mi estrategia, en cómo estuve allí sentado hablando contigo con los pantalones a punto de estallar, me dan ganas de vomitar. ¿Cómo conseguiste aparentar tanta tranquilidad? No sé por qué no estallaste en carcajadas.

–No fue así, Drew –protestó ella con vehemencia–; sí, al principio quería conocerte por Matt. Quería ver a mi hijo, ¿es eso un pecado tan grande? Pero cuando te conocí, también te quise a ti, incluso más de lo que quería a Matt –le costó muchísimo admitir aquello, pero sabía que era la verdad.

–Sólo querías seducirme.

–¿Seducirte...? –empezó a decir con incredulidad–; ¿has perdido la memoria además de la razón? Si sólo hubiera querido eso, lo habría hecho la primera noche.

–Oh, no, tú no, tú eres demasiado inteligente para eso. Si te acostabas conmigo enseguida, te arriesgabas a que yo no quisiera volver a verte; no, tú me echaste el anzuelo con aquella resistencia tan bien planeada. Para un hombre que tiene a un montón de mujeres persiguiéndolo todo el día, ése es el mejor reclamo.

–Sí, podrías haber elegido entre un montón de candidatas, te siguen en manadas; así que no hagas que yo parezca una mujer fatal que te atrapó con la promesa de un revolcón que no podías conseguir en otro sitio –la impaciencia de Arden con su empecinamiento era cada vez más grande, y el volumen de su voz cada vez más alto–. Tú fuiste un regalo con el que no había contado. Mi objetivo era ser tu amiga, no tu amante. Entonces me enamoré de ti, y no tuve el valor de decirte quién era por miedo a que reaccionaras como lo estás haciendo. Tu orgullo y tu genio feroz hacen que no seas razonable, Drew.

Los pechos de Arden subían y bajaban por su agitación, y cuando Drew se dio cuenta de que los estaba mirando, arrancó los ojos de ellos y maldijo con furia.

Incluso sabiendo todo lo que sabía, ella lo atraía como ninguna otra mujer en su vida. Era tan condenadamente hermosa... aún la deseaba. En su memoria permanecía vívido el recuerdo de la primera vez que la vio, sentada bajo la sombrilla en aquella mesa; su serenidad lo había atraído y había querido estar cerca de ella, absorber la paz que parecía desprender. ¿Cómo había podido engañarlo?, ¿por qué no había visto la mirada calculadora que debía de haber brillado en sus ojos verdes, aunque ella lo negara? Arden lo había planeado todo mucho antes de conocerlo.

Drew sabía que parte de su enfado se debía a su orgullo herido, pero ¿a qué hombre le gustaría enterarse de que lo habían manipulado para que se enamorara y se casara con una mujer?, ¿qué hombre con un mínimo de dignidad toleraría algo así?

Aunque se decía una y otra vez que la odiaba, quería besarla hasta dejarla sin sentido, vaciar su frustración, que estaba a un paso de convertirse en deseo, en ella. ¿Por qué seguía anhelando el cobijo de su cuerpo, la alegría de su risa, el bálsamo de su amor? La odiaba por la debilidad que causaba en él.

—Intenté decírtelo una vez —dijo ella, con una voz que era poco más que un susurro—; y dijiste que era mejor que no nos contáramos los secretos de nuestros pasados, que si no afectaban a nuestro amor, era mejor dejarlos atrás.

—Arden, no sabía que tu pequeño secreto era de esa magnitud.

Su tono arrogante hizo que el genio de Arden aflorara.

—¿Y qué pasa con tu secreto, Drew? Nunca me dijiste que Matt no era el hijo biológico de Ellie, tu amada esposa, sino el de una mujer que no reconocerías si te cruzaras con ella por la calle. Estuviste dispuesto a dejar que me casara contigo sin saberlo, ¿verdad?

—¿En qué cambiaba las cosas?

—¡En nada! —gritó ella—; eso es exactamente lo que quería decir. Os querría igual a Matt y a ti aunque yo no fuera su madre.

—¿Estás segura de eso?

La pregunta tuvo el impacto de una explosión en la habitación; en lo segundos que siguieron a la detonación, el silencio fue absoluto.

—Sí —dijo Arden con suave intensidad—, sí.

Él la atravesó con la mirada y dijo:

—Pero nunca estaré seguro de ello, ¿verdad? Me vendiste una vez tu cuerpo por un hijo, ¿no es eso lo que has vuelto a hacer?

Ella lo contempló con impotente desesperación mientras él iba hasta la mesa y tomaba la botella de whisky.

Drew se acercó a la ventana abierta, se asomó y estrelló la botella contra la pared exterior de la casa. Arrojó el cuello de la botella entre los arbustos, y dijo:

—No voy a dejar que me empujes de vuelta a eso; soy un ganador de nuevo, y no permitiré que ni tú ni nadie me arrebatéis mi dignidad.

—Está cometiendo un error.

Arden, que estaba doblando una blusa para meterla en la maleta, se volvió y vio a la señora Laani en la puerta de su habitación. Llevaba un paño de cocina al hombro, y tenía un reconfortante aspecto de domesticidad y normalidad. Arden deseaba ir hacia ella, posar la cabeza en aquel pecho maternal y dejar que fluyeran las lágrimas que creía haber agotado. Llevaba llorando una semana, desde que Drew se había marchado.

Él había salido del despacho sin despedirse de ella, y había preparado su equipaje en silencio. Antes de que ella se diera cuenta, estaba en la puerta llamando a Mo para que lo llevara al aeropuerto. Desde entonces, él había llamado tres veces para preguntar por Matt, pero no había hablado con ella, sino con la señora Laani. Estaba en Los Ángeles, trabajando con Ham en su servicio y cerrando las negociaciones del acuerdo con la cadena de tiendas.

—No, no creo que sea un error —contestó Arden a la señora Laani, y se volvió hacia la maleta abierta que había sobre la cama; al cabo de un par de segundos, oyó los pasos de la mujer entrando en la habitación.

—Es un hombre obstinado, señora McCasslin, muy orgulloso; tendría que haber estado sorda para no oír la pelea que tuvieron cuando aquel hombre horrible se fue. Usted es la madre de Matt. Debería haberlo imaginado.

Arden sonrió.

—Me fue fácil ocupar el puesto de forma real; a veces pensé que mi amor era tan transparente que usted o Drew lo adivinarían, pero... —su voz se apagó en un trémulo suspiro.

—Fue una gran sorpresa para el señor McCasslin, pero cuando piense en ello, se dará cuenta de lo irracional que ha sido.

—Ha tenido una semana para pensarlo; no sé lo que piensa hacer, pero no voy a quedarme aquí como una rea esperando la ejecución. Soy la intrusa, él ya planeaba volver a competir antes de conocerme; Matt y él tienen una relación muy estrecha, no necesitan que yo interfiera en sus vidas más de lo que ya lo he hecho.

La señora Laani se irguió y cruzó los brazos sobre su estómago.

—Así que va a hacerse la mártir y a escabullirse como una cobarde.

Arden se sentó en la cama y levantó la mirada hacia el rostro desaprobador de la mujer.

—Intente entenderlo, señora Laani. He sido una cobarde toda mi vida, hice lo que mi primer marido quería que hiciera, aunque sabía que estaba mal. Antes de eso, mi padre se hacía cargo de mí, tomaba las decisiones por mí.

Soltó un suspiro, mientras jugueteaba con el encaje de unas braguitas que había estado doblando; a Drew le gustaba su color melocotón, lo había comentado cada vez que se las ponía. Una vez, bromeando, había fingido darle un mordisco en el pecho y masticar con deleite, diciendo «mmm, la fruta más deliciosa del árbol», y ambos se habían echado a reír. ¿La atormentarían sus recuerdos en los años venideros?

—La solución cobarde sería quedarme y someterme al desprecio de Drew, vivir con su desdén, igual que con mi primer marido. Ahora me doy cuenta de que Ron llegó a odiarme por cómo dejaba que me pisoteara; siempre me estaba humillando, quizá con la esperanza de que yo diera alguna muestra de valor y me opusiera a él alguna vez.

—Pero el señor McCasslin nunca haría algo así —protestó la señora Laani con vehemencia.

—No, no sería cruel conmigo, pero año tras año vería desvanecerse su respeto. Haría todo lo que me pidiera por miedo a volver a ofenderlo, estaría tentada de obedecerlo en todo para que no me echara en cara mi error una y otra vez, me sentiría obligada a no llevarle nunca la contraria para demostrarle mi amor. Él no tardaría en llegar a odiarme, pero no más de lo que yo me odiaría a mí misma.

Miró al ama de llaves, a quien consideraba una amiga, y añadió:

—No puedo volver a vivir así. Si Drew no sabe a estas alturas lo mucho que lo quiero, entonces nada podrá convencerlo. No pienso pasar el resto de mi vida intentándolo.

—Pero Matt... —los ojos de la señora Laani estaban inundados de lágrimas.

—Sí, Matt.

Arden sonrió suavemente al recordar la semana que habían pasado juntos. Había estado junto a él a cada hora del día, y por la noche solía ir a la habitación del niño, sentarse en la mecedora que había junto a su cama, y contemplarlo mientras dormía. Arden sintió un gran dolor en el corazón al pensar en lo que debía hacer.

—Espero que Drew me deje verlo periódicamente, yo nunca sería tan ruin como para luchar por su custodia. Ésta es la vida a la que Matt está acostumbrado, jamás podría arrancarlo de aquí —una lágrima se deslizó por su mejilla, y tras unos segundos, Arden continuó diciendo—: Es sólo que cambia tan rápido... pasarán los meses, y yo no lo veré, me perderé tantos cambios maravillosos.

—Por favor, no lo haga.

La señora Laani estaba llorando abiertamente, y Arden la envidió por poder hacerlo.

—Los quiere demasiado para irse.

—Los amo demasiado para quedarme —contestó Arden con suavidad.

Aquella noche, se lo explicó a Matt cuando el niño llevaba ya largo rato dormido.

—No sé lo que te contará tu padre sobre mí; espero que algún día sepas quién soy, y que me perdones por renunciar a ti. Estaba intentando salvar la vida de tu hermano, Matt —su boca se curvó en una conmovedora sonrisa—; ojalá hubieras conocido a Joey, os habríais llevado muy bien —se secó las lágrimas que inundaban sus mejillas, y continuó—: Tu padre es un competidor nato, Matt, no puede soportar perder sin haber luchado en una pelea justa.

Arden recordó el partido contra Gonzales; había sido una derrota, pero a Drew no le había importado, porque había dado lo mejor de sí y había jugado limpio. Pero ella no había hecho lo mismo; le había arrebatado la oportunidad de participar en un juego honesto, porque estaba segura de su victoria. Drew no había sido un jugador, sino un peón, y eso era lo que no podía perdonarle a Arden.

–Amo a tu padre, Matt, y no quiero dejaros a ninguno de los dos. Pero él me despreciaría y yo lo odiaría por su intolerancia, y tú no crecerías en un ambiente familiar adecuado. Quizás algún día entiendas que una persona no puede amar si tiene que sacrificar su autoestima para hacerlo; no puedo volver a ser un objeto para ningún hombre, algo incluido en la casa, algo sin voluntad propia ni opinión que haya que tener en cuenta. Por favor, entiende por qué tengo que irme.

Arden acarició los suaves rizos dorados, trazó la mejilla del niño hasta su boca, tocó los nudillos de su puño.

–Es la segunda vez que tengo que renunciar a ti, Matt, pero ninguna de las dos veces ha sido porque no te quiera.

Arden se levantó, fue tambaleándose hasta la puerta y apagó con manos temblorosas el interruptor de la luz; no miró atrás antes de sumir la habitación en penumbra, una penumbra que no era tan grande como la que oscurecía su alma.

14

La habitación del motel era como un apartamento completo; estaba en la zona equivocada de la avenida Kalakaua si lo que uno quería era una buena vista de Waikiki, y el complejo en el que se encontraba había visto días mejores. En ese momento, era sólo un motel insignificante y barato sobrepasado por el progreso y por la arquitectura moderna. Pero se ajustaba al presupuesto y a las necesidades de Arden, y era un sitio tan bueno como cualquier otro para dejar pasar los largos y melancólicos días.

No estaba completamente inactiva; daba largos paseos por la playa, y pensaba en Matt, preguntándose lo que estaría haciendo, si la echaba de menos. Pensaba en Drew, en lo que estaría haciendo, si la echaba de menos también. Y escribía. Ideas e impresiones sin forma llenaban libreta tras libreta, mientras la empujaba la necesidad de plasmar sus sentimientos sobre el papel.

Eso era lo que estaba haciendo el cuarto día tras irse de Maui. Pero las musas parecían haberla abandonado, y llevaba un cuarto de hora mirando la hoja en blanco. Una sombra cruzó el papel, y Arden levantó la vista hacia la ventana. Drew estaba allí.

Durante una eternidad infinitesimal, se miraron el uno al otro a través del cristal. Arden era incapaz de pensar. Sus dedos entumecidos dejaron caer el bolígrafo, que rodó por la mesa y cayó al suelo. Sin articular palabra, Drew fue hacia la puerta.

Ella tuvo que hacer un esfuerzo consciente para que sus músculos se movieran; se levantó con rodillas temblorosas, se atusó el cabello y pasó las palmas de las manos por los viejos vaqueros que cubrían sus muslos. Aunque era ridículo, deseó haberse puesto un sujetador debajo de la camiseta aquella mañana. Se sentía vulnerable, desprotegida, y se habría sentido más segura tras la armadura de encaje. Fue hasta la puerta, y aunque él no había llamado, la abrió.

Su rostro parecía tan devastado, que en un primer momento Arden temió que hubiera vuelto a beber. Pero su mirada era clara a pesar de las líneas alrededor de sus ojos, y su maravilloso cuerpo atlético se movió con agilidad y flexibilidad cuando él entró en la habitación. Tenía el cabello más largo y despeinado de lo normal, y vestía unos pantalones cortos blancos y una camisa amarilla. Jamás le había parecido tan atractivo, y la necesidad de tocarlo era como un dolor físico.

Después de recorrer la habitación con la mirada, Drew se volvió hacia ella.

–Hola.

–Hola –contestó ella.

–¿Estás bien?

Ella bajó la vista al suelo, y volvió a levantarla con la

misma rapidez hacia sus ojos, incapaz de dejar de mirarlo ni por un momento.

—Sí —Arden podía sentir en él una tensión tan grande como la suya propia; el cuerpo masculino parecía irradiar una calidez a la que el suyo respondía, y su pecho se colmó de emoción—. ¿Y tú, estás bien?, ¿cómo está Matt?

—Volví a Maui esta mañana.

—Ah.

—No estuve mucho tiempo en casa, pero Matt parecía estar bien, al menos en lo que respecta a su salud. La señora Laani dice que últimamente llora mucho —Drew pareció sentirse fascinado por una palmera que había en la calle, y la miró fijamente mientras decía—: Te echa de menos.

Arden bajó la cabeza y admitió:

—Yo también —un dolor agudo atravesó su pecho. «Y también te echo de menos a ti», pensó.

—No... no sabía que te habías ido hasta que llegué a casa —Drew tosió innecesariamente y carraspeó; el sonido pareció inusitadamente alto en la pequeña habitación—. Volé de vuelta a Honolulu de inmediato.

Ella se volvió y miró por la ventana; su pulso era tan fuerte que podía contar cada latido, y le tembló la mano mientras jugueteaba con el cordel de las vulgares cortinas.

—¿Cómo me has encontrado?

—Con una bolsa de monedas.

—¿Qué? —preguntó ella, volviendo la cabeza hacia él.

—Fui a buscar una bolsa de monedas al banco, busqué una cabina telefónica y empecé a marcar.

—Ah —ella se volvió de nuevo hacia la ventana, antes de esbozar una sonrisa—. Decidí quedarme en Hawái mientras se hacían los preparativos en Los Ángeles; como... como al venir no tenía fecha de vuelta fija, antes de irme dejé mi apartamento. Una amiga me está buscando un sitio donde vivir, estoy esperando a que me diga algo.

—Entonces, ¿vas a volver... a Los Ángeles?

Arden creyó detectar cierta ansiedad en su tono, pero no se atrevió a mirarlo, temerosa de que el temblor en la voz masculina fuera de alivio.

—Sí, supongo que sí —murmuró.

Sintió que él se acercaba aún más, y que se detenía frente a la mesa donde ella había estado trabajando; las hojas de papel que ella había descartado crujieron en las manos masculinas.

—¿Has estado escribiendo?

—Sí —contestó ella con voz ronca. Él no había ido a discutir por la separación, iba a dejarla marchar; la estaba condenando a una existencia estéril e incolora, sin vida; con una despreocupación forzada, comentó—: Lo hago cuando estoy de humor.

Hubo una breve pausa, en la que Arden sintió el ruido de más papeles.

—¿De qué humor estabas cuando escribiste esto?

Arden vio de reojo cómo una hoja de papel flotaba hasta la mesa. Se volvió lentamente, desconcertada, y miró primero a Drew. Los ojos de él la atravesaron, y ella se apresuró desviar la mirada hacia la hoja a la que él se refería.

Reconoció la letra de inmediato, y después de leer la primera línea, se dio cuenta de que era un poema que había escrito hacía más de un mes. Como en todo lo que escribía, había anotado la fecha en la parte superior de la página. Estaban en San Francisco, la señora Laani se había llevado a Matt a desayunar al restaurante del hotel, y ellos habían pedido el suyo en la habitación. Después del relajado desayuno en la cama, habían hecho el amor con pausada ternura; cuando Drew se hubo ido a entrenar, ella había tomado papel y bolígrafo y, aún lánguida por la dulzura de su acto de amor, había compuesto el poema.

Era un tributo a él, a lo que significaba para ella. Los últimos dos versos eran: *Tu vida transformó una vez mi cuerpo, / como tu amor moldea ahora mi alma.*

Los ojos de Arden se arrasaron en lágrimas, y comentó:

—Creo que está claro de qué humor estaba —se atrevió a lanzar una mirada hacia él, y vio que los ojos de Drew también estaban brillantes y húmedos.

—Lo encontré ayer, en un rincón de la maleta.

—No sabía dónde lo había dejado.

—Hace días decidí que era el mayor cretino de la historia. Tenías todo el derecho del mundo a odiarme por las cosas que te dije, por no mencionar mi maldito orgullo obstinado y mi mal genio. Iba a suplicarte que me perdonaras, a prometerte que nunca volvería a considerarte mi oponente, y encontrar esto me dio el valor necesario para volver a casa y hablar contigo cara a cara. Pensé que, si una vez habías sentido algo así por mí, quizá podrías volver a sentirlo.

—¿*Tú* me ibas a pedir perdón a *mí*?

—Sí. Por comportarme como un necio, como un mal perdedor, como un niño malcriado.

—Pero, cariño, tu enfado estaba justificado. Te casaste conmigo porque te engañé.

Se habían ido inclinando el uno hacia el otro, y de repente Drew la tomó entre sus brazos y la aplastó contra su cuerpo. Enterró el rostro en su lustroso cabello, y dijo:

—Eso no es verdad. Me casé contigo porque te quiero, porque quería que fueras mi mujer, y aún lo quiero. Dios, estuve a punto de morir cuando la señora Laani me dijo que te habías ido. No me dejes, Arden.

—No quería hacerlo —exclamó ella—, me fui porque creí que no soportabas el verme —lo apartó un poco, y lo miró a los ojos—; pero no puedo vivir siendo juzgada cada día, necesito saber que entiendes el porqué de lo que hice. En las mismas circunstancias volvería a hacer lo mismo, Drew, y no viviré el resto de mi vida sufriendo tu censura por ello.

—Ven aquí —dijo él con ternura.

La llevó hasta la cama, y se sentaron sobre la descolorida colcha; él tomó sus manos entre las suyas y le dijo:

—No hiciste nada malo, Arden; quizá fuera poco ortodoxo, pero nada más. Cuando Lowery nos dijo a Ellie y a mí que había encontrado a una mujer joven y sana dispuesta a dar a luz a nuestro hijo, la pusimos en un pedestal. El día que Matt nació, pensamos que era la mujer más maravillosa sobre la faz de la tierra.

Drew acariciaba su rostro y su cabello mientras hablaba, en un gesto cargado de amor.

—No sé por qué reaccioné de aquella manera al enterarme de que tú eras esa mujer, creo que me sentí traicionado porque no me habías dicho desde el principio que eras la madre de Matt. Me dolió que no confiaras en mi amor lo suficiente para contármelo. Tendría que haber hecho al enterarme lo mismo que hice al ver por primera vez a mi hijo, debería haberme arrodillado a tus pies y haberte dado las gracias desde el fondo de mi corazón.

—¿No me consideras una persona horrible por vender a mi hijo?

Él atrapó con la punta de sus dedos las lágrimas que corrían por las mejillas de ella.

—No pensé nada parecido antes de saber quién eras, ¿por qué iba a pensarlo ahora? Sé que lo hiciste para intentar salvar la vida de Joey; si Matt estuviera en una situación similar, yo haría un trato con el mismísimo diablo.

—Eso fue lo que yo hice.

Él sonrió con ironía y dijo:

—Después de conocer a tu ex marido un poco mejor, estoy completamente de acuerdo contigo. No puedo creer que en su día lo considerara un gran hombre.

—¿No tienes miedo de que cause más problemas?

—No creo que lo haga, no es más que una comadreja sin agallas intentando escapar con el rabo entre las piernas.

—Tendría que haberme dado cuenta la primera vez que contactó conmigo en Maui, pero tenía tanto miedo de lo que pudiera hacer... de que secuestrara a Matt o algo así, podía intentar cualquier cosa.

—Tiene otras cosas de las que preocuparse aparte de nosotros, pero si causa problemas, sé que puedo enfrentarme a cualquier cosa si os tengo a Matt y a ti a mi lado —besó con dulzura la palma de su mano, y susurró—: Vendrás a casa conmigo, nunca volverás a marcharte, ¿verdad?

—¿Es eso lo que quieres?

—Es lo que quise desde la primera vez que te vi, que te toqué, que te besé.

La boca de él se fundió con la suya, y cayeron sobre la cama; fue un beso lleno de dulzura, pero colmado de deseo. Drew saboreó la textura y el sabor de sus labios antes de abrirlos con su lengua para reclamar la boca femenina con suaves avances y caricias perezosas. Arden sintió que una oleada de deseo inundaba sus pechos y la zona entre sus muslos; sin embargo, cuando Drew se apartó con gentileza y volvió a sentarse, ella se emocionó al ver que él tenía la sensibilidad necesaria para darse cuenta de que no era el momento adecuado para dejarse llevar por sus necesidades físicas. Él recorrió la habitación con la mirada, y dijo:

—Dios, este lugar es deprimente. Vámonos de aquí.

Matt estaba encantado de tener una audiencia tan entusiasta; sus padres, sentados en la alfombra oriental del suelo del salón, aplaudían sus ocurrencias y sus monerías, que cada vez eran más exaltadas. El niño dio una voltereta, empezó a dar saltos y a correr en círculos hasta que tropezó, se golpeó la cabeza con la pata del piano, y empezó a berrear.

—Será mejor que lo acuesten antes de que se ponga aún más nervioso —les advirtió la señora Laani.

La mujer había estado secándose copiosas lágrimas de felicidad desde que Arden y Drew habían entrado por la puerta principal, con los brazos enlazados y aspecto desaliñado pero radiante.

—Vale, amigo mío, ya has oído la voz de la autoridad.

Para que Matt dejara de llorar, lo levantó a horcajadas sobre sus hombros; las manos del niño se aferraron al cabello de su padre, y Arden rodeó con un brazo la cintura de Drew mientras subían las escaleras.

Estaba claro que habían esperado demasiado para calmar a Matt. Estaba incontrolable, retorciéndose mientras le ponían los pantalones y repetía una y otra vez:

—Pipí.

—A lo mejor no es una falsa alarma —dijo Arden.

Drew la miró con escepticismo, mientras se preguntaba cuántas cosas más iban a surgir para impedir que Arden y él se fueran a la cama. Su cuerpo ardía de deseo contenido. Rápidamente, tomó una decisión.

Le quitaron al niño el pijama y el abultado pañal, lo llevaron a su cuarto de baño y lo pusieron delante del orinal. Y, ante el aplastante orgullo de su madre y el asombro de su padre, Matt hizo lo que tenía que hacer. El niño les sonrió encantado mientras se sometía a sus abrazos y besos de felicitación, e incluso llamaron a la señora Laani para que se uniera a la celebración. Pero tanta adoración era agotadora, y en cuanto volvieron a ponerle el pijama, Matt se durmió abrazado a su peluche del osito Pooh.

—Hicimos un niño maravilloso —susurró Drew, con un brazo alrededor de Arden.

—Sí, es verdad —dijo ella, acurrucándose más contra él—. Cuando le di a Ron los cinco mil dólares, me dijo que me había esterilizado después de tener a Matt.

Drew soltó una maldición salvaje.

—No me extraña que te pasearas por la casa como una sonámbula aquellas semanas.

Ella se estremeció, y él la rodeó también con el otro brazo.

—Por eso no quería ir al médico, no quería que te enteraras; además, ya tenía otro secreto que no te había contado.

—No importa, Arden, no necesitamos otro hijo...

—No —dijo ella con énfasis pero con voz suave, para no despertar a Matt—; estaba mintiendo. Me lo dijo sólo para hacerme daño.

—Maldito malnacido —gruñó Drew con fiereza.

—El médico me dijo que podemos tener todos los hijos que queramos.

Él la besó en la frente y dijo:

—Si es así, los querré con todas mis fuerzas, pero no me importa que no tengamos más. Voy a ser cabeza de serie el año que viene —sintió que Arden le daba un ligero apretón en la cintura, demostrándole que estaba completamente de acuerdo con sus palabras—, y entonces me retiraré dignamente; tengo un hijo maravilloso, y una mujer a la que amo con todo mi ser. ¿Qué más podría pedir?

Después de darle a Matt un beso final de buenas noches, salieron de la habitación. El pasillo se abría ante ellos, y de repente se sintieron un poco cohibidos y nerviosos. Drew la miró y dijo:

—No puedo evitar el deseo de llevarte a la cama de inmediato, pero sé que te gusta que te cortejen.

Los ojos de ella brillaron con expresión ensoñadora, y contestó:

—Eso era antes de que me casara.

—¿Y ahora?

—Ahora quiero hacer el amor con mi marido.

—Tengo que lavarme.

—Yo también.

—Utilizaré el baño de la planta baja; ¿quince minutos?

Ella sonrió, alegrándose de que la dejara sola; así podría prepararse como quería para él.

—O menos.

Arden se duchó, se lavó el pelo y se lo secó rápidamente, hidrató su piel con una loción y se perfumó. El picardías que había comprado el día que su mundo se había derrumbado seguía aún en su caja larga y delgada, así que lo sacó y se lo puso; la prenda transparente de color violeta sólo servía para enfatizar la desnudez del cuerpo que cubría.

Estaba recostada contra la almohada cuando Drew entró en la habitación; él llevaba sólo una toalla alrededor de su entrepierna, que le llegaba justo debajo del ombligo. Los ojos de Arden recorrieron la intrigante línea de vello rubio hasta el punto en que se abría para cubrir su ancho pecho.

Con la mirada fija en ella, Drew fue hasta la cama y se quitó la toalla; Arden lo contempló sin sentir vergüenza alguna.

—Es muy bonito —dijo él, refiriéndose al nuevo camisón.

Los ojos azules descendieron por la esbelta columna de su cuello, hasta las curvas de sus senos; podía ver sus pezones bajo aquella tela casi transparente que se ajustaba a sus muslos y a sus piernas, perfilando su forma. Sus delicados pies estaban cruzados con recato.

—Gracias —contestó ella.

—Me gusta cómo te sienta ese color.

—Lo recordaré. A mí también me gusta cómo te sienta el color que llevas.

El rostro de él se iluminó con una gran sonrisa, y Drew contestó:

—Tengo que broncearme un poco más, he empalidecido un poco durante la semana pasada —se inclinó hacia ella, deslizó un dedo bajo su escote y echó una ojeada a lo que había debajo–. Tú también tienes que tomar más el sol.

La sensación de aquel dedo cerca de su pezón la dejó sin aliento; los pechos de Arden se levantaron hacia él hasta tocarlo, y la lánguida expresión que iluminó sus ojos llenó de deseo a Drew. Se tumbó a su lado en sentido contrario, y posó su cabeza en el muslo de ella.

–Arden –susurró–, te quiero, no podía soportar estar lejos de ti. No nos separemos nunca más.

–Nunca –prometió ella, mientras recorría su cabello con los dedos.

Él apartó los pliegues del picardías y apoyó la mejilla sobre su sedosa piel.

–Hueles tan bien –murmuró, y besó su ombligo, adorándolo con su lengua–; diste a luz a mi hijo, lo llevaste... aquí –sus labios se deslizaron por su abdomen, mientras su lengua saboreaba la sensible piel.

–Sí –jadeó ella.

Arden volvió la cabeza hacia su calidez, introdujo su aroma en su cuerpo con hondas inhalaciones; le encantaba sentir el vello del cuerpo masculino en su rostro y en sus labios. Encontró con la boca su ombligo y lo exploró con detenimiento.

–Oh, Dios, Arden –los dedos de Drew se aferraron a su cabello, acercando más su cabeza a su cuerpo enfebrecido.

–Pensaba en ti cada vez que sentía moverse al bebé –dijo ella, mientras con un brazo rodeaba su cadera–; me preguntaba cómo serías, rogaba que fueras un buen padre para mi hijo, fantaseaba con lo que te diría si algún día llegábamos a conocernos.

—Yo también pensaba en ti; sabía que eras una mujer sana, así que no te imaginaba ni gorda ni demasiado delgada, pero sentía curiosidad por tu aspecto, por tu personalidad, por tus motivos para acceder a tener al hijo de un desconocido. Me pregunté muchas veces si alguna vez pensabas en mí.

Ella sonrió contra el vello dorado que rodeaba su miembro viril.

—Pues ya sabes que sí.

El cuerpo entero de Drew se estremeció cuando lo acarició con sus labios y con la punta de la lengua.

—Drew —murmuró ella—, cuando... cuando recogiste el... el... —no podía formular la pregunta, y tampoco quería hablar de Ellie en ese momento, con la mano de él cerrándose en la curva de su trasero para atraerla hacia su boca.

—Estaba solo —dijo él, adivinando lo que estaba pensando; su aliento abanicó el oscuro vello que cobijaba su feminidad—. Y si te hubiera conocido antes, si te hubiera visto, quizás tu recuerdo hubiera entrado en conflicto con mis sentimientos hacia mi esposa —tras aquellas palabras, depositó un beso ardiente e íntimo, con toda su boca, en el vértice del triángulo oscuro.

El erótico juego de amor continuó hasta que el deseo fluía entre ellos como cálida y densa miel. Él se volvió hacia ella, abrió sus piernas con ternura, lentamente, y se arrodilló entre ellas. Con el mismo exquisito cuidado, colocó los muslos de ella sobre los suyos y deslizó las manos bajo sus caderas, levantándola hacia él. Sus miradas se fundieron justo cuando él se sumergió en su cuerpo.

Drew subió las manos por la espalda de ella con un sensual masaje, y la alzó hacia él hasta que estuvieron cara a cara. Selló la boca femenina con un beso apasionado que declaraba su eterno deseo por ella, y sus manos subieron por su caja torácica hasta llegar a sus senos. Drew los acarició, maravillándose de su plenitud, de su peso, y sus dedos dieron vueltas alrededor de los excitados pezones.

—Drew, haz lo que nunca sentí hacer a Matt.

Él la entendió. Bajando la cabeza, levantó un pecho hacia su boca, y con una suave presión lo atrapó entre sus labios. Drew empezó a succionar con ternura, pero con una urgencia creciente. El cuerpo de Arden respondió masajeándolo, contrayéndose y soltándolo hasta que su pasión alcanzó un punto álgido. Cuando el estallido era inminente, Drew la depositó suavemente sobre la cama y la siguió con su cuerpo, y con una última embestida se sumergió hasta el fondo y le entregó todo su amor.

El mundo giraba alrededor de ellos sin sentido del tiempo ni dirección, en un caos total, pero no les importó; habían creado su propio universo el uno en el otro, y lo guardaron celosamente. Pasó mucho tiempo hasta que descendieron a un mundo más mundano y de menos esplendor.

—Te amo, Arden —con las manos apoyadas en la cama, Drew levantó ligeramente el torso y bajó los ojos hacia el satisfecho cuerpo femenino, mirándolo con un amor sin límites.

—Yo también te amo. Desde el primer momento, irrevocablemente.

—Cuéntamelo todo, desde el principio; todos los detalles que no conozco, por insignificantes que sean. Quiero saber cómo te sentiste cuando supiste que habías concebido. ¿Qué pensaste, qué sentiste cuando descubriste que yo era el padre de tu hijo?, ¿cómo lo descubriste? Deja que lo viva todo contigo.

Ella empezó a contárselo todo y no omitió nada, ni los momentos dolorosos ni los felices; su voz suave se envolvió en la brisa oceánica que entraba por las ventanas y acariciaba sus cuerpos desnudos entrelazados.

Sus labios interrumpieron con frecuentes muestras de amor, en una tierna promesa de que los mejores capítulos de su vida juntos aún estaban por escribir.

Títulos publicados en Top Novel

¿Por qué a Jane...? – Erica Spindler
Atrapado por sus besos – Stephanie Laurens
Corazones heridos – Diana Palmer
Sin aliento – Alex Kava
La noche del mirlo – Heather Graham
Escándalo – Candace Camp
Placeres furtivos – Linda Howard
Fruta prohibida – Erica Spindler
Escándalo y pasión – Stephanie Laurens
Juego sin nombre – Nora Roberts
Cazador de almas – Alex Kava
La huérfana – Stella Cameron
Un velo de misterio – Candace Camp
Emma y yo – Elisabeth Flock
Nunca duermas con extraños – Heather Graham
Pasiones culpables – Linda Howard
Sombras en el desierto – Shannon Drake
Reencuentro – Nora Roberts
Mentiras en el paraíso – Jayne Ann Krentz
Sueños de medianoche - Diana Palmer
Trampa de amor - Stephanie Laurens

www.ingramcontent.com/pod-product-compliance
Lightning Source LLC
LaVergne TN
LVHW030340070526
838199LV00067B/6381